空白の絆

暴走弁護士

麻野　涼

Asano Ryo

文芸社文庫

目次

プロローグ　出生届　5

1　暴走族仲間　14

2　危機　31

3　内紛　50

4　業務再開　68

5　スキャンダル　86

6　陰謀　104

7　私家本　122

8　抗議　140

9　DNA鑑定　159
10　不正給与　176
11　愛人　192
12　フェイク　211
13　歪曲　231
14　廃墟の記憶　251
15　被爆建物　267
16　名もなき墓標　285
17　失われた真実　303
18　蘇生　322
エピローグ　奇跡　341

プロローグ　出生届

広島県広島市矢賀町は三方を山に囲まれている。軍需工場も、軍事的に重要な施設もなく、空襲警報がなっても、防空壕に避難する住民も少なく、畑仕事をしている者さえ珍しくなかった。それが八月六日午前八時十五分を境に一変した。

二十五歳になるその男は安芸郡府中町に疎開してきたT工業の軍需工場で、小銃の生産に従事していた。工場名は「ヒロ三〇×一工場」と暗号で呼ばれていた。

何故二十五歳であるにもかかわらず徴兵されなかったかというと、丙種合格だったからだ。足に障害があり、軍務には耐えられないと判断された。男は細く枯れ木のような右足を引きずるようにして歩いていた。天皇の赤子として戦場に赴けないのは屈辱でしかなかった。生まれつき右足に障害があり、走るどころか健常者と同じ歩調で歩くこともままならない。皇軍兵士としては失格だった。

その分、手先の方は器用で、本来は右利きだが、左右の手が同じように動かせた。T工業兵器部の部長で、小銃製作の指揮を執っていた。男は器用さを活かして軍需工場で国家のために尽くしているという自負はあった。しかし、その能力を信じ、本当に認めてくれたのはごく限られた人間しかいなかった。

その日も朝礼を終え、それぞれの持ち場についた。工場で働いているのは、ほとんどが中学、女子高からの動員学徒、高校を卒業した女子挺身隊だった。

突然、異様な光を感じた。

西の方を見ると、大量のマグネシウムを発火させたような光が広がった。その光は瞬く間に太陽ほどに大きさに成長し、空中に浮き上がり、淡いオレンジ色を発光させた。光体は金属音をたてながら波紋状に拡散していき、次々に光の輪を広げ、八つほど同心円を描いただろうか。

最初の輪が地上に接した刹那、光体は姿を消していた。その代わり巨大な火柱が天に向かって立ち昇った。同時に火柱を中心に炎が地上を舐めつくすかのように今度は横に広がった。この間、三秒か四秒くらいだったと、男は感じた。

遠くの方で地響きを伴う重低音が響いた瞬間、露出している顔や手足の皮膚を数百本の針で刺されるような痛みを覚えた。

男の周囲で動員学徒、女子挺身隊が恐怖で顔をひきつらせている。

「退避」

男が叫んだ。持ち場からいちばん近いところに設けられた防空壕に避難するように訓練はしてきた。

府中町にT工業が疎開してきたのには理由がある。山間部が多く、横穴式の地下工場を掘り、そこにすべての軍需工場を建設する予定なのだ。防空壕も数多く掘られていた。しかし、その防空壕まで走っていく余裕など誰にもなかった。一瞬にして工場の屋根が吹き飛ばされ、ガラスが粉々に割れ、まるで横殴りの雨のようになって降り注いでくる。

反射的に誰もが顔を覆い、工場の床に伏せた。露出した肌が焼かれるような熱風が襲ってきた。周囲は舞い上がった埃のせいなのか真っ暗だ。ガラス片や屋根から落下してきたスレート瓦で負傷した者が泣き叫んでいる。男が立ち上がると、背中に降り注いでいたガラス片や瓦の残骸が音をたてて床に落ちた。

工場は跡形もなく吹き飛び、折れ曲がった鉄骨の支柱が残されているだけだった。西の方を見ると、湧き上がるどす黒い巨大なキノコ雲が見えた。

男は負傷者の手当てを命じた。

異様な爆弾が炸裂してから四十分が経過した午前九時少し前だった。この頃になると市内から負傷者が救護を求めて、T工業に避難してくるようになった。衣服は焼け落ち、火傷で身体全体の皮膚が剥がれ落ち、そのこげた皮膚が両腕から垂れ下がっていた。

男は女子挺身隊の隊長に、市内から避難してきた負傷者、工場内でケガを負った動員学徒、女子挺身隊を看護するように指示を出した。

「これはただごとではない。広島が全滅したかもしれんけ、俺は救援に向かう」

矢賀町で畑仕事をしている妻のことも気になったが、広島市内の中心部からはＴ工業とほぼ同じくらいの距離があり、山に囲まれた地形が肌を刺すような熱風や爆風から守ってくれるはずだ。

男は右足を引きずりながら市内に向かった。すぐに汗が噴き出した。

市内に近づくにつれて負傷者の火傷はひどく、腕どころか足からも皮膚が垂れ下がり、背中の皮膚はすべてがクルリとめくれ上がってしまった者もいる。背中一面が備前焼のように茶褐色に変色し、生きているのが不思議に思える負傷者もいた。

市内は猛火につつまれ、踏む地面は焼けつくように熱かった。市内を走っていた広島電鉄の車両が数十メートルも吹き飛ばされ、線路は飴のように曲がっていた。付近に倒れている人は、顔の判別もつかず、男女の見分けもつかないほどに焼け焦げ、炭化していた。

男は救助できるような被害の状況ではないことを覚った。しかし、男にはどうしても訪ねなければならない家があった。

なんとか目的の家に辿り着き、男が矢賀町にある自宅に戻ったのは、六日深夜のことだった。妻はそれほど大きなケガを負うこともなく無事で、夫の安否を気遣っていた。

夫の顔を見ると、「もうダメかと諦めていたのよ」と泣き出しそうな顔で言った。

それから九日目、八月十五日、重要な放送があるという知らせが誰からともなく伝わってきた。しかし、男はその放送を聞く気にもなれなかった。矢賀町も爆心地付近から避難してきた負傷者であふれ、治療するにも医師もいなければ、薬もなかった。毎日人が亡くなり、死体の山が築かれ、焼却するにも薪すらなかった。

「早く市役所に行って届を出してこないと……」

しかし、国泰寺町にある広島市役所は鉄筋コンクリートの外郭だけを残して全焼していた。戸籍関係の書類はすでに数ヶ所に分散し保管していたので、消失は免れていた。

夥しい死者の数だ。市役所の戸籍課の窓口が開かれなければ、死亡届も提出することができない。広島市内の救護活動に携わっている矢賀町の人から、比治山公園にある頼山陽文徳殿に臨時の戸籍課が置かれ、死亡届を受理するという話を聞いた。

男は市役所を訪れ、一日も早く手続きをすませたいと思った。その日の朝早く、比治山公園に向かった。交通の手段は徒歩しかなかった。時折すれ違うトラックの荷台には、死体がうず高く積まれていた。

焼け落ちた市役所では鳥取赤十字病院から派遣されてきた医療班が負傷者の治療に

当たり、救護班が乾パンや握り飯を配給していた。

比治山公園の近くにある市立浅野図書館前を通った。

妻から浅野図書館を見てきてほしいと頼まれていた。そこは遺体収容所であるのと同時に避難民が集まってきていたのだ。広島大学に入学したばかりの義弟は、市役所で勤労奉仕をしていたのだ。

広島市役所は昭和十八年十月一日から休日を廃止していた。

「前線の心を心とする、日曜・祭日全廃を決行して、一路決戦への道を邁進する」としていた。

妻の弟の行方がいまだに不明だった。

男は浅野図書館に足を踏み入れた。避難民の中には義弟はいなかった。遺体が安置されている部屋に向かった。異様な臭気が立ち込めていた。床も天井も真っ黒だった。大量のハエが発生していた。廊下を一歩歩くと、そこだけはハエが逃げるが、足を上げた瞬間、その空間は再びハエで真っ黒になっていた。

足が滑り歩きにくい廊下だと思った。その理由は異常発生したハエだけではなかった。遺体が置かれている場所からは、大量に人間のリンパ液が流れだし廊下を濡らしていたのだ。男は義弟を探すのを諦めて、比治山公園にある頼山陽文徳殿に向かった。

頼山陽文徳殿は頼山陽の没後百年祭を記念して一九三四年に建てられた。戦火が激しくなると、戸籍関係の書類の多くがそこに保管されるようになった。八月六日、強烈な爆風にさらされが、建物の倒壊や火災からは免れた。

着いたのは正午前だった。市役所職員は三人だけで、男の他にも死亡届を提出にきたと思われる市民が複数いた。しかし、受理手続きはせずに、中では全員が起立姿勢を取っていた。

男が来たことがわかると、市職員が駆け寄ってきて、「これから重大発表があります」と伝えてきた。

ラジオのボリュームが上げられ、雑音が響いてきた。

「朕、深く世界の大勢と、帝国の現状とにかんがみ、非常の措置をもって、時局を収拾せんと欲し、ここに忠良なる汝臣民に告ぐ。朕は帝国政府をして、米英支ソ四国に対し、その共同宣言を受諾する旨、通告せしめたり」

男にはすぐにラジオ放送の内容が理解できなかった。しかし、市職員も、そして死亡届を提出に来た市民も、すぐに跪き、泣き始めた。

近くにいた老人がうめくように呟いた。

「負けてしまったのか」

その時、男も日本が戦争に敗れたことを知った。雑音混じりの放送はさらにつづいた。

「交戦すでに四歳をけみし、朕が陸海将兵の勇戦、朕が百僚有司の励精、朕が一億衆庶の奉公、おのおの最善を尽くせるにかかわらず、戦局かならずしも好転せず、世界の大勢、また我に利あらず。しかのみならず敵は新たに残虐なる爆弾を使用し、しきりに無辜《むこ》を殺傷し、惨害の及ぶところ、まことに測るべからざるに至る」

あちこちから嗚咽が漏れてくる。

「おもうに今後、帝国の受くべき苦難は、もとより尋常にあらず。汝臣民の衷情も、朕よくこれを知る。しかれども、朕は時運のおもむくところ、堪えがたきを堪え、忍びがたきを忍び、もって万世のために太平を開かんと欲す」

放送はさらにつづいたが、男にはもはや何の感慨もなかった。放送が終わると、そこにいたすべての人が放心状態で、何もかもが手につかないといった表情を浮かべた。しかし、その男だけは違っていた。

「この書類を受理してほしいのですが、どなたが係なんでしょうか」

その言葉にわれに返ったように三人の市役所職員が一斉に男の方を向いた。その中の一人が手で涙を拭いながら近づいてきた。

「死亡届の提出ですね」

朝から何十通、いや何百通の死亡届を三人で受理してきたのだろう。

「いいえ、出生届を提出にきました」

市役所職員だけではなく、周囲にいた者すべてが男に視線を向けた。

係員はガリ版刷りの出生届用紙を男に差し出した。本籍地、現住所、出生地、出生年月日、両親の名前を記した。

出生地、出生年月日を見ながら係員が言った。

「矢賀町の被害はこちらとは比べようもなく少なかったんですね。それにしてもよりによって六日ですか」

「うちは特に背後に山があったけ、それで助かったんです」

「おめでとうございます。おそらく戦後最初の出生届だと思います」

男は出生届を提出し、足早に今来た道を戻っていった。

1　暴走族仲間

真行寺悟の携帯電話が鳴った。愛車のポルシェ911カレラSで相模湖まで気分転換にドライブでもしてこようと、黎明法律事務所を出たばかりだった。

「総長か」

真行寺を「総長」と呼ぶのは、かつての暴走族仲間だけだ。

関東全域の暴走族をすべて制圧下に置いたと言われるブラックエンペラー。そのブラックエンペラーと最後まで抗争をつづけたのが紅蠍で、ブラックエンペラーの総長でさえも紅蠍にはうかつに手出しができなかった。それほど紅蠍は恐れられ、今では暴走族のレジェンドと呼ばれている。

真行寺はその紅蠍の総長だった。

「孝治か」

「そう、俺だ」

電話は峰岸孝治からだった。峰岸工業の代表取締役社長、峰岸平の次男で、親の敷くレールの上を走るのがいやで反発し、紅蠍に加わっていた。

「近いうちに会いたい。相談したいことがあるんだ」

「では、明後日午後六時に事務所に来てくれ」

真行寺は二〇〇八年に司法試験に合格し、一年の司法修習期間を経て、都内の大手法律事務所で三年ほど実務を経験した。黎明法律事務所を立ち上げたのは二〇一三年で、隣接する日野市で育った真行寺は立川に事務所を開設することに決めたのだ。

事務所の名前をどうするか。かつての仲間から意見を聞いた。「紅蠍法律事務所」という提案もあった。「暴走法律事務所」がピッタリだという意見も出た。

元のメンバーの中には中学校の教師になった者もいる。彼が言った。

「最近の少年非行の報道を見ていて思うのは、俺たちの時代とは非行の質が違ってきている。だからこそそいつらの道標となるような法律事務所を立ち上げてほしいんだ」

その提案に、「太陽法律事務所」、そして夜明け前に東の空に輝くことから「明けの明星法律事務所」といくつか候補上がったが、教師をしている仲間が「黎明法律事務所はどうだ」と提案した。

「俺たちは一時期行き場を失って、どの方向に進んでいいのかもわからずに暴走行為と喧嘩に明け暮れていた。この真っ暗闇がいつまでつづくのか不安を抱きながら、あるしかなかった。でも今振り返って思うことは、いちばん闇が深かったその時こそが、実はいちばん夜明けに近い瞬間でもあったということだ。行き場のない連中に、太陽のように輝く強烈な光でなくてもいい。一筋の夜明けの光となり、新たな一日の始まりを迎えられるような、そんな法律事務所になってほしい。それで黎明法律事務所っていうのを考えてみた」

真行寺はその友人の提案を受けて黎明法律事務所と名づけて、JR中央線立川駅北口に近い雑居ビルの二階に事務所を開いた。

真行寺は峰岸との電話を切ると、事務所近くの駐車場に急いだ。一日事務所にこもって、訴状を読んだり、答弁書を書いたりしていると、息抜きをしたくなる。ポルシェを運転して国道二〇号線を走り、相模湖まで走るだけでもストレス解消になる。中央高速道を走れば、相模湖には三十分くらいで着いてしまう。

真行寺が国道を走るのは、高尾から相模湖の間には大垂水峠があり、曲がりくねった坂道の連続だからだ。この大垂水峠を越えるだけでも気分転換になる。桜のシーズンも終わり、山々には絵の具のチューブから絞り出したような緑の葉が生い茂っている。新緑を見ながらドライブしているだけでも、気持ちが落ち着くのだ。

京王線高尾駅付近を過ぎて、しばらくすると道の両側にラブホテルが立ち並ぶ。そこを過ぎた頃から大垂水峠にさしかかる。その日は後方に四台のオートバイがついた。

大垂水峠は曲がりくねった道が頂上までつづき、相模湖までの下りも急カーブの連続だ。四台のオートバイはポルシェの後ろにピタリとつき、追い抜こうともしない。

追い抜こうにも道幅は狭く、対向車も多い。真行寺は特に気にすることもなくドライブを楽しんでいた。

大垂水峠を越え、道が下りになった瞬間、対向車が来ないことを確認し、二台のオートバイがポルシェを追い抜き割り込んできた。その二台のオートバイは急に速度を落とし、ポルシェとの車間距離が縮まった。後ろの二台がポルシェに接近し、空ぶかしを繰り返した。前の二台がポルシェの走行を妨害し、後方二台が煽り運転を始めたのだ。

前の二台はカーブでもないのに急ブレーキを踏んだり速度を上げたりして、事故を誘発しそうな危険行為を繰り返し、後ろの二台も相変わらず爆音で威嚇してきた。ポルシェを路肩に止めるだけの道幅はない。

反対車線前方から大型トラックが坂道を登ってきた。積載量オーバーなのか速度は遅い。しかしトラックまでの距離はそれほどない。真行寺は突然反対車線に飛び出し、アクセルを床まで踏み込んだ。

反対車線のトラックがポルシェに気づきクラクションを鳴らした。それでも真行寺はアクセルを踏み込み、衝突する寸前に二台のオートバイの前に割り込んだ。思いもよらぬポルシェの走行に、急ブレーキをかけた二台のオートバイはたまらず後輪をぶれさせ、いわゆるタコ踊りを始めたがなんとか転倒せずに体勢を持ち直した。

ポルシェはそのまま加速し、雑草が生い茂る林道と思われる細道に入り、エンジンを止めた。すぐに四台のオートバイも林道に入ってきた。

四人がオートバイから降りてきたがフルフェイスのヘルメットを脱ごうとはしない。真行寺も車から降りた。転倒しそうになった一人が喚き散らした。

「危険運転致死傷罪っていうのを知らねえのか、あんな割り込みしやがってよ」

顔は見えないが二十歳前後のようだ。男が真行寺の正面に立ち、胸倉をつかもうとした。その瞬間、男はヘルメットごと顔を真行寺の胸に預けるような格好で、両膝を折って前に倒れ込んだ。真行寺は正拳突きを男のみぞおちに食い込ませていたのだ。

前に屈み込んだ男のヘルメットが真行寺の膝のあたりで止まった。膝で軽く蹴ると男は真後ろにひっくり返り、大の字になって倒れた。

三人が真行寺ににじり寄ってくる。倒れている男の目を覆っているシールドに片足を乗せ、全体重をかけた。ミラーコートのシールドがひび割れ、男の顔が半分見えた。目を見開いたまま失神していた。

「次は誰だ。三人一緒でも俺はかまわんぞ」

真行寺はヘルメットから足を離し、三人に歩み寄った。三人が後ずさりした。勝敗はすでに決したも同然だった。多勢に無勢の暴力的な喧嘩に勝つためには、先手必勝、そして一人を完膚なきまでに叩き潰してしまうことなのだ。それが相手の戦意を喪失させる最善策で、傷つける相手も少なくてすむ。真行寺がブラックエンペラーとの抗争で学んだ喧嘩の方法だ。

「いいか、二度とあんな真似はするなよ。テメーらのやったことこそが危険運転致死傷罪にあたるんだ」

こう言い残し、真行寺はポルシェに乗り込み、何事もなかったかのように相模湖に向かった。

相模湖を一周して、帰りは相模川下流にある津久井湖を経由して立川に戻った。

約束の日、峰岸孝治が事務所を訪ねてきた。事務所に入ると、右手にカウンターがあり、カウンターの内側には机が二つ並び、一つは空席で、もう一つが事務局の三枝豊子用の机だ。窓際の奥の机が真行寺弁護士のデスクになっている。窓と反対の壁側には相談室が二つ設けられている。

「どうぞ、こちらへ」三枝が相談室に導いた。

三枝には、真行寺が実務経験をさせたもらった大手事務所から、所長の了解のもとにきてもらったのだ。真行寺にとっては頼りがいのあるベテランの事務局員だ。

真行寺はノートを持ち、相談室に入った。相談室は相談者と向かい合うように机と椅子が置かれ、机の上には筆記用具とメモ用紙が並べられていた。真行寺は机の中から相談内容を記す用紙を取り出し、峰岸の前に差し出した。

「住所、氏名、概略でいいから相談内容を一応書いてくれ」

峰岸は住所、氏名を書き、相談内容の概略について「会社経営」とだけ書いて、真行寺に用紙を差し出した。

峰岸は大企業の経営者を父親に持つだけあって、スーツは黒を基調としたアルマーニを着込こんでいた。しかし、十分な睡眠が取れていないのか、目は充血し、疲労が顔に滲み出ていた。

「会社経営って、ずいぶんザックリとした相談内容だな」

真行寺は苦笑いを浮かべた。しかし、峰岸はニコリともせずに答えた。

「相談内容は簡単だが、中にいると複雑怪奇で、俺にもどうしていいかわからなくなってしまう。それで総長に相談に乗ってもらおうと思ったんだ」

峰岸工業は戦後間もなく、峰岸孝治の祖父、聡太郎が東京都大田区蒲田に小さな町工場を設けたことから始まった。戦後の物資が不足していた頃、聡太郎は鍋釜、フライパンなどの修理を一人で請け負っていた。

同じ頃、戦後の日本を復興させようとY電機が産声を上げた。Y電機は自転車の発電ランプ、プラスチック製キャビネットを用いたラジオを生産し、経済的基盤を築くと電気洗濯機を生産し、日本を代表する家電メーカーに成長していく。

峰岸工業はＹ電機とともに成長してきた。洗濯機本体はアルミの板で造られているが、軽量化し、それでいて一定程度の強度を持たせる必要があった。当時の峰岸工業は町工場のレベルだったが、金属加工の技術に優れ、いくつかの特許をすでに取得していた。それはひとえに創業者の聡太郎の卓越した技術のたまものだった。彼が得た特許が缶詰、一斗缶、茶筒などに使われた。峰岸工業の技術力に注目したＹ電機は、軽量で強度のある洗濯機本体の開発、製作を依頼したのだ。

聡太郎はこの依頼に、Ｙ電機の技術者を唸らせる洗濯機本体を試作してみせた。洗濯機は高度経済成長の波に乗り、Ｙ電機も峰岸工業も着実に成長していった。Ｙ電機が製作する電気炊飯器、冷蔵庫など、いわゆる白物家電本体は峰岸工業が生産するようになり、Ｙ電機が生産工場を設けた場所には、必ず峰岸工業の工場も建設された。Ｙ電機が海外に現地生産工場を建設すれば、当然のように峰岸工業も同じ国に進出した。Ｙ電機が赤字経営に転落するなど、よほどのことがない限りありえないと思われた。しかし、Ｙ電気の業績悪化は新聞にも報道されるようになった。当然、峰岸工業の経営にもそれは暗い影を落とす。

峰岸孝治は、三年間の決算報告書と業績をグラフにした一枚のＡ４用紙、峰岸孝治の署名が入った「現状分析」と記したＡ４用紙五枚のリポートを真行寺に差し出した。グラフは見事な下降線を描き、業績悪化は一目瞭然だ。

「今年はさらに悪化すると思う」

　厳しい表情で峰岸が言った。

「それで俺に何を……」

「今のところは何の問題も起きていないが、おそらく半年以内に問題が噴き出てくる。それも中に書いてある。総長にはその時に力を貸してほしい」

「わかった。早急に読んでおく」と答えてから、真行寺が聞いた。「これから時間はあるのか」

「俺は平気だが、総長の方はいいのか」

　真行寺は事務所の戸締りを三枝に頼み、峰岸を誘って近くの寿司屋で食事をすることにした。

　立川の繁華街に飲食店が入るビルがあり、その一階に千成寿司がある。黎明法律事務所を開所して以来、週に一、二回は昼食に訪れる店だ。時には恋人の野村悦子と一緒に、日本酒を飲みながら寿司を食べにくる店でもある。いつもはカウンターで食事をするが、クライアントを連れてきたと思ったのか、女将は真行寺が来たのを知ると、

「奥のお座敷をご用意しましょうか」と聞いてきた。

　二人は奥の部屋に案内された。

　久しぶりの再会に二人はビールで乾杯をしたが、峰岸は浮かない表情をしている。

「そんなに経営状況は悪いのか」

「ああ、うちみたいなサプライはY電機が傾けば、同じように傾いてしまう。いくら規模が大きくても、一社に依存している会社の宿命だ」峰岸はビールを一気に飲みほしてから言った。「何もかもぶん投げて、自由に生きられたらなんと楽しいかと思うよ」

「紅蠍を結成していた頃から、俺はお前が羨ましくて仕方なかったけどな」

真行寺は安月給のサラリーマンの家庭に生まれた。両親から大学に進学しろと口やかましく言われて育った。父親は工業高校卒業で、出世できずに大学卒業の社員にいつも追い抜かれていた。その点、峰岸孝治は、祖父の峰岸聡太郎が創業者で、二〇〇〇年に創業者が死亡すると、父親の峰岸平《たいら》が代表取締役に就任した。

真行寺と一緒に紅蠍のメンバーとして、白バイ、パトカーとカーチェイスを繰り広げていた峰岸孝治には、その気になれば社内の出世は約束されている。

「親から峰岸工業の名前を汚さないようにしろと、ずっと言われてきた。それがうっとうしくて俺にはたまらなかったのさ」

峰岸もまた家庭での不和から紅蠍に加わり、暴走行為と喧嘩に明け暮れていたのだ。何度か峰岸の家に遊びに行ったことがあった。世田谷区の豪邸が立ち並ぶ一角に、当時は峰岸一家が住んでいた。駐車場には複数の高級外車が止めてあった。

「俺は司法試験にパスしてようやく弁護士になった。いくらか稼げるようになったから、ポルシェをローンで買った。ようやくここまで来たなっていうのが実感なんだ。お前の家に行って、これはかなわないなって思ったんだ」

襖が開いて、女将が寿司を運んできた。寿司を頬張りながら峰岸が聞いた。

「かなわないって、何が？」

「お前は生まれながらにして、俺にはないものをすべて手にしていたからさ。お前の家の駐車場には高級外車が止まっているし、お前の部屋にだってクルーザーに乗って釣りをしている写真が飾ってあっただろう。こいつにはかなわないとすぐに思った」

「俺の力でもぎ取ったものなんか何もありゃしない。俺に要求されたのは、引き継ぐことだけさ」

峰岸は日本酒の久保田を注文した。一合をあっという間に飲んでしまった。

「俺は逆に総長が羨ましくて仕方なかった。最初の一歩から自分の選んだ道を歩いて行けるから」

「自分で進みたい道でもあったのか」真行寺はまじめな顔をして問い質した。

「情けない話だが、それがあるのかないのかもわからないんだ」

峰岸は自虐的な笑みを浮かべた。真行寺には峰岸が何を言いたいのか理解できなかった。怪訝な表情を浮かべていると、峰岸が言った。

「子供の頃から、あれをするな、これをするなとずっと言われつづけていると、何もできなくなる。紅蠍で走っていた頃は、将来は小説家になりたいと思っていたけど……。挙句の果てに何をしたいのかが、自分でもわからなくなってしまったよ」

「そういうものなのか」

「そういうものさ。兄貴がいい例さ」

峰岸には二つ年上の長男大介がいた。大介は親に反抗することもなく、素直な子供として成長してきた。小学校から大学までの一貫教育のS学園で学んできた。S学園は政財界の子弟が多く入学することでも知られている。

「兄貴はいい子、いい子で育ち、会社でも一応役員にはなっているが、まったくのお飾りで、裏へ回れば『給料泥棒』だの『七分の一光』って社員からは言われ放題さ」

「なんだ、その七分の一っていうのは」

「親の七光りと世間ではよく言うが、七光りあっても、兄貴の実力は普通の社員の七分の一もありゃしないということさ」

「そんなにひどいのか」

「周囲の社員がいうのだから、確かだろうよ」

役員、重役が大介の実力のなさを考慮し、これくらいならと思える仕事を振ると、大介は部下に回すだけで自分では処理しようとしないらしい。

一方、孝治は真行寺と同じような道を辿った。何回か高校中退編入を繰り返し、最終的には検定試験を受け、大学受験資格を取得し、早稲田大学政経学部に進んだ。峰岸工業に入社するのは最後まで抵抗したようだが、結局、両親の説得に負けて峰岸工業に入社した。

よほどつらいことがあるのか、峰岸は寿司をほとんど食べずに、酒ばかりを飲んでいた。

峰岸は読書家で、とにかく暇さえあれば本を読んでいた。読書量は弁護士の真行寺でさえも足元にも及ばなかった。

「いずれこのデフレも解消する。会社の業績もいずれ上昇に転じるのと違うか」

「今回ばかりはそんな楽観論は誰からも出てこないほど、会社は危険水域に達している。堤防決壊寸前なんだ」

真行寺の想像を超える状態のようだ。

「決算書と俺のレポートに目を通してもらえば、理解してもらえると思う」

その晩、真行寺も食事らしい食事をせずに、峰岸の酒に付き合い、自宅に戻った。

翌日、峰岸工業の決算報告書三年分と、峰岸大介がまとめたという報告書に目を通した。決算報告書は急激な下降線を示していた。原因は峰岸工業にあるのではなく、

Y電機にあった。Y電機は四、五年ほど不祥事が相次いでいた。Y電機製の石油ストーブが不完全燃焼を起こし、一酸化炭素中毒で死亡したユーザーが複数出ていた。追い打ちをかけるように、リチウム電池発火事件が発生し、Y電機を象徴する洗濯機までか不具合を起こし、それを隠ぺいしたという報道が流れ、Y電機の信用は完全に失墜してしまった。

Y電機の業績悪化は、Y電機製品のサプライである峰岸工業の業績に直結した。

峰岸工業は、戦後間もなく広島県から上京した峰岸聡太郎によって、大田区で産声を上げた。創立者の聡太郎には、平と和《かずし》の二人の子供がいた。

聡太郎は二〇〇〇年に亡くなり、その後は平と和の二人が経営にあたってきた。平が代表取締役社長で、弟の和が専務取締役副社長を務めてきた。創業者一族で経営にあたる典型的な同族企業ともいえる。

二人で業績回復に努めたが、業績悪化による心労が重なったのか、平が脳梗塞で倒れた。T女子大学付属病院に救急搬送され、命は取り留めたものの、再起は不能とみられている。緊急入院でがんも発見された。

「兄弟の約束で、退く時は二人同時に一線を退き、後任に経営を譲る」

平と和にはこういう約束があったようだ。弟の和も、平より二歳年下で六十九歳だ。後継者争いがすでに始まっているというのが、孝治の現状分析だった。

平には二人の子供がいて、長男大介、次男孝治だった。

和には里奈という一人娘がいて、最近大貫健二という大田区で製造業を営む若手経営者と結婚した。大貫健二は、家業を継ぐからと峰岸工業の経営陣が入社を進めても、固辞していた。里奈が役員として名前は連ねてはいるが、実際には経営に参画してはいなかった。

孝治のレポートによれば、大介には鈴木作造という専務取締役がつき、里奈には市川匠というやはり専務取締役がいて、会社経営の覇権を握ろうと暗躍していると書かれていた。峰岸工業の株は一族で所有しているものの、Y電機も二五パーセントを所有し、峰岸工業に役員を送り込もうとしているらしい。

さらに六パーセントに満たないが、いわゆるモノ言う株主もいて、鈴木作造、市川匠の背後にそうしたファンドが見え隠れすると記されていた。

しかし、孝治は社内の派閥抗争、勢力争いに巻き込まれるのがいやなのか、孤立無援を享受していた。

さらに孝治の現状分析はつづいた。

社内の雰囲気は、峰岸大介派が圧倒的に多数を占めていた。しかし、大介を擁立するというのではなくて、鈴木派が大介を支持しているにすぎないと孝治は分析していた。それどころか大介の経営手腕を危ぶむ声は根強く、このままではさらに経営状態は悪化し、鈴木作造の思いのままに会社を操られ、不採算部門を次々に叩き売りし、多くの社員が路頭に迷うことになりかねないと不安をつのらせているらしい。

一方、和にもう少し経営に参画してもらい、大田区の中小企業経営者からも信頼されている里奈の夫の大貫健二を峰岸工業の経営者として招き入れ、この苦境を抜け出すための新たな経営策を打ち出し、苦境を脱すべきだという意見も少数だがあった。

レポートをいくら読んでも、孝治を経営者にと推薦する役員は、どうも少ないらしく、孝治についての記述は何もなかった。

出世にも、経営にもまったく関心がない、というよりそうしたものとは無縁に生きていきたいと考えている孝治にしてみれば、当然といえば当然だが、やはり何の記述もないのには違和感を覚えた。

しかし、このままでは会社は二分され、孝治の動向はどちらの派閥、派閥の背後に潜む得体のしれない連中からも、本人の意思とは関係なく、注目される羽目になってしまった。

読み終えると、真行寺は孝治に電話を入れた。すぐに孝治は出たが、真行寺からだとわかると、「かけなおす」とすぐに電話を切ってしまった。

五分ほどすると孝治から連絡があった。

「壁になんとかで、今は社内で自由に電話もかけられないんだ」

社内を出て、周囲に社員がいないところまできてかけているようだ。

「読んでくれたのか」

「ああ、読んだ。それでお前自身はどうしたいんだ」

「俺は株も、役職もすべて手放すから、自由にしてくれたらそれで満足だ」

「そんなことが許されるような状況ではないだろう」

「ああ、わかっている。脳梗塞で倒れた親父に、会社経営なんかしたくない、自由にしてくれと言ったら、涙をボロボロ流し始めるし、叔父の和からもこっぴどく怒られた」

「ブラックエンペラーとの喧嘩と同じで、逃げられないなら、とことんやるしかねえだろう」

「そうだよな、総長は口癖のように言ってたな。生木がくすぶるような生き方はしたくない。喧嘩でも何でも、とことんやって燃え尽きれば、その灰を肥やしにしてまた新しい芽が生えてくるって」

二人の会話はいつの間にか暴走族時代の口調に変わっていた。

2　危機

峰岸工業本社は港区赤坂見附の外堀通り沿いに自社ビルをかまえていた。峰岸孝治は新宿区四谷にあるマンションで、妻の靖子と長男拓郎の三人で暮らし、そこから通勤している。

内紛は日ごとに激しさを増しているようで、五月末に再び孝治から会いたいと連絡が入った。

真行寺は都内まで出向くと返事をしたが、孝治の方は都内では会いたくないらしい。

「俺の一挙手一投足に注目が集まり、俺が誰と手を組むのか、見張られているから気をつけろと、送信者不明のメールまで送られてきたよ」

「八王子まで出てこられるか。ブラジルの家庭料理を食べさせるＮｏｓｓＡというレストランがあるんだ」

「では七時に」

ＮｏｓｓＡはＪＲ八王子駅からそれほど離れていない場所にある。先に着いたのは峰岸の方だった。店はカウンターと五席のテーブル席と小ぢんまりとした造りだった。カウンターに座り、峰岸はすでにカイピリーニャを飲んでいた。ブラジルの最もポピュラーな酒の飲み方で、真行寺もこのカクテルが好きだった。

口当たりがいいのでつい飲み過ぎてしまうのだ。ベースになる酒はサトウキビから造る四十度を超える蒸留酒ピンガだ。

峰岸はブラジル風の餃子ともいうべきパステウとリングウィッサ（ポークソーセージ）を頼み、酒のつまみにしながらカイピリーニャを飲んでいた。

真行寺が店に入り、峰岸の隣に座った瞬間に言った。

「紅蠍総長には似合わない雰囲気だけど……」

「レディースの悦子からもそう言われたよ」

真行寺もカイピリーニャとピッカーニャ（ステーキ）二人分を注文した。

「まだ付き合っているのか」

「ああ、仕事も手伝ってもらっているよ」

野村悦子との付き合いは古い。真行寺が高校を転々としながら暴走族紅蠍を率いていた頃、彼女はレディース紅蠍を立ち上げ、初代総長に就任していた。今は愛乃斗羅《あいのとら》武琉《ぶる》興信所の代表だ。

真行寺とは違って野村は慶応大学法学部の出身の才媛だ。法律についても、弁護士にも劣らない知識を有し、女性スタッフだけの探偵事務所を設立し、夫の浮気調査から、結婚詐欺、ホストクラブの過剰な集金、売春を強要されたキャバクラ嬢の相談にも乗り、解決を引き受けていた。弁護士の出番が必要な時になると、黎明法律事務所に依頼案件を持ち込んできた。

　父親は大学教授、母親は専業主婦で一人娘だった。真行寺とは対照的に、中学時代までは親の言う通りに生きてきた。高校でもトップの成績を卒業まで維持した。トップの成績を維持しているのだから、高校からはすべて自由にすると親に宣言し、自動二輪の免許を取得し、暴走族に加わった。その頃、真行寺と知り合ったのだ。

　三多摩地区のレディースを次々に統合し、レディース紅蠍を標榜していた。メンバーには、薬物依存症もいれば、女子少年院から出てきた者もいた。多くが家庭的な問題を抱えていた。薬物をヤクザから買うために売春をしているようなメンバーも中にはいた。

　大学に進むと暴走族とは距離を置いたが、そうしたメンバーを薬物やヤクザと縁を切らせるために、野村は東京から離れた薬物依存症患者の自助グループに預けたり、重症患者になると、生活保護受給手続きを指導し、生活保護を取るのと同時に、依存症の専門病院に入院させ、薬物から遠ざけたりしていた。

「法律に縛られていては、真の解決は何もできない」というのが彼女の信条であり、司法試験に合格する実力は十分に秘めていたが、決して受験しようとはしなかった。

　愛乃斗羅武琉興信所は中央線吉祥寺駅から徒歩で五分ほどの雑居ビルの四階にある。

ワンフロアーすべて愛乃斗羅武琉興信所のスペースで、窓際に代表の野村の机が置かれ、あとは向かい合わせに机が三組あり、興信所スタッフは全部で七人だ。野村の下で動くスタッフの経歴も変わっていて、元高校教師から薬物依存症患者だった二十代女性、シングルマザーに主婦と多彩だ。

真行寺は、相談者から事件の弁護を引き受け、調査が必要になると、愛乃斗羅武琉興信所に依頼していた。

「総長は自分の思うように生きられていいなあ」孝治がしみじみとした口調で言った。

「好きに生きるためには、それと引き換えに嫌なことも引き受けざるを得ない。人間なんて皆プラスマイナスゼロで生きているのと違うか」

カイピリーニャで喉を潤しながら真行寺が返した。

孝治は苦笑いを浮かべてカイピリーニャを飲みほし、もう一杯注文した。ビゴージ(口ひげ)というニックネームのバーテンダーが慣れた手つきでカイピリーニャを作った。

二杯目をちびちび飲みながら、孝治はバッグの中から分厚い本を取り出して、カウンターの上に置いた。『峰岸工業四十年史』というタイトルで、一九八八年に出版されていた。

「バブル景気の置き土産だ」

孝治が本を真行寺に差し出した。

バブル景気に沸いた八十年代後半、多くの企業がこうした社史を編纂した。一ページ目には、創業者の峰岸聡太郎の写真が掲載され、社史発刊に寄せる挨拶文が記されていた。

この社史によれば、峰岸工業の前身は戦後の混乱が残る一九四八年に、峰岸聡太郎が大田区蒲田で、「修理屋」を開いたことから始まっていた。店というよりも露天商の部類に属するようなものだったらしい。

戦後の東京は大空襲によって焼け野原と化し、焼け跡に「青空市場」、「自由市場」などと呼ばれる統制品を売る闇市が生まれた。闇市は全国で一万七千ヶ所以上も開かれたといわれる。闇市で最も多く売られたのは食料品だった。

戦争で農村は疲弊し、生産力もどん底にまで落ちていた。そこに復員軍人、旧満州、朝鮮半島からの引揚者が加わり、食糧不足は深刻だった。東京地裁の判事が、「食糧統制法は悪法だ。しかし、法律としてある以上、国民は絶対にこれに服従せねばならない。自分はどれほど苦しくても闇買い出しなんか絶対にやらない」と闇市での買い出しを拒絶し、その結果、栄養失調で餓死している。

峰岸聡太郎は闇市の片隅に金槌数個を持って、「修理屋」の看板を掲げたのだ。穴の開いてしまった鍋釜、やかんなどを金槌と、焼け跡に転がっていた金属片を使って修理していた。

一九五〇年六月二十五日、朝鮮戦争が勃発すると、戦争で疲弊しきっていた日本経済はがぜん活気づいた。日本は、朝鮮半島に国連軍として派兵されたアメリカ軍の物資補給基地となった。軍用毛布、トラック、航空機用燃料タンク、砲弾、有刺鉄線などが日本で製造され、朝鮮半島へと送られた。

韓国、北朝鮮の間で休戦協定が結ばれると、韓国の復興物資が日本から大量に輸出された。日本の戦後復興は朝鮮特需によって行われたといっても過言ではない。

しかし、社史の中で、峰岸聡太郎は朝鮮戦争にかかわる物資の製造には手を染めなかったと述べている。

『日本国民はあの戦争で筆舌に尽くしがたい苦しみを体験した。いくら日本の復興につながるとはいえ、私は軍需産業には二度とかかわりたくはなかった。朝鮮の人々が戦火の中を逃げ惑う姿を思い浮かべると、戦争に関係する仕事は、いくら金になっても引き受ける気にはなれなかった』

創業者のこの挨拶文を読み、真行寺が言った。

「ずいぶん気骨のある人のようだな」

しかし、孝治は嘲るような笑みを浮かべながら言った。

「総長は本気でそう思うのか」

孝治には違う思いがあるようだ。この頃の峰岸工業は、蒲田で鍋やフライパンの製造を始めたばかりだった。家内工業レベルで生産個数は限られていたが、製品は飛ぶように売れた。

「ジイサンはきれいごとを書いているが、日本全体が朝鮮特需で潤ったから、鍋やフライパンが売れたんで、自分では朝鮮戦争に関連する軍需産業には手を出さなかったというだけで、朝鮮特需で利益をあげていたのは紛れもない事実さ」

孝治の言葉に祖父への不信感が滲み出ている。

「どんなジイサンだったんだ」

「あまり記憶にはないんだ」

子供の頃、祖父に抱かれている写真はいくらでもあるようだが、孝治が中学生になった頃からは祖父母との交流は極端に少なくなったようだ。理由は聞かなくても真行寺には想像がつく。孝治の非行が始まったのだろう。

「記憶にあるジイサンは、近寄りがたかったっていうか、威張りくさっていたような印象しかない」

Y電機を支えるサプライの一つにまで成長し、家電部品メーカーとしては業界でも五本の指に数えられ企業になっている。

会う機会が少なくなってしまったとはいえ、年に数回は祖父と顔を合わせていた。

「部下に車椅子を押させて、俺の顔を見る度に、何をやってもかまわんが、自分の足で地を踏みしめるような生き方をしろと、訳のわからないことを言ってたよ」

その頃の孝治は紅蠍に加わり、真行寺と行動を共にし、暴走行為と喧嘩に明け暮れる日々を送っていた。

パトカーや白バイに追尾され、警察署に連行された。保護者が呼ばれ、始末書を書かされて自宅に戻される。最初のうちはそれですむが、非行行為が度重なり真行寺は何度も補導され、少年院送致一歩手前までいった。両親が警察に呼び出され、父親は迷惑をかけた警察官に頭を下げていた。

母親は、真行寺が暴力を振るい、ケガをさせてしまった相手の親に身体をくの字どころか、Uの字が逆立ちしたような姿勢で謝罪していた。

ようやく帰宅を許されると、父親は木製バットを振り回し真行寺に殴りかかり、真行寺も金属バットで応戦した。部屋の蛍光灯は粉々に粉砕され、壁にはいくつもの穴が開いた。ドアは完全に破砕されていた。

同じようなことが孝治の家でも起きていた。父親の峰岸平は仕事人間で、家庭内のことは母親の美彩に任せっ切りだった。警察に孝治の身柄を受け取りに来るのは、美彩の役目だった。

「お前は家には戻らず、警察からどこかに姿を消していたなあ」

経済的に裕福だった孝治は美彩から現金を受け取ると、その晩泊めてもらえる友人の家に警察署から直行していた。

「家に戻ったって、オヤジが帰ってくるまで起きていろとか言われてだよ、帰宅したら長々と説教を聞かされる。うんざりだったよ」

真行寺と孝治に共通するのは、オートバイ、改造四輪車で暴走行為、スピード違反を繰り返し、ブラックエンペラーとの抗争を繰り広げたことだ。警察から「これが最後だ。次は少年院送致だ」と通告された。しかし、少年院送致を免れたのは、両親が健在で、なんとか立ち直らせると親が訴え、家庭が存在していることだった。しかし、それがかえって二人の更生を遅らせていた一面もある。

孝治が紅蠍の戦列から離れるきっかけを作ったのは祖父だった。

「ジイサンから連絡があって、病院に見舞いに行った」

「そう言えば、そんなことがあったな。たしかブラックエンペラーと喧嘩の日だったろう……」

「そう、あの日だ」

夏が終わる頃だった。平塚海岸で二つの暴走族、どちらが国道一二六号線を支配するか白黒はっきりさせようではないかと、ブラックエンペラーが伝えてきた。もっともらしい喧嘩の理由を付けているが、手っ取り早く言ってしまえば、なんらかの理由で学校教育から落ちこぼれた連中が、自分たちの存在を誇示するための場が喧嘩だった。だから強い者が誰よりも注目された。

数の上では紅蠍は圧倒的に不利だった。それでも指定された場所に行かなければ暴走族の間では笑い者にされる。紅蠍はできる限りのメンバーを集めた。しかし、孝治はどうしても平塚には行けないと連絡してきたのだ。

この喧嘩は事前に警察に情報が流れ、双方のメンバーが警察に補導され、実際には喧嘩には至らなかった。

孝治は入院中の祖父に呼び出されていたのだ。

父親の平は早稲田大学政経学部を、母親の美彩は慶応大学経済学部を卒業していた。兄の大介はS大学で学んでいた。祖父から高校を卒業し、大学に進むように説教されるに決まっている。

「祖父が俺の携帯電話にしゃがれた声でかけてきたんだ。二人だけで話しがしたいというので仕方なく、信濃町にある病院に改造車で行ったよ」

峰岸聡太郎が死んだのはそれから三ヶ月後のことだった。祖父の死をきっかけに孝治は暴走族から足を洗った。

「いい年齢して高校になんかに通えないからなあ……、それで大学入試の検定試験を受けた」

一年後、検定試験に合格し、孝治は難なく早稲田大学政経学部に入学していた。孝治の夢は小説家になることだったらしく、とにかくヒマがあれば本を読んでいた。ポルノからミステリー、純文学に至るまで、小説は手当たり次第に読んでいたという印象が真行寺には残っている。大学入試もそれほど困難ではなかったようだ。

峰岸工業に入社したのは、それまで親不幸の限りを尽くしていたこともあって、孝治の方が折れたのだ。

「あん時に突っぱねておけば、こんな厄介な抗争に巻き込まれずにすんだものを……」

孝治の言葉に後悔が滲み出ている。

「あれから大きな進展があったのか」

「会社も混乱しているが、オヤジがもつのはあと半年かそこらだ」

「いくつなんだ、オヤジさんは」

「医師の話では七十一歳の誕生日が迎えられるかどうかっていうところらしい」

孝治の話では、脳梗塞で新宿区にあるT女子医大付属病院に担ぎ込まれ、精密検査の結果、肝臓がんも発見され、しかもすでに骨に転移しているようだ。

孝治の父親には何度か自宅で顔を合わせたことがある。その頃の真行寺はソリを入れ、眉毛は剃り落とし、ピアスを耳に入れていた。髪は金髪だった。それでも不快な顔をせずに、「ゆっくりしていきなさい」と声をかけてくれたのを覚えている。

「オヤジは外面がいいだけなんだ。紅蠍時代に補導され、オフクロに強引に家に連れて行かれ、オヤジと一度だけ大喧嘩したことがあった」

峰岸平からは温厚な性格のような印象を受けたが、家庭で孝治に見せる姿とはずいぶん異なっていたようだ。

「オヤジが俺に聞いてきた。『補導されたお前を、保護者である私が何故引き取りに行かないか、わかるか』って」

「オヤジさんは何故警察に来なかったんだ」

真行寺の父親は警察に来ては、担当した警察官に謝罪していた。

「だいたい仕事で忙しいと、家庭なんか顧みないで働いていたオヤジだよ。警察に来なかったのは仕事と、もう一つの理由は世間体さ」

孝治はそう思っていた。しかし、父親はそう答えなかった。

「俺には一千人を超える従業員とその家族の生活を支える責任があるんだ」

父親が警察に赴かない理由だった。

「どういう意味なんだ」真行寺が尋ねた。

孝治はビゴージにグラスを差し出し、

「この酒をロックで飲んでみたい」と言った。

ビゴージがピンガを差し出すと、孝治は一気に胃に流し込んでしまった。

「暴走族で暴れまくっている俺なんかより、社員の方が大切だったということだろうよ」

忌々しそうに孝治が答えた。

峰岸工業の社長が警察に呼ばれているところをマスコミにでも見られれば、社会的信用に傷がつく。それを父親は恐れていたと孝治は考えていた。

T女子医大付属病院で、脳梗塞で倒れたのと同時に治療が開始され、大きな後遺症は残らずにすんだようだ。しかし、余命宣告を受け、病院に会社の関係者を呼び、引き継ぐ準備をすでに開始している。

当然孝治も毎日のように呼び出されている。兄の大介は取締役の一人に就任しているが、孝治は課長で、重要なポストについているわけではない。

「経営陣に加わるようにしつこく言われているが……。俺にはそんな気はないんだ」

執拗に繰り返される経営陣への参画要請に、孝治はたまりかねて病床の父親を最後は怒鳴ってしまったようだ。

「冗談言うな。俺はあんたが死んだ日に、会社に辞表を出して退社するからな」

父親が大粒の涙をこぼしながら泣き始めたようだ。孝治は言わなくていいことを言ってしまったと、激しく後悔していた。しかし、心底から会社経営には加わりたくないらしい。

峰岸平が病に倒れると、二歳年下の弟、峰岸和が代表取締役社長に就任するものと周囲は予想していたが、和自身は兄と一緒に経営から手を引き、若い経営陣に後を任せたいと早々と表明していた。

峰岸和と妻の妙子との間には一人娘の里奈がいた。里奈も峰岸工業の株を所有し、役員の一人に名前を連ねているが、父親に代わって取締役社長に就任するなどという野心はまったく持ち合わせていなかった。

里奈は峰岸工業の協力企業である大貫金属工業の経営陣の一人、大貫健二と結婚し、長女の陽菜乃が生まれていた。大貫金属工業は大田区蒲田にあり、創業者の大貫晋三は、健二の祖父にあたる。大貫晋三は峰岸聡太郎とほぼ同時期に事業を起こし、互いに協力し合って会社を成長させてきた。大貫金属工業は会社規模は百人程度で、峰岸工業とは比較にならないが、専門技術者集団として、業界からは高い評価を得ていた。大貫晋三から会社を引き継いだのが長男の茂だった。茂には剛と健二の二人の子供がいた。

里奈と二男健二の結婚によって、二つの会社の結びつきはさらに強固なものになったと、周囲からは見られていた。

「大貫金属工業の社長には、長男の剛が就任していて、健二は副社長。二人の父親である茂は会長に就いている。それで従妹の里奈を通じて、健二君に峰岸工業に移籍し、役員の座を用意させるから峰岸工業の経営者の一人として活躍してもらえないかと打診した」

「それで」

「あっけなく断わられてしまった。大貫金属工業の経営で手いっぱいということらしい」

「お前にはホントに経営をやる気持ちはないのかよ」

「これをやりたいという確固たる何かがあるわけではない。でも会社経営は兄貴に任せて、オヤジが死んだら違う世界で生きてみたい……」

「職業選択の自由はあるのだから、法的には辞表を提出すれば、それで問題はない。そうしたらいい。問題ない辞表の書き方くらい、昔のよしみで相談料なしで教えてやる」

真行寺はわざと冷たく言いあしらった。

「そうしたいのは山々だが、家族っていうのは何なのか、そう簡単には割り切れないんだ。反発はさんざんしてきたが、両親にはそれだけ迷惑をかけてきたという負い目もあるしな」

真行寺には孝治の態度がどこか優柔不断に見えた。そう思われているというのを孝治も感じたのだろう。

「社内では峰岸平、和のポストに誰が就くのか、すでに活発に動き始めていて、オヤジのセリフではないが、このままでは社員の生活にも影響が出かねない状態に陥るんだ」

孝治の兄、峰岸大介の背後には、鈴木作造専務取締役が付き、大介を代表取締役社長に据えて、自分は背後で影響力を行使しようと考えているらしい。

同じように里奈には専務取締役の市川匠がいて、後見人の役目を果たしている。社内は鈴木派と市川派に二分されてしまっているようだ。

「会社というのは複雑怪奇で、それだけでは治まらないいんだ」

「まだあるのかよ」

真行寺は司法試験に合格するまで、大学を卒業してから三年かかった。その間はアルバイトで食いつないできた。サラリーマンの経験はこれまでに一度もない。会社内の人間関係の複雑さ、派閥抗争などすぐには理解できなかった。

「峰岸工業の株は、一族のものを合わせると六割に達する。でもY電機が二五パーセント、残りは一般の株主だが、その中にはファンドもある」

「それなら人事は峰岸一族でどうにでもなるんだろう」

「暴走族同士の喧嘩なら簡単にケリがつくが、会社の人事というのは、そうもいかないんだよ」

　孝治の説明だと、Y電機もこの期に乗じて役員を送り込もうと画策し、ファンドも裏で鈴木専務取締役、市川専務取締役らと接触し、これまでの同族経営に終止符を打とうと水面下で必死に蠢いているようだ。

「総長、覚えているだろう。ブラックエンペラーの立川支部総長とのタイマンを」

　どのような経緯で一対一で喧嘩をする羽目になったのかは、真行寺には記憶がない。

　相手は空手の有段者で、誰もが真行寺の敗北を予感していた。集団の喧嘩になったとしても、紅蠍は数の上からも圧倒的に不利だった。

　真行寺は予想通りまったく歯が立たなかった。面白いように殴られ、蹴られ、顔は腫れあがり、口からは血を噴き出した。額は正拳突きでパックリ割られていた。何度倒されても、ふらふらしながら立ち上がる真行寺に、孝治も真行寺に立ち上がるなと警告し、負けを認めるように言った。

　相手も「いいかげんに負けを認めろ」とうんざりと言った顔をした。しかし、何もできないと思い相手が一瞬油断した。腹部に入れようとした蹴りをかわして、真行寺は相手のみぞおちに渾身の一撃を見舞った。相手は呼吸ができなくなった。その隙を真行寺は見逃さなかった。

　喧嘩の場所は郊外にある公園で、近くに民家はない。警察に通報されることもないと、相手が指定してきた場所だった。周囲は木々に囲まれている。公園の中ほどに公衆トイレがあり、周囲はブロック塀で囲まれていた。

真行寺は相手の首をつかむと、頬と額をブロック塀に擦りつけながら公衆トイレを一周したのだ。相手の額も頬も皮膚がはがれ、肉がむき出しになり、元の場所に戻ってきた時は血ダルマになっていた。首を放すと、相手は激痛のあまり地面をのたうち回った。

「今度俺にケンカを売る時には、倍返しくらいじゃすまねえぞ。いいか二乗返しだ」

真行寺はのたうちまわる相手に怒鳴った。

あまりの出血量にブラックエンペラーのメンバーが救急車を要請し、ことが明らかになり、全員が逮捕された。相手の男と、真行寺は家裁に呼ばれたが、結局少年院送致だけは免れた。しかし、立川支部総長は暴力団組員の子弟で、立川警察署から組員に狙われているから、しばらくは繁華街をうろつくなと警告を受けた。

「あの喧嘩を見ていて総長は心底すげえ男だと思ったよ。俺が今置かれている状況は、あの時の総長と同じだと思ってくれ。身を引くにしても、すべてを片づけてからでないと、俺にとっては闘う前から戦意喪失、白旗を掲げたことと同じなんだ」

真行寺は孝治の話を聞き、ピンガのオンザロックを二つビゴージに注文した。グラスが二人の前に置かれた。

「そうか。俺にできることは協力する」

二人はグラスを掲げてから一気に飲みほした。

3　内紛

暴走族紅蠍時代の友人、峰岸孝治が恐れていたことがついに顕在化した。しかも孝治がまったく予期していなかった形で噴出した。創業者の峰岸聡太郎は女性関係にだらしなく、平と和、二人の子供をもうけたが、どちらかは愛人に産ませた子供だというスキャンダルめいた怪文書が社内に流れた。

「そんなモン無視すればいい。まともに対応する事案ではないだろう」

この知らせを孝治から聞いた時、真行寺はあまりにもバカバカしく、そう答えた。しかし、孝治はそうは思わなかったようだ。

「オヤジも叔父の和も、戸籍に記載されている兄弟なのに、それを問題にするんだから、愚かの一語に尽きる。ところが金が絡むとそうはいかなくなるんだ」

受話器から聞こえてくる孝治の声はいつになく沈んでいる。

怪情報を意識的に流し、峰岸工業の内紛を煽っている者がいるらしい。さすがに酒を飲みながら相談というわけにもいかず、黎明法律事務所にきてもらった。

孝治は父親の平と叔父の和の戸籍謄本を持ってきた。二人とも父親は峰岸聡太郎、母親は佳代子で、戸籍上は兄弟であることに疑いの余地はない。

「この戸籍にイチャモンつけるヤツがいるなんて、信じられないな」

「内紛をさらに大きくして、峰岸工業を自分の自由にしたいと思っているヤカラが俺の身内にも社内にもいるし、そして乗っ取りを画策している連中もいるんだ。戸籍に記載されている事実を明らかにしただけで、ことが片付くわけではないんだ」

　孝治は困り切った表情を浮かべた。

　ことの発端は社内に流れた怪文書だった。大量に撒かれたわけではなく、部長クラス以上に郵便物として送られてきたという。実物を孝治自身、手にしていないが、その内容を受け取った営業部長から聞いている。

「その内容なんだが、代表取締役社長の峰岸平、副社長の峰岸和は、創業者であり、父親の峰岸聡太郎から会社を引き継ぎ、今日に至っている。しかし、社長の体調が思わしくなく、経営を次世代に渡そうとしているが、峰岸一族の自由にしていいものか大きな疑問がある。

　社長、副社長は仲の良い兄弟として、社内的にも、そして社会的にもそう認識されてきた。峰岸工業の成長はこの二人の兄弟のパートナーシップがあってこそだともてはやされてきた。しかし、平と和の二人は実の兄弟ではない。どちらかは、創業者が愛人に産ませた子供と思われる。親、そして二人の兄弟の血液型をみれば明らかだ。いずれこの事実は社会的に、客観的に明らかにされるだろうと、まあ、こんな具合なんだ、怪文書は」

「そんなモン無視して、既定路線で経営を次世代に移行させていっても何の問題もないぞ。何が問題になるんだ」

真行寺には、怪文書に振り回されるのは、怪文書を流した人間の思うつぼにはまるだけとしか思えなかった。

「恥ずかしい話だが、この怪文書に真っ先に飛び付き、踊らされているのが兄貴なんだ」

孝治の兄、大介は、愛人の子は叔父の和だと決めつけて、和、そして里奈が所有している株を買収し、自分が筆頭株主になろうと、必死に株を手放すように説得しているようだ。

「背後にいるのは専務取締役の鈴木作造だろうと思う」

「オヤジさんはどうしているんだ」

「そんなわけのわからない怪文書を真に受けるバカがどこにいると、弱り切った身体で注意しているが、昔ほどの威厳はなく、兄貴はまったく無視して好きなことをしている」

「その愛人に産ませた子がいるということについては何と言っているんだ」

「オヤジは本当の兄弟だと思っているし、腹違いだなんて思ったこともないと一蹴している。それは叔父の方も同じで、里奈に直接聞かせたが、考えてみたこともないと、本人たちはまったく相手にしていない」

「それだったらなおさら怪文書なんかに惑わされず、最善の移行策を考えたらいいのでは……」

「そうなんだが……」

孝治の言葉はいつになく歯切れが悪い。

「実は怪文書に書かれているのは、俺は事実だと思っているんだ」

「ハァ？」

真行寺は素っ頓狂な声を思わず出してしまった。

「お前、大丈夫かよ」

真行寺は孝治の顔を覗き込むようにして聞いた。

孝治は苦笑いを浮かべながら答えた。「平気だ。いくら難問、難題を抱えても、うつ状態になるほど軟弱な性格ではないのは総長も知っているだろう」

その通りだと真行寺も思うが、孝治の説明には不可解な点が多すぎる。

孝治が怪文書は事実だという根拠を説明した。

父親も叔父も同じ両親から生まれたと信じ切っている。しかし、それは真実ではない。二人は母親が違うと孝治が気づいたのは怪文書が出回ってからだ。

「俺もバカバカしいと思ったが、叔父と里奈に株を手放せと、二人の株を買い占めようと躍起になっている兄貴を落ち着かせるために調べてみたのさ」

孝治は父親と叔父、それに祖父母の血液型をはっきりさせれば、怪文書がでたらめだとすぐにはっきりすると考えた。

父親の平はB型で、叔父の和はA型だった。祖母の佳代子が信濃町にあるK大学付属病院で亡くなったのは六年前だった。死因は心不全だが、老衰で家族に見守られながら静かに息を引き取った。カルテの保存期間は五年と法律で定められているが、K大学付属病院に佳代子のカルテは保存されていて、祖母の血液型はO型であることがはっきりしている。

「創業者の血液型はわかるのか」真行寺が聞いた。

「ジイサンが死んだのはもう十六年も前のことで、紅蠍全盛の頃だった。ジイサンがかかったことのある病院すべてに問い合わせてみたが、どの病院もカルテは処分していた」

峰岸聡太郎の血液型は不明で、峰岸平、美彩夫婦、峰岸和、妙子夫婦にも確認したが、誰も知らなかった。祖母がO型、長男の平はB型、次男の和がA型という血液型を考えれば、峰岸聡太郎の血液型はAB型でなければならない。

「誰も創業者の血液型を知らないのか」真行寺が確認を求めた。

「俺以外にはな……」

「それでジイサンは何型なんだ？」

「A型だ」

父がA型、母O型であれば、生まれてくる子供はA型かO型になる。B型の子供は生まれない。

「ということは、孝治のオヤジさんの平氏が愛人から生まれてきたということになるが……。ジイサンの血液型はホントにA型なのか」

「ああ、間違いない。俺の血液を輸血した経験があるんだ」

孝治の血液型もA型なのだ。

輸血したのは祖父が亡くなる三ヶ月前、孝治が祖母が入院したのと同じK大学付属病院に呼び出された時だった。

「あの例のブラックエンペラーと白黒はっきりさせようとした日のことで、はっきり覚えているんだ」

祖父にとっても、暴走族に加わり、喧嘩と暴走行為に明け暮れる孝治の存在は悩みの種だったのだろう。祖父からは予想していた通り、暴走族から足を洗い、大学に進むように言われた。

孝治は祖父の余命がそれほど長くはないと、それとなく聞いてはいたが、その祖父から将来は峰岸工業に入社し、会社を経営していってほしいと告げられた。孝治はそれに何も答えずに、ただ話を聞いているだけだった。

「内心では、俺の人生なんで、どう生きるかは俺自身で決めると、祖父の言うことになんか耳を貸すつもりは最初からなかった」

それでも祖父は、自分がどう生きてきたかを淡々とした口調で語りつづけた。

戦後の混乱の中で、日本人は飢え、生きることだけに必死だった。

「二度と戦争を起こしてはならない、平和国家の建設に貢献できる会社を起こすのが夢だったと、ジイサンは話していたよ」

峰岸聡太郎は『峰岸工業四十年史』に記されている内容を孝治に語った。孝治には反発する気持ちしかなかった。

「何を偉そうに……。たかが鍋、釜を造って成り上がっただけだろう、俺はそんなふうに思っていた」

それが祖父にも通じたのかも知れない。ベッドに横たわる祖父の容態が急変した。ナースコールのボタンを押し、看護師を呼んだ。

突然下血が始まった。

祖父は胃がんのステージ4だった。すでに末期で、高齢であること、やりたいことはすべてやりきったと、手術も抗がん剤治療も拒否していた。肝臓やリンパ節にも転移がみられた。

「後でわかったことだが、死を覚悟したジイサンが最後まで気にしていたのが、俺のことだったらしい。それで俺を病院に呼びつけたそうだ」

容態が急変した峰岸聡太郎に輸血が行われることになった。祖父はA型で病院にも輸血用の血液はあったが、看護師が緊張した面持ちで孝治に聞いてきた。

「大量の輸血が必要な状態です。あなたの血液型？」

孝治がA型だと答えると、採血させてほしいと言ってきた。すぐに孝治からも採血が行われ、祖父に輸血が行われた。

「祖父がA型であることは間違いないということか」真行寺が確認を求めた。

「そうだ」

「孝治の兄貴が、叔父や里奈に株を譲れと言っているのはまったくのお門違いで、自分の方が手放さなければならない羽目になるかもしれないな」

「裏で手を引くやつがいて、そいつに踊らされているとしか思えない。ただ、オヤジも叔父も自分たちは本当の兄弟だと信じ切っていて、腹違いの兄弟なんて想像もしていないのは事実なんだ」

「それで、黎明法律事務所としては何をすればいいんだ」

「このままだとオヤジが死んだのと同時に、会社は大混乱に陥る。その前に、真実を明らかにして、峰岸工業にとって最も理想的な経営陣の移行を実現させたい。それによって俺や兄貴が排除されたとしても一向にかまわない。オヤジと叔父が腹違いの兄弟の可能性があるという事実を、社内の派閥抗争の材料にしたくないんだ。真実を明らかにしてほしい」

孝治は机に着きそうなほど頭を下げた。

「真実といっても、孝治の本当のバアサンだって、生きていたとしても九十歳代だろう……」

生きているとは到底思えない。真行寺は改めて戸籍謄本を手にとって見た。

峰岸平　昭和二十年八月六日、広島県広島市矢賀町〇〇〇番地にて出生
　父親　峰岸聡太郎、母親　佳代子
　峰岸聡太郎の提出により同年八月十五日、広島市役所比治山公園臨時支所にて出生届を受理

峰岸和　昭和二十二年十月五日、広島県広島市矢賀町〇〇〇番地にて出生
　父親　峰岸聡太郎、母親　佳代子
　峰岸聡太郎の提出により同年十月七日、広島市役所にて出生届を受理

「すごい日に生まれ、運命の日に出生届を出しているんだな」

　昭和二十年八月六日は、広島に原爆が投下された日であり、八月十五日は終戦の日だ。

「ああ、その通りだ。オヤジの名前と叔父の名前を合わせると平和で、ジイサンがどんな思いで命名したのかがなんとなくわかるような気がする」

「今年で終戦から七十一年目だぞ。しかも広島で、ジイサンに愛人が仮にいたとしてもだよ、とても今生きているとは思えないが……」

　いくらかつての仲間である孝治の依頼でも、真行寺には真実を探り出すのは困難なように思えた。

「俺もそう思うが、何故オヤジと叔父の血液型が違うのか、真実を知りたいんだ。ジイサンの愛人が見つからなくても、可能な限り事実を把握し、その上で峰岸工業の経営をしかるべき人間に移譲していきたいと考えているんだ。身内でも、この事実を知っているのは俺だけだ。それなのにこんな怪文書を流すのは、社内事情にかなり精通しているヤツがやっているとしか思えない。そういう連中は排除したい。そこまでやって俺はできるのなら身を引きたいと思っているんだ。総長の力をどうしても借りたいんだ」

孝治の気持ちは理解できるが、果たして七十年以上も前の事実を探り当てられるのだろうか。しかも原爆投下で混乱し、終戦の日に出生届が提出されているのだ。

「率直に言えば、孝治の期待に応えられる自信は俺にはない」

「難しいことを頼んでいるのは重々承知の上だ。こんなことを頼めるのは総長しかいない。結果については何も言わない。調査費用はいくらでも出す。だから引き受けてくれ、頼む」

孝治はもう一度頭を下げた。

「輸血騒ぎが起きた時から俺は病院にも見舞いに行かなかった。ジイサンは昔のことは二人の息子にも話していない、でも、お前には聞いてほしいって、本題に入ろうとしていた矢先に激しく下血し、意識を失ったんだ。いくら反発していたとはいえ、今は後悔している。何を言いたかったのか、あの時、きちんと話を聞いていれば、今の状況にも適切に対応できたような気がするんだ。本来なら自分で捜し当てなければいけない事実だというのはわかるが、社内の内紛を抑え込むために日々追われ、そうもしていられない」

孝治の話を聞き、真行寺は引き受けるしかないと思った。

「わかった。できる限りのことはしてみる」

「ありがとう。必要な書類、データはその都度言ってくれれば、すぐに集めるようにする」

「今までの話を聞いて、二点だけ知りたいことがある」

一点目は、戸籍謄本では峰岸聡太郎は終戦当時に二十五歳になる。徴兵はされていなかったのか。二点目は、会社に残る役員の中で、峰岸聡太郎と面識がある者は何人いるのか。それを真行寺は問い質した。

「ジイサンは徴兵されていない。右足が悪く、丙種合格になり兵士として戦うのは無理だったらしい。ジイサンと面識のあった役員は兄貴の後ろにいる鈴木作造、里奈の後見人役をしてくれている市川匠の二人。しかし、その二人の背後にはかつて役員として経営に参画していたひと癖もふた癖もある連中がいると思う」

ひと筋縄ではいかない調査だと真行寺は思った。

考えれば考えるほど荷の重い仕事だ。リサーチには愛乃斗羅武琉興信所の野村悦子代表にも力を貸してもらうしかない。野村をＮｏｓｓＡに呼び出した。

「孝治を覚えているか」

「あのお坊ちゃま暴走族の彼のこと？」

「そうだ。彼からいろいろ頼まれている。とても黎明法律事務所だけで解決できる案件ではない。手伝ってほしい」

「内容によりけりね。ビジネスとして成立する話なの」

「調査費用は出すと言っている。報酬もそれなりのものが期待できる」

真行寺は峰岸孝治が峰岸工業の代表取締役社長の次男で、経済的には問題ないことを説明した。

「で、相談内容は？」

真行寺は、孝治が抱えている問題を詳細に説明した。

すぐにやっかいな問題だと野村はわかったのだろう。

「ビゴージ、カイピリーニャを作って」

出されたカイピリーニャを一気に野村は飲んでしまった。

「もう一杯お願い」

真行寺が孝治の依頼について説明をつづけた。

説明を終えると、野村が確かめるように聞いた。

「つまり孝治のお祖父さんの愛人を探し出すか、あるいはオヤジさんと叔父さんの血液型が異なる理由を探ってくれということなのね」

「そういうことだ。なんでもその問題を煽って、峰岸一族を混乱させたいと考えている連中がいて、孝治はその連中を放逐した上で、峰岸工業を抜け出したいと思っているようだ」

「依頼案件はわかったよ。でも、そんな昔のこと調べられると思っているの、総長は？」

「難しいとは孝治に言ってある。それでも協力してくれと頼まれれば、昔のよしみで断わるわけにはいかなかった。それで悦子にも力を貸してほしいと頼んでいるんだ」

　野村はあまり乗り気ではなかった様子だが、最後は協力を約束してくれた。しかし、調査といっても、いったい何から手をつければいいのか、彼女にも皆目見当がつかない様子だ。

「広島に行って、戸籍に出ている出生地と、この場所の八月六日の様子と、八月十五日に広島市役所は本当に出生届を受理できるような状態だったのか、まずは調べてみてほしい」

　峰岸平の出生年月日とその出生届の日時は、奇跡としか思えない。戸籍に記されているのだから、事実だろうが、やはり真行寺には気になった。

「孝治からの相談内容は『藁の上からの養子』の可能性も考えられるんだ」

「何、それ」野村にも聞き慣れない言葉だったのだろう。

「昔はお産の時に藁を寝床に敷いたことから、生まれたばかりの子供を養子に出してしまうことを差すんだ」

　養子縁組の手続きを取れば問題はない。しかし、「藁の上からの養子」は、生まれたばかりの子供を実子とし出生届を提出することを意味している。

「そんなことできるの……。だって出生届を出すには、医師の出生証明書が必要になるんでしょう」

野村が訝る表情で聞いた。

「それは戦後のことだ。昭和二十二年に戸籍法が全面改正され、医師や助産師が作成する出生証明書を出生届に添付しなければならなくなった」

「ということは、それ以前なら他人の子供でも、自分の子だといって出生届を提出しても、受理されてしまう可能性があったということなの」

「そういうことだ」

しかし、虚偽の出生届は基本的には無効とされる。しかし、本人たちが知らずに親子同然の生活を長期にわたってしてきた場合、法律は親子関係がすべて無効という判断を下していない。

「二〇〇六年から二〇〇八年にかけて、『藁の上からの養子』に関係する注目すべき判決が、最高裁で三件出されているんだ」

一般論的には、「出生届」の「父、母」が虚偽であった場合、家裁で「親子関係不存在確認」の調停、審判を行い、不正な戸籍の記録が家裁の審判で認められ場合、訂正が行われる。

しかし、「親子関係不存在確認」により「著しく不当な結果を生じる場合」は、「権利の濫用」として「親子関係不存在確認」の手続きができないこともあるのだ。最高裁判決は、現実的な事情を考慮し、「親子関係不存在確認」には「一定の制限」を設けた。

最高裁は、〈両親と子の間に実の親子同様の生活実態のあった期間がどれだけあったか〉〈実親子関係の不存在を確定させることにより、戸籍上の子及びその関係者の被る精神的苦痛経済的不利益の程度〉などを考慮し、場合によっては「権利の濫用」として、「親子関係不存在確認」手続きを認めないという判断を下したのだ。

野村が苛立ちを顔に表しながら尋ねた。

「それで総長の結論はどうなのよ」

「七十年前に提出された出生届であり、兄弟として今日まで生きてきたこと、兄弟で会社経営にあたっている事実と照らし合わせ考えてみれば、『親子関係不存在確認』の手続きは認められない可能性が高い」

真行寺は自分の考えを野村に伝えた。

「それなら家裁に訴えたければ訴えさせて、生物学的にはどうであっても、法律的には親子であることを認めさせてしまった方が簡単でしょう。そうすれば遺産相続も、会社での創業者ファミリーの株も、何の問題もなく譲渡できるでしょう」

「その通りだが、孝治には孝治のこだわりというか、はっきりさせたいわだかまる思いがあるようだ」

野村には、経済的に恵まれた一族の、欲の皮が突っ張った争いごとにしか見えないのだろう。

もし「親子関係不存在確認」の手続きが家裁に持ち込まれ、親子関係が存在しないという判断が下れば、過去にさかのぼって遺産相続にも大きな混乱を生じかねない。怪文書を流している人間にとっては、その混乱こそが目的なのかもしれない。

「怪文書の出元はまったく見当もつかないの、孝治には」

真行寺は、孝治から聞いた役員、そしてすでに一線を退いた役員の中には、いまだに影響力を行使し、これからも行使し、峰岸工業の乗っ取りを企てている者がいる事実を伝えた。

「孝治は辞めるに辞められないわけだ」

「あいつはここでケジメをつけて、それで峰岸工業から縁を切って、自分の人生を送ろうと考えているみたいだ」

野村は大きく息を吸い込み言った。

「近いうちに広島にでも行ってくるよ」

「頼む」

真行寺は野村の調査に期待した。

4　業務再開

愛乃斗羅武琉興信所のオフィスはＪＲ中央線吉祥寺駅に近い雑居ビルの中にある。代表の野村悦子が出張で留守をする時は、四十代の尾鷲敦子が業務を取り仕切ってくれる。バツイチで子供を一人抱えているが、信頼できるスタッフの一人だ。

野村は尾鷲に二、三日広島を回り、黎明法律事務所から依頼された調査をしてくると言って、羽田空港に向かった。

広島空港に降り立った野村は、空港でレンタカーを借りて広島市内に向かった。日本列島は梅雨入りし、広島市内までの高速道路は霧雨で路面が少しぬれている状態だった。野村は原爆ドームに近いＡホテルにチェックインし、荷物を部屋に置くと、広島市役所を訪ねた。

予め終戦当時の戸籍について聞きたいと連絡をしておいた。対応にあたったのは、まだ三十代前半の若い男性の総務課区政担当係だった。興信所と聞いて、野村が身元調査に訪れたとでも思っていたのか、堅い表情をしている。

「出生届の手続き一般についてはお答えられることはお答えしますが、個別具体的に特定の市民についてはいっさいお答えできませんから、それをご承知おきください」

野村が説明する前から、役人然とした反応が返ってきた。

「一九四五年八月六日に生まれた子供の出生届は、どのように受理されていたのか、当時の状況がわかるようでしたら教えていただきたいのですが……」

区政担当係は予想もしていなかった質問に、野村に聞き返した。

「八月六日、つまり原爆が投下された日に生まれた子供の出生届がどうなっていたのかをお知りになりたいということでしょうか」

「その通りです」

「一瞬にして広島市が壊滅したわけですから……」

と口を噤んでしまった。投下の当日、戸籍関係の書類受理がどのようになされていたのか、区政担当係は考えてみたこともなかったのだろう。

「広島市の戸籍謄本はいくつかの場所に疎開させておいたので、焼失は免れたとは聞いていますが、当日の出生届ですよね」

野村に確認を求めるように、もう一度聞き返してきた。

「そうです」

区政担当係は自分一人では答えられないと思ったのか、「少々お待ちください」とカウンター席に野村を残したまま、上司のところに行ってしまった。上司に相談している様子だ。区政担当係はすぐに戻ってきた。

「お待たせしました。上司に聞いてみたのですが、八月六日午前八時十五分に原爆が投下され、当時の市役所は爆心地から一・二キロの地点にあり、鉄筋コンクリートの外郭を残しただけで、焼失しています。当時の粟屋仙吉市長も官舎にいて被爆、死亡しています。おそらくこの日の業務はなにも行われていないような気がします。当時の話はここではなく、広島国際会議場の中に広島市市民局国際平和推進部平和推進課というのがあります。そちらで聞かれた方が正確な情報が得られると思います」

区政担当係が言った。

野村はレンタカーで広島平和公園に移動した。市民局国際平和推進部平和推進課を訪ねた。対応してくれたのは五十代半ばの職員で、来客用の丸いテーブルに向かい合うように座り、高山洋という名刺を野村に差し出した。野村が知りたいと思っている内容を説明すると、それを興味深く聞いていた。

「その方は、八月六日出生で、八月十五日に出生届を提出しているんですね。まさに奇跡としか言いようのないケースですね。実際にそんな出生届があったのでしょうか」

信じられないといった表情を浮かべた。

「実際にその方の戸籍謄本にはそう記されています」

野村が架空の話をしているのではなく、実際に戸籍謄本を見た上で、その当時の広島市役所戸籍係の状況を調査しているのだと告げた。

高山は、「資料を持ってきます」とテーブルを離れ、『広島原爆戦災誌』五巻を運んできて、テーブルの上に積んだ。

「被爆した広島の当時の状況を記録したものです」

四巻は本論、一巻は資料編だった。

「八月六日の業務がどうなったのかはわかりません。市役所は焼失しています。それを考えるととても業務をしていたとは思えません」

高山はそのうちの第一巻を手に取り、目次を開き、目的のページをめくった。

「ここだ」

と言って、そのページを開いて、野村の前に本を広げた。「第二節　復旧への努力」の中の「戸籍手続きの混乱」の項目を高山は指で差した。

野村はその項目を目で追った。

「市の戸籍課は、まだ被爆の大混乱のおさまらない八月十五日に、比治山公園の頼山陽文徳殿において、僅か三人の職員で開所したが、死亡届の始末がようやく二十一年六月に完了し、家督相続は四か月分も整理が遅れた。

全滅家族やその他の理由で死亡届が提出されず、戸籍上では生存になっている死亡者が無数にあり、反対に生存者でありながら死亡手続きがおこなわれ、あわてて訂正願いを提出する者も少なくなかった。

罹災直後、県の緊急指令により検視証書で戸籍を抹消することになったところ、当時は法規上死亡届の添付が必要とされたが、遺家族の住所が判明しないため整理ができず、約一、〇〇〇人の幽霊が戸籍上では生きているという実情であった」

「ということは、八月十五日に比治山公園に市役所の支所が開設され、混乱のさなかに出生届が受理された可能性は十分に考えられますね」

野村が確認を求めると、高山が言った。

「その通りですが、もし差し支えなければその謄本を見せていただけますか」

野村は一瞬躊躇したが、峰岸孝治から依頼された内容を明らかにせず、戸籍謄本だけを見せて、高山の意見を聞いてみようと思った。

「このご家族の一人から、当時の状況を調べてほしいと依頼され、それで被爆した時の様子を調査しています。いっさい秘密を守っていただけるのであれば、お見せしてもかまいません」

「もちろんです。公務員の守秘義務は順守します」

野村はバッグから謄本を取り出し、高山に示した。

高山は戸籍謄本を見ると絶句した。

「八月六日に生まれ、十五日に出生届を提出しているなんて……。信じられない」

比治山公園の頼山陽文徳殿には、広島市民の戸籍関係の種類が焼失を防ぐために市役所から移され、保管されていた。

「それで文徳殿に支所が開設されたと思われるのですが……。ほとんどが死亡届の受理業務だったと想像されますが、こんな奇跡が起きていたんですかね」

高山にとっても驚きなのだろう。

「矢賀町の方なんですね」

こう言って高山は再び『広島原爆戦災誌』を取り、「第十三節　矢賀地区」のページを開いた。

「ここに矢賀町の被爆状況が記されています」

「矢賀町は、爆心地からの至近距離は、尾長町と接する地点で約三・二キロメートル、もっとも遠い地点は、安芸郡温品村と接する地点で約四・五キロメートルである。地区中央を南北に、国鉄芸備線が貫通し、北側はなだらかな丘陵地帯をひかえ、平地部は、当時、静かな田園がひらけていた。

原子爆弾炸裂による家屋の倒壊はなかったが、衝撃を受けた損害はかなりあった。

人畜の被害はなく、火災も発生しなかった。

地区のほとんどが山林・田畑であって、街道に沿って家が立ち並んでいた。戸数が少なかったから、以前は隣接の尾長町と合同で、防空・防火訓練を実施していたが、警防団を組織してからは一町内会一警防団で独立して防空・防火の訓練を行った。

防空壕も町としては設けなかった。しかし各家では、最寄りの山腹か、または家の内外の適宜な場所に、それぞれの小型防空壕を設けていた。」

「この町は山の影に隠れるという立地条件があり、被害が少なくてすんだ地区ですが、その日の午後には、市内から避難してくる負傷者であふれかえっています」

「立地条件としては、原爆の直接被害を受けずにすんだんですね」

「そうです。ですから戸籍に記されているような、奇跡としか思えないような出来事も起こりえたと思います」

現在の矢賀町はどうなっているのだろうか。高山は戸籍に記載されている番地から現住所の対応表と照らし合わせ、現在の番地を教えてくれた。

「終戦当時とはずいぶん様子が違ってしまっていると思いますが……」

「私も戦後生まれなので当時の様子を知っているわけではありませんが、まったく様変わりしていると思います。唯一、今も残っているのは閣連寺くらいではないでしょうか」

閣連寺は被爆建物に指定されていた。広島市は爆心地から半径五キロメートル以内の建物で、現存しているものを被爆建物と呼んだ。

矢賀町を歩いてみるしかないと野村は思った。高山に礼を言って、広島国際会議場を出た。広島駅から芸備線に乗れば次の駅が矢賀だ。芸備線に沿って東側も西側も住宅地のようだ。峰岸聡太郎の本籍地をカーナビに入力した。芸備線の西側に位置し、閣連寺のさらに北側になる。

野村はカーナビの案内に従ってレンタカーを走らせた。広島市内の中心部を走っているのと同じで、七十年前は山林、田畑であったとは想像もつかない。近くのコインパーキングに車を止めて閣連寺に向かった。

住宅街といった風情で、田畑などは見当たらない。閣連寺の鐘楼門の前にも、住宅が立ち並んでいる。鐘楼門をくぐると、その正面に本堂が建立されている。倒壊を免れ、歴史を感じさせる本堂だ。

野村は住職を訪ねた。

住職は六十代で、野村が終戦直後の矢賀町の様子を知りたいと伝えると、

「私も戦後生まれで、親から聞いた話くらいしかわからないが……」

と前置きし、住職の立脇克己は野村を本堂に招き入れた。

闍連寺は爆風を受け、建物が傾いたり、天井が落ちたりしたが、戦前の寺をそのまま維持しているという。

「この辺りは安芸郡矢賀村と呼ばれていた地区で、一九二九年（昭和四）に広島市に編入され、矢賀町になりました。いってみれば矢賀村の入り口に建てられた寺で、ここから北になると、西側に丘陵地帯が広がり、そのせいで矢賀町は原爆の被害が少なくてすんだ地域なんです」

先代住職の話では、原爆投下から十五分後には被爆し、重傷を負った避難民が助けを求めて矢賀国民学校に集まってきたようだ。現在の矢賀小学校が救護所になったが、大火傷を負った避難民の手当てができる状態ではなかった。

死者が続出した。死者が闍連寺の境内に運び込まれた。

「夥しい死体を荼毘に付すこともできなかったようです」

遺体にハエがたかり、ウジがわいた。異臭にたまりかねて、遺体は再び矢賀国民学校に運ばれ、校庭の南隅で廃材を使って焼却した。初日で三十体以上の死者を荼毘に付さなければならず、その数の多さに、芸備線の東側を流れる府中大川の土手に移し、そこで焼却するしかなかった。

「阿鼻叫喚の中で、矢賀町であの日に新たな命が誕生していたというのは、まさに仏様のお導きとしか思えないような出来事ですが、先代からそうした話を聞いた覚えはありませんね」

立脇住職は峰岸聡太郎、佳代子夫婦についても何も知らなかった。

本堂の裏手には墓地が設けられていた。

「先代からは矢賀村の人たちはほとんどが檀家だった聞いているのですが、峰岸家の墓はないと思います」

野村は住職の話を聞き、墓を見せてもらうことにした。

「八月六日に亡くなった方のお墓というのは、たくさんあるのでしょうか」

「この地区は幸いなことに八月六日に亡くなった人というのは多くはありません。亡くなった方はほとんどが、爆心地に近いところに外出していた方たちです」

そんな説明を聞きながら傾斜地に立つ墓地の中を歩いた。雨は止んでいた。立派な墓石が建つ中で、小さな石板のような墓石が野村の目に留まった。

その墓石の前で、野村は足を止めた。

「この墓は八月六日に亡くなった方のものです。夫はフィリピンで終戦を迎え、戦後引き揚げてきて、妻の死を知りましたが、どこで荼毘に付されたのかもわからないそうです。亡くなった奥さんの知り合いの方が混乱のさなか、この方の家に出向き、庭の敷石をこの寺に運んできたそうです。先代住職に墓だと思って八月六日には必ず供養してほしいと、その知り合いの方から頼まれ、先代住職は毎年供養され、私もそれを引き継がせていただいています。先代住職からは亡くなった方の名前も聞かされていませんが、原爆で亡くなった方のすべての魂を慰めるつもりで供養しなさいと言われました」

立脇から墓の謂れを聞き、野村は矢賀町に住む檀家で、戦前の様子を知っている者はいないかを尋ねた。

住職は腕を組み考え込んでしまった。ゆっくりと歩きながら本堂に戻った。

「語れるとしたら、当時矢賀国民学校に通っていて、今も矢賀町に住んでいるという人になりますよね」

本堂に戻ると、分厚いファイルを取り出した。クリアファイルの中に住所録をプリントしたA４用紙が挿入されていた。それを一枚一枚めくりながら、二人ほど名前を挙げた。

「二人とも八十歳を過ぎていると思いますが、この二人なら昔のことを知っている可能性があります」

野村はその二人の名前と住所を聞き、闍連寺を離れた。次に向かったのは、峰岸聡太郎の本籍地だった。寺から二キロほど北に走ったところで、西側に丘陵地帯が広がり、道路標識を見ると、丘陵には霊園が造成されているようだ。その丘陵地帯が爆風から、矢賀地区の人々を守ったのだろう。丘陵に向かって瀟洒な家が立ち並んでいる。

峰岸聡太郎、佳代子の本籍地であり、長男平、次男和が生まれた場所には、モデルハウス展示場から運び込んだような家が建っていた。呼び鈴を押すと、三十代の女性がドアから顔をのぞかせた。

終戦前後、この場所に住んでいた峰岸家について知らないかと尋ねてみたが、女性は七年前に建売住宅を購入したので、それ以前のことはまったく知らないと答えた。

「この辺りは不動産会社が入り、建売分譲した住宅地で、多分、昔からここに住んでいた方というのは、いないと思いますよ」

女性が教えてくれた。

本籍地周辺の現在の住人から峰岸聡太郎の情報を得ようとしても、おそらく徒労に終わるだけだと野村は思った。

しばらくの間、雨は止んでいたが、夕方から再び雨が強く降り出した。車で移動しているものの、かなりの距離を歩いている計算になる。疲れた足取りで駐車場に戻り、その日は仕事を切り上げてホテルに帰った。

翌日、闇連寺の住職から聞いた二人の檀家を尋ねてみようと思った。

翌日も雨が降りつづいていた。闇連寺住職の話では、終戦当時、矢賀国民学校に通っていたというのだから、年齢的には八十代だろう。自宅で悠々自適の生活を送っていると思われた。

野村はホテルで朝食を摂ってから矢賀町に向かった。一人目は佐伯静雄で闍連寺から もそれほど遠くない場所で暮らしていた。以前は農家だったのか、広い敷地に隣り合わせに二軒の家が並び、隣は長男夫婦の家だった。佐伯は長男夫婦の世話になりながら暮らしていた。庭にはよく手入れがされた松や紅葉の植え込みがあった。

闍連寺住職から紹介されたと言って、峰岸聡太郎と佳代子夫婦について知っていることがあれば教えてほしいと告げた。

佐伯老人は八十二歳になり、終戦の時は十一歳だった。

「外にいたらぬれる。中へ入りなさい」

佐伯老人は野村を部屋に招いた。冷蔵庫から緑茶のペットボトルを出してきて、センターテーブルの上に置いた。

「家内はもう六年前に死んで、食事は長男の嫁が運んで来てくれるが、それ以外は自分でやっているんだ。まあ、お茶でも飲みながら話そう」

佐伯はソファに深々と腰を下ろした。野村はお茶をよばれた。

「峰岸聡太郎っていうのは、峰岸工業の社長のことか……」

「そうです。ご存じですか」

思わず身を乗り出した。

「俺は直接には知らんよ。ただ、昔から矢賀に住んでいる人なら、立身出世の人物として知られている。名前を聞けば、峰岸工業の創業者くらいのことはわかる。俺もその程度さ」

「いつ頃まで矢賀町に住んでおられたのか知っていますか」

「俺が聞いているのは、終戦後間もなく広島を離れて東京に行ったということだ。故郷にはいづらい事情があったらしい」

「いづらい事情ですか……」

　野村が訝りながら聞き返した。

「その辺の事情は俺も伝聞でしか聞いていないので詳しくはわからないが、戦前はバリバリの軍国主義者で通っていた人らしい。それが広島への原爆投下で、多くの人が亡くなった。さあ、これからは民主主義の世の中ですと、掌を返したような生き方をするには、周囲には原爆の犠牲者が多すぎたということだろう。俺はそう解釈しているんだが、真実はわからんさ」

　佐伯と一時間ほど話をしたが、それ以上の情報は得られなかった。八月六日生まれの子供についてはまったく知らなかった。

　閻連寺住職が紹介してくれたもう一人の檀家は、峰岸聡太郎の本籍地よりさらに北に行ったところにあった。西側に丘陵地帯が間近に迫り、爆風の影響が少なかったことがうかがえる。

堺清次郎は代々農家だったのか、家の前に小さな田んぼがあり、その奥に瓦葺の大きな家が建てられていた。しかし、田んぼの周囲には家が立ち並んでいる。堺も快く野村を招き入れた。

堺は定年を迎えるまで、広島市の中学校で社会科を教える教師だった。

「昔は家の前は、田畑だったけど、広島の復興とともに住宅が立ち並び、昔の名残は家の前の田んぼだけで、無農薬の米を私が趣味で作っている程度です」

野村は峰岸聡太郎が東京に出ていくまでの事情を調査していると告げた。

「家がそう遠くないので、ご本人を見て知っているのですが、終戦を迎えたのは国民学校の五年生の時でした。だから話をしたことはそれほどないし、記憶に残っているのは、怖かったという印象なんです」

「怖い方だったんですか」

「峰岸聡太郎さんは、何が原因なのか知りませんが、足に障害を持っていて、徴兵されなかったようなんです。死んだオフクロの話では、そのことでずいぶんと負い目を感じていたそうです」

その負い目が峰岸聡太郎を軍需産業の勤労奉仕へと駆り立てていったようだ。峰岸は手先が器用で、銃や砲弾の製造に夢中で、勤労奉仕の学生らを指導して武器製造の先頭に立っていたらしい。峰岸は昼夜を問わず、軍需工場で身を粉にして働いていたようだ。

「私も子供の頃、この辺りは戦争中も意外とノンビリしていて、府中大川で遊んでいたら、家に早く帰って勉強しなさい、親の手伝いをしなさいと注意されたことがあります。それが皇国に尽くすことにつながると……」

当時の峰岸は忠君愛国の戦士だったのだろう。

「戦後になって聞いた話ですが、峰岸さんの影響を受けて、志願した少年兵も少なくなかったと……」

旧日本陸軍は、軍学校に志願する十四歳以上の男子を募集した。同様の制度を海軍は一九三〇年から開始していた。こうして志願した少年兵が特別攻撃機の操縦士となり、アメリカの戦艦に体当たり攻撃をしていた。

そうしたことがあって、佐伯が言ったように、峰岸は故郷を離れざるをえなかったのかもしれない。

「峰岸さんには二人の子供がいます。長男は八月六日生まれになっているのですが、何かご存じないでしょうか」

「峰岸さんに子供がいたという記憶は、私にはまったくありません。これもオフクロが、創業者がテレビに出たのか、あるいは新聞に記事が出た時だったのか、記憶ははっきりしませんが、峰岸さんに二人の子供がいたことを知り、驚いていましたよ」

「二人の子供は矢賀町で生まれているのですが……」

「そうなんですか……。私は高校生までは地元で暮らしてきました。子供さんがいれば、一度くらい見ても不思議ではないのですが……。それに峰岸さんの記憶はあっても、奥さんを見かけた記憶も私にはないんです」

「奥さんは疎開でもしていたのでしょうか」

「広島は軍需産業がさかんな都市だったし、呉軍港もあります。でもここら辺りは中心部よりはまだ安全でしたが、もし大きいお腹を抱えていれば疎開していた可能性はありますね。昔は自分の実家に戻って出産する人もかなりいましたから」

峰岸聡太郎の戸籍によれば、佳代子の実家は三次市になっている。峰岸聡太郎は、国家に尽くすために軍需工場で先頭に立って働いていたとすれば、家族のために費やす時間などなかったのかもしれない。身重の妻を実家に預けていたとしても不思議ではない。

「オフクロの話では、奥さんは終戦直後から姿を見かけなくなったと……」

矢賀町は原爆の被害が少なかったとはいえ、広島市内中心部に出かけていて死亡した者はいる。堺の母親は、峰岸聡太郎の妻は、被爆して亡くなったものとばかり思っていたようだ。

「奥さんが健在だったとわかり、よかったとひとりごとを言っていました」

堺の話を聞き、野村は戸籍に記されている妻の佳代子の実家である三次市の水口家を訪ねてみることにした。

　広島道から中国道に入り、三次インターで下りた。七十年前のことを知る者などいないかもしれないが、とりあえず実家を訪ねておく必要はあるだろうと野村は思った。実家の住所には、今も水口家の人間が暮らしていた。

　家の表札には水口昭と書かれていた。水口は八十代で、終戦当時国民学校六年生だった。記憶ははっきりしていた。

「峰岸家に嫁いだ佳代子は叔母にあたる。叔母がこちらで出産したということはなかったし、ここに疎開してきたこともなかった。矢賀町で暮らしていた頃は、行き来があったが、峰岸さんが東京に行かれてからは、まったく交流がなくなってしまった」

　水口昭は、峰岸夫婦の二人の子供は、混乱した広島で誕生したと思っていた。

　佳代子の実家から広島市のホテルに戻った頃は、日も暮れていた。野村は翌日の始発便で東京に戻ることにした。

5　スキャンダル

いったい何が目的なのか、怪文書はついに係長以上の社員にまかれ、結局新入社員にまで知れわたってしまった。当然、峰岸工業の内紛は週刊誌、経済誌のネタにされた。

「怪文書の真偽はともかくとして、何の目的でこんなものを流すのかがはっきりしないので、対応策といっても具体的には何もすることがない。発信元を探し出すしか、今のところは手がないんだ」

峰岸孝治が真行寺に連絡してくる時は、自宅の固定電話か、プライベートの携帯電話からで、会社からかけてくることはなかった。それだけ周囲を気にしているのだろう。

孝治の想像では、Y電機の経営危機に乗じて、峰岸工業にも揺さぶりをかけて自分の傘下に収めたいと考えている企業やファンドがあるか、あるいはその企業、ファンドと組んで峰岸工業を吸収合併したいと考えている者が内部にいるらしい。孝治はそう分析していた。

Y電機は家電部門だけを残し、ＩＴ、バッテリー部門など分割し、不採算部門を同業他社に売却し、経営のスリム化をはかり黒字への転換を目指すようだ。当然、峰岸工業の株価も下がり、そこにつけいるファンドも蠢いているらしい。

「お調子者の兄貴がいいように操られているようで、まずは兄貴をなんとかしなくてはと思うが、俺自身が今まで何もしてこなかったので発言権が弱い。俺は社内では『真昼のＬＥＤ』課長って呼ばれているんだ」

「何だ、その『真昼のＬＥＤ』って」真行寺が聞いた。

「昔流に言うなら、昼行燈さ。ただこのまま無能な万年課長の方が、社内の動きを察知するには都合がいい」

孝治も社内の不穏な動きを調査しているが、実態は把握できていない。

真行寺は野村が広島で調査した内容を告げた。

「次は大田区蒲田に出てきた頃の峰岸聡太郎について調査してみる」

「頼む。俺もオヤジと叔父に実情を説明して、くどいくらいに問い質しているが、二人は自分たちは兄弟だと信じ切っているので、真相究明には何の役にも立たないんだ」

孝治の弱り切った声が響いてくる。

怪文書に対しては、プライバシー権の侵害、名誉棄損で訴えることも可能だが、相手が確定しないのでは、被告不明のまま訴状を提起するしかない。

「裁判は最後の手段で、そうなる前に真実を明らかにして、Y電機の分割身売り騒動に巻き込まれずに、なんとか危機を回避したいんだ」

真行寺はさらに調査を進めると答えて、電話を切った。

広島から出てきた峰岸聡太郎が、峰岸工業を起こすまでの経緯も、愛乃斗羅武琉興信所に調査を依頼した。


野村悦子は他のスタッフに調査を任せようかとも思ったが、真行寺からの依頼は、覚せい剤づけにしてから若い女性に売春を強要する暴力団員を追いつめる調査とは違う。東京に出てきた当時の峰岸聡太郎の状況を調べるのも、野村自身が担当することにした。

大田区には確かな技術を売り物にした町工場が集中している。大田区工業技術協会はそうした町工場の経営者、技術者の集まりで、円高や長引くデフレ不況に対応し、会社を存続させるために協力し合っていた。一社だけではなく数社が協力して新しい技術を開発し、新製品の製造に取り組んでいた。馬場満が協会長を務めている。

馬場製作所の社長でもあり、彼の持つ金属研磨の技術は、ＮＡＳＡ（アメリカ航空宇宙局）からも高く評価されていた。

野村が馬場製作所を訪ねると、門扉に馬場製作所と書かれた金属プレートが埋め込まれ、工場の中からは金属を削る音とモーターの響きが聞こえてきた。

工場の中には削り取られた螺旋上の金属片が散乱していた。工場内にはまだ二十代と思われる従業員が三人ほどいたが、残りの四人はすべて五十代、六十代だ。

工場の入り口に最も近いところで作業をしていた若い従業員に、馬場社長に会いたいと告げると電源を切り、工場のいちばん奥まった場所へと案内してくれた。

六十代半ばかあるいはそれ以上と思われる男性が馬場のようだ。ゴーグルをはめ、研磨機から弾き飛ばされる切粉に注意しながら研磨面を真剣に見つめていた。

「昨日、お電話をさせていただいた野村です」

野村は大声で、馬場の耳元で怒鳴った。

馬場はわかったという合図なのか、右手を上げた。

すぐに電源を切り、ゴーグルを外した。ツナギの作業着は油で汚れていた。

「上の部屋で話そう」

工場内には階段が設けられ、上っていくと小さなオフィスになっていて、ひと際大きい机が壁際にあり、その前にソファが置かれ、さらに室内には向かい合わせに机が六つ並んでいた。

馬場はソファにどっかりと腰を下ろすと、

「峰岸工業の昔の話を聞きてえんだって……」

「そうです」

「それを聞いて何をしてえんだ」

馬場は野村の調査に不信感を抱いている様子だ。

野村は峰岸一族の一人から、終戦から戦後にかけての峰岸工業の草創期について調べてほしいと依頼されているとだけ伝えた。

「峰岸平さんや和さんがY電機の煽りで大変な目に遭っているようだが、くだらねえ週刊誌やなんかの取材とは違うんだろうな」

「違います。峰岸工業が直面している問題を解決させるために、昔の話を調べてほしいと依頼されているだけです」

「まあ、答えて差し支えねえことには答えるが、峰岸さんとこにマイナスになるような話はしねえからよ、それは最初に断わっておく」

馬場は江戸っ子なのか、歯切れのいい口調で言いたいことをはっきりと伝えてくる。

「まず峰岸聡太郎一家が東京蒲田に出てきた頃の話を知っていたら教えてください」

「俺はこの町で生まれ、この年齢になるまでここで働いて暮らしてきたが、戦後生まれで、終戦直後のことはわからねえよ。ただ、オヤジから聞いて知っているのは、峰岸工業を起こした聡太郎さんには大変世話になってきたということだ」

馬場満の父親昭は、終戦の翌年に復員して戻ってきた。元々東京出身だが、東京大空襲で両親を失っていた。食うあてもなく新橋駅前の闇市をうろついていたら、鍋釜の修理の看板を出していた峰岸聡太郎に遭遇した。

「その当時のオヤジは栄養失調状態だったらしい。気の毒と思ったのか、新橋の駅前の闇市で一杯雑炊を食わせてもらったようだ。その礼に何か手伝うとオヤジが言うと、穴の開いた鍋釜の修理に使えそうな金属片を集めてきてくれと頼まれ、オヤジは律儀にそれに応えたようだ」

峰岸聡太郎と馬場昭との交流はそこから始まっていた。

峰岸が東京に出てきたのは終戦から三年目だった。やがて闇市も少しずつ姿を消していき、上京から数年して、峰岸は蓄えた金で旋盤や研磨機を購入し、修理だけではなく鍋、釜の製造を始めた。

「うちのオヤジはその仕事を聡太郎さんの下で手伝わせてもらったらしい」

馬場昭は峰岸聡太郎から金属加工の技術を学んだ。しかし、馬場は峰岸から独立して馬場製作所を立ち上げることになる。

「朝鮮戦争が始まった年に俺が生まれたんだ」

峰岸聡太郎は、独立する馬場昭にただ同然で旋盤機一台を与えている。

「峰岸さんの方針にうちのオヤジは納得できなかったようだ。儲かる仕事が転がり込んでくるのに、峰岸さんは受注を断っていた」

会社が成長するチャンスなのに、何故仕事を受注しないのか、馬場昭はさかんに説得したが、峰岸は鍋、釜の生産にこだわり、軍需産業に関連する仕事はいっさい引き受けなかった。

「戦争にかかわる仕事はいっさいしない」

こう言って、頑なに朝鮮戦争に関連する仕事は拒絶していたようだ。砲弾の製造から軍事車両の部品まで仕事はあふれるほどあった。

馬場昭は、というより多くの日本人は日本が経済復興するチャンスだと、朝鮮戦争を好機ととらえ、アメリカ軍関連の仕事に夢中になった。朝鮮特需によって、日本の戦後復興は始まったといってもいい。

独立した馬場昭は、峰岸から安く譲ってもらった旋盤機を元に、朝鮮戦争関連の仕事を受注し、馬場製作所の基盤を築いた。

「広島から出てきたというのだから、筆舌に尽くしがたい体験をしているというのは想像がつくが、でも峰岸聡太郎さんに何があったのかはオヤジも知らない。オヤジは広島での出来事について何も聞いていない。聞いてはいけないような雰囲気が聡太郎さんにはあったようだ。聡太郎さんも広島について何一つ語ろうとしなかったらしい」

広島の被爆を直接体験した者が、その惨状を語りたがらないというのは、野村も本を読んで得た知識でしか知らない。

「今から思うと、峰岸聡太郎という人は未来を見抜く力があったと思う。馬場製作所は朝鮮戦争が休戦になると、仕事は一気に減ってしまった。ところが峰岸工業はそこから躍進していったんだから」

　やがて峰岸工業が蒲田を離れる日がやってくる。埼玉県川口で売りに出されていた小さな工場を買収し、鍋、釜の本格的製造に乗り出した。朝鮮特需による戦後復興につづき、一九五五年から五七年にかけて神武景気、鍋底景気を経て一九五八年から六一年にかけては岩戸景気に沸き、一九六〇年七月発足の池田内閣は所得倍増計画を打ち出し、日本の高度経済成長につながった。

「確か俺が小学校に入学した頃だったと思うが、峰岸工業は、今問題になっているY電機と組んで、川口工場の土地に峰岸工業を移転させたんだ。それから峰岸工業の大躍進が始まるんだ」

「聡太郎さんには二人の子供さんがいたと思いますが……」

「平さんと和さんだろう。二人は仲良くて、この辺りのガキ大将だったよ、俺たちも二人の後ろにくっついて遊びまくっていた」

　その後、峰岸家とは交流はないようだ。

「峰岸工業と俺たちとではもう会社規模がまったく違う」

馬場たち大田区工業技術協会のメンバーは存続をかけて、新たな技術開発と若手の技術者養成に必死になっていた。

「ただ俺たちも不況だ、円高だと言ったところでこの苦境は乗り切れない。俺たちの持っている技術の付加価値を高めて、大企業とも張り合っていかねえと、生き残れないからな」

馬場の話は父親昭からの伝聞だったが、峰岸工業草創期の話として興味深いものがあった。しかし、肝心の平と和の兄弟関係については何一つ新しい情報は得られなかった。

「モノ創りには、卓越した技術だけ持っていれば食っていけるなんていう時代じゃねえからな、現代は。やはり先を見越す目も必要なんだ。だから俺たちは、峰岸さんに見習って、これからの世の中に貢献できる技術を最高レベルに持っていこうと考えているんだ」

ＮＡＳＡが開発している人工衛星、スペースシャトルから日本独自のロケット、医療機器に至るまでの分野で使える技術を開発していると、馬場は胸を張った。

「世の中を見る目というか、自分がこの分野でどう生きるかっていうのは大切でよ、もう一人、峰岸さんのように戦争にかかわる仕事を拒否して、会社を大きくした人がいる」

「峰岸聡太郎の他にもそうした人がいたんですか。広島出身の方なんですか」野村が聞いた。

「確か群馬県の人ではないかと思うけど……。もう亡くなっているが、息子の茂さんがその工場を継いで、今も会長に就任しているから、行って聞いてみたらいいさ」

馬場の話では、峰岸聡太郎と意気投合し、家電分野に進出し、現在も峰岸工業と深いつながりを持っているということだった。

会社名を尋ねると、大田区工業技術協会名簿を机の引き出しから取り出した。それを広げながら「これだ」と言った。

峰岸聡太郎と親交があったのは、大貫金属工業の創業者、大貫晋三で、茂は晋三の長男にあたる。

「茂さんは、確か俺と同じくらいの年齢だったと思う。二人の息子がいて、確か弟の健二が峰岸和さんところの娘と結婚したと聞いている」

「大貫晋三さんにも、つらい戦争体験があったのでしょうか」

「それがどうも違うみたいなんだ。うちのオヤジも戦争についてあまり語らなかった。戦争になれば、きれいごとは言っていられない、殺すか殺されるかなんだと。それで朝鮮戦争の時も、心が痛まなかったわけではないと思うが、生きるためには仕事をするしかねえと、どんな仕事でも引き受けていた。あの時はそれですんだかもしれねえが、俺はオヤジと同じ轍は踏みたくねえと、こうして頑張っているんだ」

馬場からの話を聞き終えて、野村は愛乃斗羅武琉興信所に戻ると、真行寺に時間を取るように伝えた。

大貫金属工業関係者の聞き取りは、真行寺が同席するなり、あるいは孝治から話を伝えてもらった方が、事実を聞き出しやすいと思った。


野村からの報告を受け、真行寺は峰岸孝治に、大貫金属工業会長の大貫茂と会える場を設けるように依頼した。

従妹の里奈は大貫茂の次男健二と結婚し、最近、長女陽菜乃が生まれたばかりだった。大貫茂会長は里奈の義父にあたる。

「大貫会長も峰岸工業の内紛は薄々知っていると思う。俺の方からも頼んでみる」

孝治からの依頼でもあり、断わる理由もなかったのだろう。大貫茂からの調査はすぐに実現した。自宅で会った方が落ち着いて話せと孝治に連絡してきた。大貫会長は峰岸工業内に怪文書がまかれている事実も、その内容も知っているらしい。

「聞きたいことは何を聞いてもらってもかまわない」

孝治はそう言ってきた。

約束の日、真行寺は吉祥寺で野村を乗せ、愛車のポルシェで大田区糀谷に向かった。

その日は梅雨の切れ間なのか、夏の日差しが照りつけて朝から蒸し暑い日だった。

大貫の自宅は三階建のビルで、屋上が緑化庭園になっているのか、地上から緑の木々が見える。ビルの前には来客用の駐車場スペースもあり、真行寺はそこに車を止めた。

来客が多いのか、一階は広い応接室になっていた。

「話は孝治君から聞きました。私の知っている限りのことはお答えします」

大貫茂会長は六十代後半で、技術者というより学者といった雰囲気が漂ってくる。

「里奈さんの父親の和さんと私は、終戦二年目に生まれたこともあって、確か小学校の三年生だったか、四年生だったか、そのくらいまでは同じ学校でした」

峰岸家とは家族ぐるみの付き合いがあったようだ。

峰岸家と大貫家との交流は、大田区蒲田にそれぞれの家が引っ越してきてから始まっている。

「私の父晋三は群馬県出身で、終戦後間もなく東京の方に出てきて、食うや食わずの生活をしていたようです」

大貫晋三も戦争中は徴兵されることはなかった。群馬県邑楽郡大泉町にあった中島飛行機で戦闘機の製造にかかわる技術者だった。戦後、中島飛行機を母体として富士重工業が誕生した。

「私の父は戦後、会社に残って日本の復興に協力してくれと、富士重工業に残る道もあったらしいのですが、そこには留まりたくなかったようで、東京に出てきたと聞いています。そのことが峰岸聡太郎さんと父を結びつける結果になったんです」

峰岸聡太郎は戦争に協力してきたことを悔いていた。それは大貫晋三も同じだったようだ。

大貫晋三は金属加工が専門だった。軍部の要求で航続距離が長く、戦闘能力に優れた戦闘機の開発に携わった。中島飛行機が作り出した戦闘機が零式艦上戦闘機だった。いわゆるゼロ戦だ。

大貫はゼロ戦の機体製作を担当していた。一九四〇年に登場したゼロ戦は、速度性能、旋回能力、上昇能力は世界トップレベルとされた。航続距離も二千二百キロと長い距離を誇っていた。

「無口な父は、お酒が入ると、普段は戦争中のことなど絶対に口にしないのですが、その時ばかりは軍部の言いなりになってしまったことを後悔していました」

二〇ミリ機関砲二門を搭載し、二千二百キロの航続距離を確保するためには、機体を極限まで軽量化する必要があった。機体の軽量化をはかるためにジュラルミンの厚さを限りなく薄くし、パイロットの座席背後の防弾板すら外さざるをえなかった。そのため敵機に背後に回られ機銃掃射されると、ひとたまりもなかった。

「パイロットの生命を軽視し、燃料タンクも無防備にした結果生まれた欠陥戦闘機だったとよく言っていました。急降下すると空中分解してしまうケースもあったらしい。銃撃されるとすぐに火を噴いた。終戦間際には、そんな戦闘機に若者を乗せて特別攻撃隊が組織された。その体験があり、二度と戦争に関連する仕事はしたくないという気持ちがあったようです」

「同じような思いを峰岸聡太郎さんもお持ちになっていたと聞いています。朝鮮戦争当時、アメリカ軍の下請け仕事を受注すれば、いくらでも儲かった。でも、峰岸さんは頑なにそれを拒んでいたようですが、広島で何があったかを大貫会長は聞いていなかったでしょうか」

大田区工業技術協会の馬場会長から聞いた話を、野村が問い質した。

「父と峰岸さんの二人を引き寄せたのは似たような体験をしていたからだというのはわかっているのですが、私がこの話を聞いたのも父が亡くなる直前のことでした。峰岸さんに何があったのか、父は知っていたと思いますが、二人だけの内輪の話で、私は何も聞かされていません」

戦争への拒否感と、戦後、軍事産業にはかかわらないという二人の決意がはっきりしたのが、朝鮮特需だった。

大貫茂によると、朝鮮戦争が始まる前から二人の交流は始まっていたと思われる。

鍋釜の修理を峰岸が担当し、穴を塞ぐ金属の選定から、その金属を加工可能な状態に溶かしたり、加熱加工したりする作業を大貫が担当していたらしい。

家電製品のメーカーとしてY電機が急成長し、電気炊飯器、洗濯機、冷蔵庫などを製造販売するようになると、その本体の製造を峰岸工業が請け負った。

「大貫金属工業を立ち上げていた父は、峰岸聡太郎さんから熱伝導効率がいい釜の設計や、洗濯機、冷蔵庫本体の軽量でしかも強度のあるアルミ加工の開発を依頼され、別会社ですが、戦後は足並みを揃えて成長してきました」

大貫金属工業は、その技術を家電製品だけではなく、軽量でしかも強度が要求されるノート型パソコンやスマホ、カメラの領域にまで拡大し、Y電機の凋落にそれほど影響を受けずに、会社は順調に成長している。

大貫茂は、やはり父親の影響を受け、早稲田大学理工学部を卒業し、大貫金属工業の二代目の社長に就任した後、現在は会長のポストに就いている。茂の長男剛は父親と同じ大学で学び、健二は慶応大学経済学部で学んだ。里奈とは大学の先輩後輩の関係だ。

大貫金属工業も同族企業のようだが、経営は手堅く堅調な会社のようだ。

「孝治君からお聞きになっていると思いますが、怪文書に書かれている件で何か思い当たるようなことはあるでしょうか」

真行寺は、峰岸平、あるいは弟の和、どちらかが峰岸聡太郎が愛人に産ませた子供だという記述をどう思っているかを尋ねた。

「私はまったくのデマだと思います。私だけでなく、私と同年代で、蒲田で暮らしていた連中は、子供の頃は皆で遊びまくっていました。二人が腹違いの兄弟だなんて思っているヤツは一人もいないでしょう。佳代子おばさんだって、勉強しないで夜遅くまで遊んでいると、平さんにだって和君にだって同じように怒っていたし、かわいがりもしていた。昔の連中百人に聞けば、百人が一笑に付すデマですよ」

大貫にとっては、二人が異母兄弟であるという情報は、峰岸工業の内紛を煽り、その内紛を利用して会社を買収しようと画策しているハゲタカファンド、あるいは内紛を利用して峰岸工業に役員を送り込もうと企んでいる連中の仕業で、事実関係よりも出元を明らかにし、放逐することの方が重要だと、真行寺に言った。

大貫はそのデマよりも、Y電機の余波が峰岸工業の経営に与える影響の方を心配していた。

「私も年なので、二、三年のうちに経営権はすべて息子に譲るつもりです。峰岸さんのところはうちと違って規模が大きい。それだけにご苦労が絶えないと思うが、平さん、和君が元気なうちに、今回の危機を乗り切ってくれるといいのですが……」

峰岸家とは戦後間もなくから交流のあった大貫茂も、峰岸平、和が異母兄弟などと考えたこともない様子だ。

しかし、峰岸孝治は祖父の血液型をはっきり記憶していて、父親の平と叔父の和は異母兄弟の可能性があることは紛れもない事実なのだ。

野村の調査データ、学者のような風格を漂わせる大貫茂の話を総合すると、孝治の勘違いではないのかと思えてくる。

怪訝な表情を浮かべ、真行寺は考え込んでしまった。応接室には重い沈黙が流れる。野村が沈黙に耐えきれず、何かを話さなければと思ったのか、大貫に聞いた。

「平さん、和さんの誕生日などはどうしていたのでしょうか」

真行寺の家でも、子供の頃は母親が小さなケーキを買ってきて、ささやかな誕生日パーティーを開いてくれた。しかし、中学に入り、非行が目立つようになると誕生日どころではなくなった。高校生になると、誕生日を祝うどころか、暴走族に加わり家には寄りつかなくなってしまった。

一方、野村は中学生までは親の言うことは素直に聞き、成績も常にトップクラスだった。高校に進んでからも成績は常にベスト3に入っていた。

しかし、それまで我慢していた鬱憤が爆発したように、トップの成績を維持しながら、自動二輪の免許証を取得し、暴走族に加わるようになった。彼女を溺愛する両親は、野村がレディース紅蠍の総長として、都内をオートバイで暴走し、明け方近くに帰宅しても、誕生日にはケーキを用意して待っていてくれた。野村はそれにうっとうしさを感じていたが、明け方眠いのを我慢してケーキを頬張っていた。野村にとって親はそういう存在なのだろう。

「誕生日ですか。戦後の貧しい時代の余韻が色濃く残る時代に私たちは育ちましたが、峰岸さんのところは、それはにぎやかでしたよ。豪勢に誕生日を祝ったというのではなく、仲の良い近所のガキ連中を集めてやっていましたね。ケーキなどはなくて、好きなカレーライスとかお好み焼きを出してくれて、好きなだけ食べなさいって、私たちにも振舞ってくれた。平さんの誕生日は八月六日でしょう」

大貫茂は平の誕生日を記憶していた。

「何歳の誕生日だったか、聡太郎おじさんがカレーライスを食べている平さんを見て、涙ぐんでいたのを覚えています。その時は、何故泣くんだろうって奇妙に思いましたが、大人になり、広島で平さんが生まれたのを知り、大変だっただろうなというのがわかり、なんとなく涙のわけがわかりましたが……」

大貫から当時の話が聞けたが、二人が異母兄弟だというのを示すような話は何一つとして聞き出すことはできなかった。

6　陰謀

峰岸孝治はできることなら、峰岸工業からまったく関係のない世界で生きてみたいと思っている。しかし、日一日と弱っていく父親平に退職届を突きつけるわけにもいかない。

叔父の和が父親に代わって、代表取締役社長に就任してくれるのが、峰岸工業にとっては最善の道だと思われるが、叔父も高齢を理由に一線から退く意向を表明している。そのことが後継者争いを激化させている要因なのだが、叔父も引き受けたところで数年後に同じ問題が再燃すると考えているふしがあり、現社長が存命のうちに、経営を後任に譲りたいと考えているようだ。

長兄の大介が会社を継ぐのが望ましいが、孝治から見ても人望もなければ、社長の器でもない。しかし、大介を社長に据えようとする社内派閥、それと結託する社外の勢力もある。孝治はまったく会社経営、人事には関心のないような素振りで、部下が残業していても定時に帰宅を決め込んでいた。

黎明法律事務所に怪文書の出元を探ってもらい、場合によっては法的措置も考えていることなど誰も知らない。

入院中の父親は、和副社長と頻繁に連絡を取り合っている。どのようにしてY電機危機の影響を最小限に留めるか、それだけで頭がいっぱいなのだろう。父親から本音を聞き出そうとするが、煮え切らない返答しか戻ってこない。

「大介が社長に就任し、お前と里奈の二人で支えてやるのがいちばんいいと思うけど……」

曖昧な言葉を嫌い、白黒はっきりさせる明快な決断で会社を経営してきた父親だが、後継者の話になると、何故か歯切れが悪くなる。大介の能力不足を見きっているのかもしれない。

「身内で経営陣を固めていれば、いずれ創業者一族が放逐される日がやってくる。そうなってからでは手遅れだ。そうした例がくさるほどあるのは知っているだろう。外部あるいは社内の優秀な人材を経営トップに据えることが、峰岸工業の将来につながると思う。それが時代の流れというものだ。俺は経営陣から外されたって、何の文句もない」

父親にこう言い放ったこともあるが、父親は砂を口に含んだような顔をして、口を噤んでしまった。

「今までは叔父さんと組んで、様々な事業を展開し、成功を収めて来たんだろうが、社長の座を譲るなら、視界を広く取らなければとんでもない大きな誤りを犯しそうな予感がするけど……」

孝治は、峰岸工業を引き継ぐ生き方しか認めようとしなかったことに対する反発、わだかまりを、病床に伏す父親に容赦なく浴びせかけた。

「大介に顔を見せるように言ってくれ」

父親はこう言って、ベッドに横になってしまった。後は何を話しかけても「疲れた」とだけしか言わない。

「兄貴は、さすがに叔父さんには面と向かって言えないようだが、里奈には株を譲れと迫っているのを知っているのか」

孝治は語気を強めた。

「だからここに来るように言ってくれと頼んでいるんだ」

「兄貴の背後には鈴木作造専務がいるような気がするが、鈴木専務は信頼できるのか」

父親は何も語らずに天井を見ているだけだ。

「里奈には市川匠専務がいる。鈴木にしても市川にしても、何を考えているのか、俺にはわからないところがある。今回の怪文書と関係はないのか」

父親は一言も発しない。

「わかった。もういい。俺も好きにさせてもらうからな」

そう啖呵を切ってはみたものの、一人では対応しきれる問題ではなく、真行寺の力を借りることにしたのだ。

祖父、父親の故郷である広島、そして戦後間もなく上京してから住んでいた蒲田周辺を調査してもらったが、平、和が異母兄弟ではないかと思わせる事実などいっさい出てこなかった。しかし、異母兄弟だというのは紛れもない事実であることを孝治自身は知っている。

孝治の父親平は一九四五年八月六日に生まれている。祖父聡太郎が祖母佳代子以外の女性に産ませた子供なら、祖父の一九四四年から終戦までの一年間に、平自身にも叔父の和も知らない出生の秘密を解き明かすカギがあるのだろう。黎明法律事務所に調査を依頼しているが、今のところ手がかりらしきものはつかめていない。

怪文書は、平、和が異母兄弟であることを知っている何者かが、書いている可能性がある。しかし、社内にはそんな昔のことを知りえる役員も社員もいない。孝治自身が、二人が異母兄弟の可能性があると知ったのは、入院中の祖父に呼び出され、そこで祖父の容態が急変し、祖父に輸血した経験があったからだ。

看護師から血液型を聞かれ、たまたま祖父と同じA型で、孝治から採血され、祖父に輸血された。しかし、その三ヶ月後に祖父は他界した。

祖父の血液型を知ったのはその輸血があったからで、偶然だった。祖父のカルテはすべて廃棄されていて、どこの病院にもなく血液型はわからなかった。祖母は六年前に死んだが、入院していたK大学付属病院にカルテが残されていてO型であることは間違いない。

「こんなことを知っているヤツが会社にいるのだろうか」

孝治はいくら考えても、何も思いつかない。一九四五年前後の峰岸家の様子を知る者は社内にはいない。しかし、怪文書を書いた者は、少なくとも祖父母の血液型と、平と和の血液型を知るものでなければならない。

「通常であればわかるはずがない」

偶然という言葉を頭の中で反芻した。そう、孝治自身も偶然に祖父に輸血したことで、祖父の血液型を知ったのだ。同じように祖父が倒れた時、社内のスタッフの中に祖父に輸血した者がいたかもしれない。

孝治は早速、父親に聞いてみた。

「自分の父親に輸血が必要になれば、まずは自分の血液を採血してもらう。それは大量に必要になれば、社内の誰かに頼むことはあったかもしれないが、俺から採血したこともなければ、和からだってなかったと思うが……」

父親の平から採血された事実はなかった。またあれば、そこで血液型が判明し、佳代子は本当の母親ではないことが判明していたはずだ。

孝治は念のために叔父の和からも聞いたが、同じ返事が返ってきた。

二人には、自分の血液を祖父に輸血した事実は明かしていない。峰岸聡太郎の血液型は不明のままで通している。二人が異母兄弟である事実を知っていて、真実を話してくれたなら、過去の輸血の話をすればいいと孝治は思っていた。

しかし、二人は事実を隠すのではなく、心底本当の兄弟だと思い込み、疑ってみることさえしていない。孝治は余計に事実を話しにくくなってしまった。

四人の血液型を知る立場にいる者などいるはずがない。

孝治の思考は出口のない迷路に入り込んでしまった。五時半には帰宅し、すぐに自分の部屋に入るのが日課になっていた。

七時になると、妻の靖子が長男の拓郎を連れて部屋に入ってくる。

「ご飯の用意ができました」

いくら考えても、迷路から抜け出す道がみつからない。

部屋を出て、テーブルに座り食卓を三人で囲む。長男の拓郎は今年で三歳になり、来年からは保育園に通わせる予定だ。

「この間、拓郎の三歳児健診に行ってきたけど、何の問題もなく健康そのものだって」

「三歳児健診って？」

育児は靖子に任せっ切りだ。幼稚園や保育園など集団生活を始める前に、公費で受けられる最後の健康診断だ。

「拓郎は来年から保育園に通うんだものね」

靖子が食事を与えながら拓郎に話しかけた。スプーンで口に食事を含ませると、視線を孝治に向けた。

「あなたも仕事に夢中になるのはいいけど、健診は受けたことあるの」
二、三年、社内の定期健診も受けていない。
「今度の社内健診は受けるようにする」

と答えて、感電したように箸をテーブルの上に置いた。

峰岸工業の社員は毎年決まった病院で定期健康診断を受けるようになっている。埼玉県川口工場の従業員は、健正会川口総合病院で、赤坂にある本社に勤務する社員は、新宿区にあるＫ大学付属病院系列の田原総合クリニックで受けるようになっている。

いつの頃からかそうなっているのかわからないが、孝治が峰岸工業に入社した頃には、すでに田原総合クリニックで健康診断を受けるようになっていた。

〈ジイサンの頃からあの病院で健康診断を受けていれば、ジイサンの血液型を医師は知っているだろうし、当時の役員の中にジイサンの血液型を知っている者がいるかもしれない〉

そんな思いが閃いた。それだけではない。当時、祖母も峰岸工業の役員の一人に名前を連ねていた。

〈ということは祖母もその病院で健康診断を受けていたはずだ〉

無言のままで食事に手を着けようとしない孝治に靖子が言った。

「早く食べないとご飯が冷たくなっちゃうよ」

その声でわれに返って食事を摂り始めた。

「社内の問題、そんなに複雑なの」

心配そうに靖子が聞いてくる。

「総長弁護士に協力してもらっているから、ずいぶん助かっているんだ」

「何、その総長弁護士って」

孝治が暴走族に加わり、暴走行為と喧嘩に明け暮れる日々を送っていたことなど、靖子は知らない。二人は大学で知り合った。靖子は平凡なサラリーマンの家庭で育ち、文学部に籍を置いていた。卒業後は出版社に就職したが、仕事に情熱を傾けるというタイプではなく、彼女は平凡な家庭の主婦に納まるのが夢だった。

「俺が改造車で首都高速を走りまわっていた頃、暴走族紅蠍の総長をしていた男で、その後弁護士になり、黎明法律事務所を立ち上げている」

「えっ、あなた、暴走族になんか入っていたの」

靖子にはそれについてはひとことも伝えてはいなかった。

「大学入試検定を受けて大学に入学したというから、高校時代に何かあったかとは思っていたけど、まさか暴走族とはね……」

靖子は楽しそうに言った。高校も都内の有名進学校から早稲田大学に入学してきた。暴走族などというドロップアウトした連中との接点などなかったのだろう。

孝治は真行寺と一緒に追及している真実について靖子に話した。靖子は一時期、総合出版社で週刊誌の編集にも携わっていた。

「病院にあなたの祖父のカルテがないのに、もし社内の誰かが祖父母やあなたの父親、叔父の血液型を知っている者がいるとすれば、田原総合クリニックから情報を入手している可能性は考えられるけど、今どき個人情報保護法もあるし、医師には元々守秘義務があるから、そう簡単に個人の情報を提供するとは思えないけどね」

靖子の言う通りだと孝治も思った。

「でもさ、そのクリニックの医師や看護師と、社内の誰かが密接な関係にあれば情報はいくらでも入手できるよね」

「密接な関係って？」孝治が聞いた。

「密接な関係は密接な関係よ。たとえば院長とか医師、看護師とかが、怪文書の発信者と大学の同窓生だったとか、親戚だったとか、まあ、そんなとこね」

それならば健康診断の結果から、血液型なども簡単に調べることができる。峰岸工業、特に工場では、研磨機からプレス機など、取扱注意の機械が多い。一年に数件だが、ケガをする従業員が出る。大事故は起きていないが、大事故に備えて社員すべてに血液型検査を義務付けているのだ。

孝治は父親か叔父に聞けば、何故田原総合クリニックを社員の健康診断の指定病院にしているのか、すぐにわかると思った。

翌日、定時で仕事を終え、残業中の部下を残して、孝治は父親を見舞いに行った。

「大介には伝えてくれたか」

父親は孝治が部屋に入るのと同時に聞いた。

「ああ、言っておいた」

「そうか」

父親の言葉には落胆がこもっている。大介は相変わらず病室には来ていないのだろう。

「ところで社員が健康診断を受けている田原総合クリニックだが、誰があの病院で健診をするって決めたんだ」

「社員健診の病院を替える気でもあるのか」

「いや、俺はもう何年も健診を受けていないんだが、今度受けてみようと思っているんだ。信頼できる病院かどうかを知りたいんだ」

「まあ、今どき健診は、血液検査とＣＴ、ＭＲＩを使ってやれば、よほどミスがない限り、大きな病気を見過ごすことはないのと違うか。私は一年検査をパスしただけでこのざまだ」

「ジイサンの頃からの付き合いなのか、田原総合クリニックとは」

「そうだ。確か、死んだ聡太郎の時代の役員の倅だったかが開業したとかで、それで峰岸本社の社員だけでも健診を受けてもらうと、病院の経営上ずいぶんと助かるとかで、それであのクリニックで定期健診を受けるようになったはずだ」

田原という元役員の子供が院長を務める病院のようだ。

「田原っていう役員は、今も健在なのか」

「確か夫人が亡くなり、高級老人ホームに入り、そこで暮らしていると聞いてはいるが、詳しくは知らない。別に田原さんの紹介がなくても、峰岸と名乗れば、万全を期して検査をしてくれるはずだ」

「わかった。近いうちに行って検査を受けてみる」

田原総合クリニックの院長か、その父親である元役員の田原、その二人と密接な関係を持つ役員が社内にいれば、峰岸一家の血液型を調べるのは難なく可能だ。

「社員の健康診断は総務課の仕事なのか」

「そうだ。お前、まだそんなことも把握していないのか」

孝治は父親からの小言を聞かされると思い、「また来る」と言って病室を出た。

総務課の担当役員は鈴木作造だった。孝治は流通営業課長で、協力企業からの部品の仕入れ、峰岸工業で製造した製品をY電機に納入するまでの輸送を担当している。すでにシステムが組み立てられていて、よほどのトラブルが起きて、協力企業からの納品が遅れたり、峰岸工業の機械にトラブルが生じて、納期がずれたりしない限り、輸送には大きな問題は生じない。

それをいいことに孝治が夢中になって働くということもなかった。部署には上司もいるが、創業者一族の一人であり、現取締役社長の次男ということで、腫れ物に触るようにして孝治には接してくる。

父親、叔父は一日も早く役員に名前を連ねるように言ってきているが、孝治は社内のシステム全般を把握してからでないと、役員になっても会社経営の足を引っ張るだけだと、役員昇格を固辞してきた。

赤坂本社の社屋で時折鈴木専務取締役と顔を合わせるが、周囲に誰もいないと、そろそろもういいでしょうと役員になるように耳元で囁いてくる。社内でも、そしてY電機でも、鈴木専務取締役は経営手腕に優れていると評判だ。部下からの信頼も厚い。いつもオーダーメードのスーツ姿で、役員としての品格も持ち合わせているように見える。

しかし、孝治とは肌が合わない。出世だけが人生のすべてと顔に書いてあるように思えてしまうのだ。何かトラブルがあって衝突した経験があるわけではないが、直感的に鈴木には忌避感がある。五分話をしていただけでも息が詰まりそうになってくる。

鈴木作造と田原総合クリニックとの関係を調べてみようと思うが、何をどうすればいいのか孝治には見当もつかない。鈴木に直接聞くわけにもいかないし、田原総合クリニックの院長に尋ねたところで、健康診断を引き受けている会社の役員としか答えないのは明らかだ。

田原総合クリニックは新宿区大久保にあり、院長の田原康夫は病院のＨＰではＫ大学医学部卒業になっている。内科が専門で、一九九五年に田原総合クリニックを開院し、田原総合クリニックには、小児科、外科、耳鼻咽喉科、皮膚科なども併設され、Ｋ大学付属病院との密接な関係を持ち、いわゆるホームドクター的な総合病院としての役割を果たしているようだ。

年齢的には孝治の父親平より五歳年下だ。

孝治は父親を見舞った後、自宅に戻った。机の奥の方に放り投げておいた役員名簿を開いた。それには出身高校、最終学歴、座右の銘、生年月日、出身県、入社年月日が記されている。

最初に見たのは鈴木作造だった。鈴木は埼玉県出身で、地元の高校を卒業し、大学は都内にあるJ大学を卒業している。一九五〇年生まれで入社は一九七五年になっている。峰岸工業に入社した年齢は二十五歳で、中途採用なのかもしれない。役員名簿からは、田原院長との接点があるようには見えない。

市川匠はどうだろうか。神奈川県出身で県立の名門S高校からK大学経済学部に進んでいる。一九五五年生まれで、一九七八年入社だ。田原総合クリニックの院長との接点は、鈴木よりも市川の方がありそうだ。学部は違うが、同じ大学で学んでいる。

役員名簿をくっている程度では、怪文書を流している発信元はつかめそうにもなかった。

Y電機の分割売却がついに表面化し、具体的になってきた。バッテリー部門は台湾の企業が名乗りを上げ、国内大手のM電器と売却額をめぐって駆け引きが行われているらしい。家電部門はY電機の中枢であり、この部門だけは売却を避けて、自主的な再生の方向で、懸命に銀行との交渉をつづけているようだ。その他の部門も、売却は既定方針のようで、最も有利な形での売却をY電機は、関連企業に打診している。

家電部門を売却せずにY電機が危機を脱することができれば、峰岸工業も影響を最小限に抑えて危機を回避することも可能になる。

しかし、これを業界再編の好機ととらえている関連企業にしてみれば、Y電機の家電部門を呑み込むような形での吸収合併ができれば、消費者がY電機の家電に抱いている良いイメージをも取り込める。家電部門はどこのメーカーも売上が落ち込んでいる。Y電機が持っている信用と消費者を吸収できれば、メリットは大きい。

M電器、H製作所、Fゼネラルが買収に躍起になっているようだ。Y電機がいずれかの傘下に組み込まれてしまえば、峰岸工業にも大きな影響が出てくるのは必至だ。怪文書は峰岸工業の企業価値を下落させ、安く買収しようと、様々な思惑を持った連中が仕掛けてきているのかもしれない。それに内部の役員が協力しているとしたら、一日も早くそうした人間を排除しなければならない。

孝治の焦る気持ちをあざ笑うかのように、新たな怪文書が社内に流れ始めた。それは前回の役員に向けたものではなく、社員に向けての役員批判だった。

その怪文書はビラを撒かれたわけではない。インターネット上に書き込まれた内容が、急速に拡散していくのだ。

最初の怪文書は、峰岸平代表取締役社長、峰岸和副社長は兄弟ではなく、どちらかが創業者峰岸聡太郎が愛人に産ませた子だというスキャンダルだった。意図ははっきりしないが、峰岸工業の正当な継承者ではないものが、経営陣に紛れ込んでいると言いたいらしい。

今度の怪文書は、さらに具体的な事実を挙げ、経営陣を批判してきた。経営陣というより創業者一族の批判を展開していた。やり玉に上がったのは峰岸和の長女里奈と夫の大貫健二だった。

「峰岸一族は会社を私物化し、役員の夫を峰岸工業役員に引き入れようとしている」

ネット上に書き込まれた最初の怪文書はこの程度だったが、拡散していくうちに、役員は副社長の長女里奈で、夫は大貫健二と具体的な名前まで記され、尾ひれが付いていった。

里奈は役員の一人だが、取締役に名を連ねているだけで会社の経営方針に異を唱えるわけではない。夫の大貫健二は峰岸平社長、和副社長の誘いをも断わり、峰岸工業への転職を拒否している。大貫健二は祖父が創業した大貫金属工業を兄と二人で手堅く経営していた。その経営手腕を、峰岸平と和は高く評価し、峰岸工業に引き抜こうとしたのだ。そうすることによって、大貫金属工業との提携関係もより強固なものにできる。

しかし、ネット上の怪文書は、拡散に拡散を重ねているうちに、大貫健二が近いうちに峰岸工業の役員に名前を連ねるという文書に変わっていた。

ネット上にあふれている怪文書をコピーして、念のために黎明法律事務所に送信した。

それを読んだ真行寺から連絡があった。

「最初の怪文書は社内の事情に精通しているヤツがいて、そいつが発信しているのだろう。後はそれに釣られて書き込んだ連中で、社員もいれば部外者もいるだろう。まあ、実名ではないから書き込めるので、しょせん公衆便所の落書きと同じだ」

インターネットは、情報を収集するには便利なツールであることには間違いない。しかし、それまでは情報を発信する術のなかった市井の人たちにも、広範囲に発信できるツールを与えてしまった。

健全に利用されていれば問題はないが、匿名性という隠れ蓑をまとうこともインターネット上では許される。アメリカの文化人類学者ルース・ベネディクトは『菊と刀』の中で日本人の特性を「恥の文化」と記した。しかし、孝治にはとても日本人が恥を意識して行動しているようには思えなかった。

「日本人が恥知らずになったというより、元々恥の文化なんてなかったようにしか俺には思えんよ。インターネットは愚か者、恥知らずに自由に発言できる場を与えただけのような気がする」

孝治は怪文書への苛立ちを口にした。

「ネットはバカとアホーの絡み合い。徹底的に無視することだ。その方が相手に与えるダメージは大きい」

真行寺の指摘は正しい。
「そのうちにお前も何か書き込まれるぞ」
真行寺は冗談を言ってから電話を切った。
その数日後だった。真行寺の言った通り、ネット上に孝治への罵詈雑言が並んだ。
「真昼のＬＥＤ」、「万年課長」に「定時帰宅の高給取り」と言いたい放題だった。
兄の大介も同様にこき下ろされていた。
「親の七光り役員、能力七分の一」と陰口が堂々とネット上に記されていた。
孝治は何もなかったかのように出社したが、役員も社員もすべて敵のように思えた。

7　私家本

愛乃斗羅武琉興信所の野村悦子から広島の郷土史家が書いた自費出版の本が、黎明法律事務所に転送されてきた。『矢賀町の歴史』というタイトルで、著者は三沢匡になっていた。出版は二〇〇〇年で、本の裏表紙に書かれているプロフィールによれば、一九三五年生まれで、広島市で教師をし、退職を機にまとめた本のようだ。

野村によると、広島市矢賀町の閣連寺の住職が、『矢賀町の歴史』の中に峰岸聡太郎について触れた記述があるのを思い出し、野村に送付してくれたらしい。そのページには付箋が挟み込まれていた。

矢賀町出身の経済人、立志伝中の人として次のように紹介されていた。

峰岸聡太郎は生まれながらにして右足に障害を持ち、徴兵検査でも丙種合格とされた。そのことに対して本人は周囲には悔しさや劣等感らしきものを吐露したことは一度もなかった。しかし、天皇の赤子として戦えないことには人一倍無念の感情を抱き、内心忸怩たる思いだったに違いない。

それが原動力となったのか、生来の手先の器用さを活かして、軍事産業ではその才能をいかんなく発揮し、広島市内の軍需工場を飛び回り、砲弾から戦闘機の部品の製造まで、自ら先頭に立ち、また勤労動員、学徒勤労動員、女子挺身隊らに対しても製造指導にあたっていた。

矢賀町では、人格者として頼られる存在だった。峰岸聡太郎を慕う友人、後輩も多かった。一家の大黒柱が徴兵され男手が不足していると聞くと、率先してその家に出かけて行っては、仕事を手伝っていた。

しかし、八月六日の原爆投下、八月十五日の終戦を機に、聡太郎は人が変わってしまった。理由はわからない。それまでは金に執着を見せるようなことは一度もなかったが、異常なほど金に対する執着心を見せるようになった。

以前の峰岸を知る人は、その変貌ぶりに言葉を失った。何故そうなってしまったのか。はっきりとした理由は誰も知らない。

被爆広島の惨状を目の当たりにし、敗戦国の惨めさに、頼れるものは金だけだと、過去の自分をいっさいかなぐり捨て、生き抜くために人格を自ら変えてしまったのかもしれない。

鍋釜の修理をいくらしても収入は高が知れている。ひと旗あげるには、東京に行くしかないと、終戦から数年後には矢賀町から峰岸聡太郎の姿は見えなくなった。

再び峰岸聡太郎の名前を見たのは、一九六〇年代に入ってからだったと記憶している。五〇年代後半から三種の神器として、テレビ、冷蔵庫、洗濯機が売れ始めた。その三種の神器生産の一翼を担う会社として峰岸工業が新聞テレビで取り上げられるようになり、創業者が矢賀町出身の峰岸聡太郎だと知った。

『矢賀町の歴史』にはこのように記述されていた。妻や二人の子供についての記述は見られなかった。

読み終えて、著者の三沢匡が健在なら会って直接話を聞いてみたいと、真行寺は思った。野村に連絡を入れ、三沢が存命かどうかの確認と、所在地を調べてもらった。三沢は今も矢賀町に住み、健在だった。

真行寺は羽田空港で野村と待ち合わせ、広島を訪ねることにした。すでに梅雨は明けて、広島に着いた時、気温は三十度を超えていた。広島空港で昼食をすませ、二人はレンタカーで広島市内に向かった。

三沢との約束は午後三時だ。鏡の反射光のような光が降り注いでいる。約束前には三沢の家に着いた。近くのコインパーキングに車を止めた。

車内はエアコンを効かせているが、外はうだるような暑さだ。車を降りた瞬間に汗が噴き出る。三沢の家は閻連寺からそれほど遠くない場所にあった。フェンスには朝咲いた朝顔の花が枯れかかっていた。二メートルほど高さにまで成長したヒマワリが黄色い花を咲かせていた。

呼び鈴を押すと、すぐに玄関のドアが開き、老人が出迎えてくれた。

「三沢です。どうぞ入ってください」

玄関を入るとまっすぐに廊下が伸びていて、右側の部屋が応接室になっていた。

三沢は左足を少しだけ床にするような足取りだった。

部屋に通され、立ったまま二人は名刺を差し出すと、座るように勧められた。すぐに夫人が冷たいジュースを運んできてくれた。勧められるがままジュースを飲み、真行寺が峰岸一族の一人から、峰岸聡太郎の終戦前後の状況を調査してほしいと依頼され、調査を進めていると説明した。

三沢は耳が少し遠くなったので大きな声で話してほしいと言ってきた。

「最近になって、創業者の長男、次男が異母兄弟ではないかと、妙なことを書きたてるマスコミやインターネット上にフェイクが拡散しているのには、正直なところ辟易しています」

八十歳は過ぎているのにインターネットを使いこなしているのだろう。峰岸工業に関連する情報も新聞紙上だけではなく、ネット上からも集めて最近の状況も把握している様子だ。

「場合によっては法的な措置も依頼者は考えているようですが、その前に、終戦前後の様子は身内も知らないので、できる限り調べられることは調べてからと思って、広島を聞き取り調査に回っています」

真行寺が説明した。

野村が前回の調査で閣連寺を訪ね、住職から『矢賀町の歴史』を送ってもらい、峰岸聡太郎に関連する記述を読み、直接話をうかがおうということになったと説明を付け加えた。三沢は納得した表情を浮かべた。

「私が直接知っている峰岸聡太郎は、私がまだ十歳になる頃のことで、お二人の期待に応えられるかどうか……」

三沢は自信なさそうな顔をした。

「今、お話しした通り、実は身内の方も、創業者の広島時代はまったくと言っていいほど知りません。ご記憶にあるどんなお話でも、彼らにとっては創業者を知る手がかりになるのでよろしくお願いします」

と言ってから、真行寺はいつ頃から、峰岸とどのような交流があったのかを聞いた。

「年齢が一回り以上、十五歳ほど峰岸聡太郎氏の方が年上と思うのですが、親しくお付き合いされていたのでしょうか」

「峰岸さんは、私たちにとっては、憧れの存在でした」

三沢と峰岸を引き合わせたのは、二人が持って生まれた障害だった。戦況が悪くなり、二十歳前でも国家に忠誠を尽くし、戦場で戦うのが日本男児の使命だと誰もがそう思っていた。

「私は脳性小児まひで、左足が自由になりません。国民学校に通っていましたが、いくら成績が学校でいちばんになっても、腕力に優れた者が優秀な生徒でした」

三沢につけられたあだ名は「丙種合格」だった。最初はその意味がわからなかった。国民学校の帰りに、悪童たちに囲まれ、からかわれているのを峰岸が目撃した。

「峰岸さんは泣いている私を助けてくれました」

「丙種合格」と嘲りの言葉を叫びながら、悪童たちはクモの子を散らしたように逃げ去った。三沢はいじめられた理由を峰岸に語った。

事情を知った峰岸は、いじめていた連中の名前を聞き出すと、一人ひとりの家を訪ね歩いた。

「お宅の倅が、三沢さんの息子やわしに向かって、『丙種合格』と言って逃げていったが、どういう意味なのか、詳しく説明してくれんか」

峰岸が「丙種合格」だというのは、矢賀町の住民のほとんどが知っていた。しかし、軍部からの期待が大きく、物資や電力が不足する中で峰岸が軍部の無理な要求に応えているのは周知の事実だった。軍部から一目も二目も置かれていた。その上、男手が足りないという家には、学徒勤労動員の若者を連れて来て、家の修繕から畑仕事まで手伝わせていたのだ。

「峰岸さんは悪童連中の家を一軒一軒回って、二度と『丙種合格』などとからかうなと説教をして回ってくれました。そのおかげで、表立ったいじめはなくなりました」

三沢の家は農家だった。父親は徴兵され、家に残ったのは母親と姉、それに三沢匡本人だった。

「障害があろうがなかろうが、わしらは皆、天皇陛下の赤子じゃけん、胸を張って生きにゃならんぞと言ってくれた。その時、私も峰岸さんのようになりたいと思いました。私も軍国少年の一人になるんだって、その時は思いました」

「峰岸さんの周囲には、そうした障害を負った子供たちは三沢さんの他にもいたのでしょうか」

「峰岸さんから漏れてくる話の中に、やはり障害を負った若い連中が出てきて、その人たちのところにも時々行って励ましている様子でした」

三沢の負っている障害は軽度だった。中には生まれた時から一度も立つことができない障害者もいた。

終戦間際になると、軍需工場の多かった地域は爆撃にさらされた。障害者を抱えて逃げるだけ人手に余裕のある家はなかった。自分が生き残ることだけで精一杯だった。家族が防空壕に逃げていくのを家の中で見ているしかなかった。

「焼き殺されるより、いっそこのまま爆弾で吹き飛ばされて跡形もなく死んだ方が楽だと、爆弾が降ってくるのを家の中で見ていた障害者の話をしてくれました」

爆弾は頭上には落下せずにそれてしまい、その障害者は命拾いした。それでも自分にできることはないかと、峰岸に相談を持ちかけた。

「その方の両手は自由に使えたそうです」

峰岸はその障害者のところにわざわざ足を運び、ボルト、ナットの切粉を除去する仕事を任せていた。

「戦況が悪くなると、食糧難になり、子供はまだましでしたが、大人は無駄飯食い扱いにされました。そのことに峰岸さんは憤り、たとえ些細な仕事でも、その人の障害に応じて可能な仕事を回していました。だから私だけではなく、多くの人から尊敬されていたと思います」

三沢自身、軍国少年を目指したが、軍人になることは最初から不可能で、そのことを三沢に何度も相談している。

「軍人だけが国家に尽くしているわけではない。銃後を支えることだって、戦場で戦っているのと同じことなんだ」

峰岸はこう三沢を諭していた。

三沢の話を聞きながら、峰岸聡太郎が矢賀町やその周辺の人々、障害者からも慕われ、尊敬されていたのが理解できた。しかし、終戦後、性格が変わってしまったように見えたと、三沢は記述している。

「金に執着するようになったと書かれていますが、具体的にはどのようなことを差しているのでしょうか」

一瞬躊躇《ためら》うような間があったが、三沢は説明を始めた。

「誤解をされるような記述になってしまっているので、少し付け加えます」

峰岸が金に執着を見せるようになったというのは、終戦当時十歳の少年にはそう思えたということだった。それまでは困っている人の手助けは、報酬など最初から期待していなかった。

しかし、終戦後は自分が生きていくだけで、人助けなどやっている余裕など誰にもなかった。被爆後の広島は、原爆投下の日からその年の十二月までに約十四万人が亡くなっている。その廃墟と化した広島で、峰岸は鍋、釜の修理をして生活していた。

一九四一年に金属類回収令が出されている。武器製造に必要な金属資源を回収するのが目的で、一九四三年に全面改正され、鍋、釜、やかんまで自主的にだが供出しなければならなかった。

「戦後は物資が不足し、残された古い調理器具を、どこの家庭でも使っていた。破損した道具の修理を引き受けているという噂を聞きつけて、峰岸さんのところに直してもらおうと町民が集まってきた」

以前の峰岸だったら、一銭も受け取らずに修理をしていただろうと、三沢には思えたが、終戦後、峰岸は必ず代金を受け取るようになった。その光景を三沢自身、目撃している。以前の峰岸からは想像もつかない対応に、周囲の者には「人が変わった」としか思えなかった。

「中には血も涙もないと、悪く言う人もいたのも事実です」

「峰岸さんもご家族を抱えていて、生活が大変だったということなのでしょうか」

真行寺が疑問を口にした。

「そうですね。以前のようにしていたら生活はできなくなってしまう。それで心を鬼にして、そうされていたのかなと、当時はそう考えていました」

「法外な修理代金を請求したということなのですか」

「その代金が合理的な金額だったかどうかまではわかりませんが、その徴収の仕方がかなり強引だったのは、間違いないでしょう」

以前の峰岸を知る人は、安い報酬で修理をしてくれるだろうと期待して依頼し、修理後要求された金額に驚いた者も少なくなかった。

「支払えないと答えると、農家ならすぐに闇市で換金できる食糧を出させたり、中には修理した鍋や釜を没収されたりした人もいたようです」

「それほど峰岸さんの生活は困窮していたということでしょうか」

「その点は私にはよくわかりません。ただ広島市民は誰もが困窮し、余裕のある人はいなかったのではと、子供の私には見えましたが……」

「峰岸さんご夫婦に、原爆投下の日に長男が生まれたのをご存じでしたか」

真行寺は最も聞いてみたい質問を三沢にぶつけた。

「峰岸工業の現社長ですよね」

三沢なら峰岸平の出生について何かを知っている可能性がある。真行寺も野村も心密かに期待して三沢の返事を待った。

「終戦の前だったのか後だったのか、それがいつなのかはっきりとした記憶がないのですが、とにかく峰岸さんの奥さんを見かけなくなってしまったんです」

「奥さんは出産を控えて、疎開でもされたんでしょうか」野村が質した。

「確かに聡太郎さんは自分の家のことよりも、軍需工場での仕事、困っている人たちの支援で広島中を飛び回っていたという印象があります。だから実家に行って出産されたとも考えられますが、私はまだ子供で、その辺りはよく覚えていないのです」

峰岸和も広島で生まれている。一家で東京に移り住む前に、二人の兄弟を三沢は見ているのだろうか。

三沢は首を横に振った。

「終戦後、峰岸さんはもちろん何度も見ていますが、奥さんも二人の子供も、私は一度も見ていません。私は峰岸工業がY電機の家電製品を担う大きな企業に成長しているとわかるまで、奥さんは原爆で亡くなったとばかり思っていました」

投下直後、姿が見えなくなれば、被爆して亡くなったと思うのが自然だ。

三沢からは峰岸の妻、佳代子と二人の子供である平と和について、いくら聞いても、結局新しい情報は得られなかった。

真行寺、野村が引き揚げる準備を始めると、それを引き止めるように三沢が言った。

「実はあの本に書いた記述を見て、二人の方から抗議を受けたんです」

「抗議ですか」真行寺が聞き返した。

「そうです。あなたがたお二人が質問された同じ箇所で、峰岸聡太郎が金に執着するようになったという記述に、事実と違うと言ってこられた方がいました」

「事実と違ったというのは？」

真行寺は詳しい説明を求めた。

戦後、矢賀町の人たちは古い調理器具を峰岸のところに持ち込み、修理を依頼した。修理してくれたが、その代金を要求されたという話はあっという間に町中に広がった。代金は誰かれなく、修理を頼み込んだ人には例外なく請求された。

峰岸は国策に協力し、自分の家にある余分な金属類は供出し、最低限のものしか残さなかった。しかし、中には床下や地面の中に鍋釜を隠して、供出しなかった家も少なくなかった。戦後、そのことに気づいた峰岸は、意趣返しで金を取るようになったのではないかとも噂された。

「真意は私にもわかりません。戦後、その事実を知り、峰岸さんが快く思わなかったことは想像できます。しかし、だからと言って、金を取って商売にするというのが、矢賀町の人には理解できなかったのでしょう」

三沢はことさら峰岸を非難する記述でもなく、問題はないと思っていた。しかし、抗議が寄せられた。

「戦後の苦しい時代に、自分の特技を活用して商売をして何が悪いのだという、峰岸さんの親戚からの抗議くらいにしか私は思っていませんでした」

本が出版されたのは、終戦から五十五年も経過していたのだ。抗議は最初電話で寄せられた。詳しく聞きたいと伝えると、二人とも手紙を書き送ってきた。

二人とも矢賀町出身で、その頃はすでに矢賀町を出ていたが、戦後の苦しい一時期を峰岸からの経済的支援で生き延び、今日生きていられるのも、峰岸の支援があったからだと感謝の言葉を述べていた。

「何故、峰岸さんはそのお二人に経済的な支援をされたんですか」野村が尋ねた。

三沢は当時の手紙をすでに処分してしまっていた。しかし、退職を機に書いた本に抗議が寄せられたというのは、長年教師をしてきた三沢にとっては、大きなショックだったのだろう。抗議の理由については記憶していた。

「手紙に詳しく抗議の理由が書かれていたわけではありません。直接二人にも会いましたが、真実を語ってくれたとも思っていません。でも、自分の中ではっきりさせなければいけないことだと思い、抗議してきたお二人の背景を私なりに調査させてもらったんです」

峰岸は兵士になれない障害者にも、国家のために尽くす方法はいくらでもあると激励していた。その一方で、若い連中にも国家の一大事で、身を挺して国家と家族を守るのが、日本男児の使命だとも熱い口調で説いていた。

「峰岸さんの生き方に共鳴した若い連中も少なくありません」

予科練と呼ばれていた海軍飛行予科練習生に志願する者もいた。また陸軍の少年飛行兵、少年戦車兵、少年野砲兵、少年重砲兵などに志願した者もいた。終戦間際、彼らは例外なく死地に送り込まれた。

「そのことを峰岸さんは深く後悔していたのではないかと、今ではそう思っています。その後悔の念が強く、広島では生きにくいと思って、東京に出て行ったような気がするんです」

峰岸の話を聞いたり、説得されたりして、少年兵として志願した者が少なからずいたのだろう。

戦後、アメリカ軍に日本は占領され、民主主義が入ってきた。

「それまでは教育勅語が日本の教育理念とされていました。ところが終戦になり、私たちの教科書は、都合の悪い部分は墨で塗りつぶされ、それを使って勉強したんです」

戦場に若者を送り出した峰岸には、それまでとは異なった視線が向けられたのは想像に難くない。

「峰岸さん自身も日本の変わりようには大きな戸惑いがあったと思うし、掌を返したような周囲の冷たい対応は、いくら修理代金を取ったからといっても、それだけが理由ではなかったと、今では推測しています」

どれくらいの若者が戦場に赴いたかは、三沢は承知していなかった。おそらく峰岸にしかわからないことなのだろう。

少年兵として戦死し、親兄弟が被爆で死亡し、家族が消滅してしまったケースもあるだろう。

長男や次男を失い悲嘆にくれる親や、生き残った家族の中には、悔しさを峰岸にぶつけた者もいたに違いない。

「峰岸さんを責めても仕方ない。日本人のすべてが国家のために戦うように教育され、反対すれば非国民と非難された時代だった。峰岸さんに責任があるわけではないと、道理のわかった方もいました」

　しかし、峰岸は自分が死地に送ってしまった少年兵の家族を、戦後訪ね歩いている形跡があった。三沢は戦死者を出した矢賀町出身の家を訪ね歩き、峰岸が戦後訪問していた事実を知ったのだ。

「石を投げつけた人もいれば、水をかけた人もいたようです。対応は様々でした。もちろん中には、後悔する峰岸とともに涙を流しながら、峰岸をいたわった人もいます」

　峰岸は、残された人生は、戦死させてしまった若者を供養するためにも、日本を一日も早く平和な国家に再興させるために働きたいと位牌の前で誓った。

「私の本に抗議してきた方は、峰岸を責めることなく、家に招き入れ、位牌をともに拝んだそうです」

　その遺族は、戦後苦しい生活を強いられていた。

「その困窮した家族に、峰岸さんは経済的な支援をしていました。時期的なことを考えると、鍋釜修理の仕事を始め、金儲けに狂奔していると噂が立ち始めた頃と時期が重なります」

　峰岸聡太郎は、鍋釜修理で得た金を、少年兵の遺族に渡していたようだ。被爆後の広島で、そうした支援をしていれば、自分の家族の世話などできるはずがない。

「峰岸さんの奥さん、そして長男、次男がその時期どのような生活をしていたのか、不思議でたまりません」

峰岸の妻、佳代子の実家は三次市だが、妻や子供がそこで暮らしていた形跡はなかった。いったい家族はどこで、どのような生活をしていたのだろうか。

三沢の話を聞き、真行寺は三沢に抗議してきた遺族を訪ねてみたいと思った。三沢は手帳を取り出すと、二人の遺族の連絡先を告げた。

「まず戦死した少年兵の名前です」

岡崎大吾、十八歳で鹿児島県知覧から、特別攻撃隊に加わり戦死。父親は岡崎甫、母親はミサトで、二人とも矢賀町に在住し、被爆当日も矢賀町にいて、被爆死からは免れていた。戦後も健在だったが、本が出版された当時は二人とも他界していた。

「抗議してきたのは大吾の妹幸代さんで、現在は山中幸代さんとなり、やはり広島市内にお住まいです」

三沢が読み上げる住所を野村がメモした。

「もう一人は、福山紘宇で、この方も十八歳で戦死しています」

フィリピンに向かう途中で、輸送船がアメリカの潜水艦によって撃沈され戦死している。

福山紘宇の父親は軍需工場で被爆死、母親も被爆して、九月に入り死亡している。姉の福山有子は終戦当時二十歳で、有子には一九四四年生まれの長男美喜雄がいた。有子の夫は戦後復員してきたが、働かず、自暴自棄の生活を送り、復員後数年して死亡している。

「私に抗議してきたのは、姉の有子さんでしたが、当時、ずいぶんと高齢でしたから、現在存命かどうかはわかりません」

三沢は福山有子の連絡先を教えてくれた。

峰岸聡太郎には、『峰岸工業四十年史』にも記述されていない、家族にさえも伝えられていない事実があるのは確かなようだ。その事実を明らかにすることが、突きつけられている難題を解決するための近道のように、真行寺には思えた。

8　抗議

三沢匡が『矢賀町の歴史』を自費出版したのは十六年も前のことだ。本が出版されたことが地方紙の広島版で取り上げられた。

「それで岡崎大吾、福山紘宇の遺族らが、私の本を読んでくれて、事実と違うと抗議してきたのです」

広島市内のホテルに泊まった真行寺と愛乃斗羅武琉興信所代表の野村悦子は、最初に岡崎大吾の妹を訪ねてみることにした。

「終戦の年、岡崎は十八歳で、その妹はおそらく十五、六歳くらいだろう。三沢よりも、当時の峰岸聡太郎について、知っている可能性があるな」

朝食バイキングを野村と摂りながら真行寺が言った。

「そうね。事態を打開する新しい情報が得られるといいわね。その前に食事だけはしっかり摂っておきましょう」

野村はスリムな体型とは裏腹に、トレーはジュース、トースト、それにフルーツの盛り合わせでいっぱいだ。バランスの取れた食事を心がけているのだろう。野村は知り合った頃の体型をずっと維持している。

真行寺にはいずれ野村悦子と結婚するだろうという予感がある。野村も同じ気持ちでいるのだろうが、結婚を口にすることがないまま、十数年恋人として付き合ってきている。

しかし、二人とも仕事とプライベートは明確に分ける主義で、同じホテルに宿泊しても部屋は別々だ。

ホテルの地下駐車場から外に出ると、朝から真夏の眩しい光がフロントガラスに差し込んでくる。

カーナビに入力した山中幸代の住所は意外にもホテルの近くだった。

真行寺は目的のマンション近くのコインパーキングに車を止めて、山中幸代を訪ねた。建てられてからそれほど年数が経っていないのか、エントランスはオートロック式のマンションだった。三沢から聞いた部屋番号をインターホンで押すと、若い女性の声がした。

野村が来訪の目的を告げたが、相手は要領を得ないのか、「ちょっとお待ちくださ い。義母に聞いてみます」という返事が返ってきた。

「どうぞ」とすぐに返事がありドアが開いた。

山中は最上階の十二階で、最上階は一世帯だけだった。エレベーターで上がると、エントランスで四十代後半とみられる女性が待っていた。

「義母は最近衰えがひどくて、峰岸さんのお話をどこまでできるかわかりませんが、とにかく本人に聞いてみてください」

　山中幸代は長男夫婦と暮らし、インターホンの応対に出たのは、長男の妻だった。玄関を入ると、二十畳ほどの応接室があり、夏の光がレースのカーテン越しに注ぎ込み、少し高めにエアコンの温度が設定されていた。

「今、義母を連れてきます」

　しばらくすると杖を片手に、嫁に手を引かれながら山中幸代が出てきた。ソファに座ると、弱々しい声で、「どのようなご用件でしょうか」と二人に尋ねた。

　真行寺は名刺を差し出し、峰岸家の一人から、峰岸聡太郎の広島時代についての調査を依頼されていると告げ、心ない記事がマスコミに流れ、家族も真実を明らかにするため、峰岸聡太郎の終戦前後の足跡を知りたいと相談されていると説明した。

　山中幸代は足腰が弱っているようだが、耳はしっかりしていて、頷きながら真行寺の話を聞いていた。説明を聞き終えて、山中が尋ねた。

「どうして私が峰岸聡太郎さんについて知っているとわかったのですか」

　閻連寺住職から元教師だった三沢匡の著書を紹介され、著者から山中幸代から抗議を受けた事実を告げられたと、今度は野村が説明した。

「そうですか。三沢先生にお会いになられたのですか」

山中は顔に老人特有のシミを浮かべているが、美容院で髪も染め、セットしてきたばかりのような髪型で、家の中にいても身だしなみには気を遣っている様子だ。経済的には恵まれた老後を送っているのだろう。

「具体的に誰からの依頼だと、名前を申し上げることはできないのですが、峰岸一族の一人です。Y電機危機に端を発し、峰岸工業に対するマスコミ報道など、この危機を乗り越えるためには、峰岸聡太郎の広島時代を知る必要があって、調査をしています。どうかご協力ください」

真行寺が頭を下げた。

「峰岸聡太郎さんの広島でのご苦労について、ご家族はご存じないのでしょうか」

「私が知る限りでは、広島時代についてはほとんど理解していないというか、あるいは峰岸聡太郎自身が意図して話してこなかった可能性も考えられます」

山中は無言で頷きながら真行寺の話を聞いていた。被爆直後の惨状を目撃した人間ほど、事実を語りたがらないのだろう。

「『矢賀町の歴史』をお読みになって、三沢先生のところに抗議を寄せられたとお聞きしているのですが、具体的にはどの点が事実と異なっていたのでしょうか」

山中は肺の中の空気をすべて吐き出してしまうかのような大きなため息をつき、「どこからお話をすればいいのか……」と言って、キッチンに向かって言った。「コーヒー、まだかしら」

「今、お持ちします」とキッチンから声があって、コーヒーが運ばれてきた。そのコーヒーをおいしそうに少し飲んでから山中は再び話し出した。

「今日、私がこうして生きていられるのも、すべて峰岸聡太郎さんからのご支援があったからこそで、戦後、峰岸さんがお金に執着するようになったという記述はまったく違うので、書き改めてほしいと思って、三沢先生にお手紙を書いたんです」

山中幸代は八月六日、矢賀町からそれほど遠くない府中町の軍需工場で被爆した。しかし、爆心地からも離れ、山があったために大きな傷を負うこともなかった。

「同じ矢賀町に住んでいたということもあり、私自身も軍需工場で峰岸さんのお世話にもなっていたし、三つ上の兄の大吾も峰岸さんを慕っていました」

「お兄さんというのは知覧から飛び立ち、戦死された岡崎大吾さんですね」

「そうです。兄は峰岸さんの影響を受け、国を守らなければと真剣に考えていました」

当時、戦況は大本営から発表され、日本は日米英を相手に連戦連勝で、国民は日本が負けるなどとは誰も考えてはいなかった。

「広島には呉軍港もあったし、軍需工場もあって、爆撃を受けるようになり、日本が勝っているのはホントかしらと思っていましたが、次第にひどくなっていきました」

そうした中で、峰岸は奔走し、日本を守るために、何をすべきかを熱く説いていた。

「弟は峰岸さんを心から尊敬し、予科練に志願したんです」

岡崎大吾は学校の成績も抜群に良かったし、運動神経も発達していた。しかし、大吾の両親も幸代も、日本軍が片道の燃料だけを補給し、爆弾を積載したまま敵艦に突っ込んでいく特攻機の操縦士を少年兵にさせるとは、想像もしていなかった。

「兄が戦死したのは終戦の直前で、もう少し早く戦争が終わっていてくれたら、大吾兄さんは死なずにすんだと、両親は死ぬまでそのことを言って亡くなりました」

「峰岸さんも大吾さんの戦死はすぐに知ったのでしょうか」

「両親がいつ兄の戦死を知らせたのか、その時期は知りませんが、原爆投下直後には、峰岸さんが訪ねて来られたので、その時には両親は間違いなく話をしていると思います」

岡崎の家には両親と、幸代しかいなかった。原爆投下後、何か困っていることがあれば、言ってくれと峰岸は岡崎の家を訪ねている。

岡崎幸代の家は農業を営んでいたが、それほど広い土地を所有しているわけでもなく、生活は困窮した。サツマイモや野菜などを作り、一部は自分たちの食糧に、残りは買い出しにきた人たちに分けた。それでも生活は成り立たなかった。

「峰岸さんの家だって大変だったと思うけど、私たち三人は聡太郎さんが時折運んで来てくれた食糧で生き延びたようなものです。だから三沢先生の記述は誤りだと、指摘させてもらったんです」

岡崎幸代の記憶は鮮明だった。

終戦後、日本はインフレで紙幣は紙屑同然だった。廃墟と化した広島では特に食糧は不足した。まして右足に障害を持っていた峰岸が、買い出しに行って食糧を調達してくるのは極めて困難だった。

「何故、峰岸聡太郎は岡崎さんのご家族にそのような支援をされたのでしょうか」

真行寺が理由を聞いた。

「後で両親から聞いたのは、峰岸さんは戦争中、日本男児たれと多くの若者に説いていましたが、戦後そのことをずいぶんと悔やんでいたそうです」

峰岸聡太郎は大本営発表を信じ、戦争は日本の勝利で終わると確信していたようだ。しかし、八月六日でそれまで自分が信じてきた戦況も、八紘一宇の理想もすべて虚構だったことを思い知らされた。

「兄を死なせてしまったと、両親に謝罪していました。その贖罪意識からだったと私は想像しています」

戦後の苦しい一時期を、峰岸は岡崎一家に支援をしていた。

「峰岸さんは戦後もしばらくの間は矢賀町に住んでいたようですが、妻の佳代子さんや二人の子供さんについて、何かご存じではないでしょうか」

野村が前回の調査ではつかみきれなかった家族について聞いた。

「聡太郎さんの奥さんはもちろん知っているのですが、終戦の頃から見かけなくなりました。ですから私はてっきりあの日に……」

広島市民であれば、姿が見えなくなれば、八月六日に亡くなったと思うのが自然だろう。

「峰岸さんが東京に行かれた時の状況は知っていますか」

終戦から三年目には峰岸聡太郎は家族を連れて、東京蒲田に移転している。

「いつ、どのような状況で東京に移転したのかは知りませんが、峰岸さんが引っ越したのは、すぐにわかりました」

八月十五日になると必ず岡崎大吾の墓に花を供えてほしいと、手紙と一緒に現金が送られてきたのだ。

「それも多額で、供花どころか私たち一家にとっては生活の糧になるほどの金額でした」

三沢匡の著書に、山中幸代がクレームを付けたのも当然だった。

「三沢先生は終戦直後まだ子供だったから、あのような記述になってしまったのも仕方ないのかも知れませんが……」

「修理代金を強引に徴収していたと証言した人も中にはいたようですが？」

「そういう中傷を言う人は、戦争中にやましいことをしてきた人なんです」

幸代によると、戦争中に余分な鍋や釜を供出するように言われても、隠し持っていた人もいた。そうした人から修理依頼が来た時などは、峰岸は代金を要求した。支払いを拒めば、その鍋釜は没収した。

本当に使い込んで穴が開いてしまった鍋釜は、簡単な修理ですんだからと、峰岸は安い修理代金しか請求しなかった。

「中にはいつでもいいからと峰岸さんから言われ、結局代金を支払わずに修理してもらった方だっているのです」

農家の中には、自分の田畑で作った米や雑穀類で雑炊を作り、闇市で腹をすかせた人たちにそれを売って、利益を上げている人もいた。

「そういう人が支払いを渋れば、峰岸さんは雑炊用の米や芋を修理代金としてもらってきただけなんです」

幸代の話を聞き、峰岸は誰かれなく厳しく代金徴収をしていたのではないことがわかった。

その後、幸代は専門学校で経理を学び、不動産業を営む会社の経理事務で生計を立てるようになった。

「戦後もしばらくの間、そうしたお金が送られてきましたが、いつまでもそのご厚意に甘えているわけにもいきません。ここまで心を砕いていただき、両親も感謝しているし、戦死した大吾も満足していると思うので、お気持ちだけで十分ですからと、お礼のお手紙を書いて送りました」

その翌年からは送金は止まった。

両親は東京オリンピックの開催をテレビで観戦し、それからしばらくして亡くなっている。

岡崎幸代は自分が働いていた会社の経営者、山中毅と結婚した。三人の子供が生まれ、夫はすでに他界し、子供たちが会社を引き継いでいる。

「峰岸さんのご活躍は、何気なく開いた新聞記事で知りました」

日本の高度経済成長とともに、峰岸工業も躍進し、会社の記事が全国紙、経済誌に掲載された。

「新聞だったか雑誌で、二人の子供さんがいるのを知りました。それで聡太郎さんの奥さんも健在だったんだと知ったくらいで、終戦後、どこにいらしたのか私はまったく知りません。私たち一家にまで気を配ってくれたくらいですから、奥さんや子供は、信頼できるどこかに預けておられたのではないでしょうか」

山中幸代も終戦直後の峰岸一家の動向については、ほとんど何も知らなかった。

峰岸聡太郎は、原爆投下後、家族をどこに預けていたのだろうか。原爆投下の日に長男平が生まれ、その二年後に次男和が生まれている。しかし、妻の佳代子、二人の子供について、矢賀町の町民でさえ知らなかった。

もう一人、三沢にクレームを付けてきたのは、福山有子だった。福山有子は広島市郊外の老人ホームから手紙を送付していた。

「もう亡くなっている可能性が高いな」

ハンドルを握りながら真行寺が言った。福山有子が存命かどうかは、H老人ホームを訪ねるしかない。

H老人ホームは安芸区の周囲を山々に囲まれた閑静な場所にあった。午後の太陽をいっぱいにあびて、深緑の葉が風になびいていた。

駐車場に車を止め、H老人ホームの受付に向かった。二階建ての老人ホームはU字型に設計されていて、一階正面が受付と面会用のスペースになっていた。一階ロビーは吹き抜けで、天井からは外の陽光が取り入れられるようになっている。

福山有子が今も健在かどうかを尋ねると、若い女性職員は訝るような表情で、パソコンのキーボードを叩いた。

「そういった名前の方は当園にはおりませんが……」

十六年前にH老人ホームから福山有子は手紙を書き送っていた。

「当時のことがわかる方に取り次いでもらえますか」

真行寺は名刺を受付の若い女性に渡した。女性は名刺を持って、オフィスの奥の方に座る上司と思われる男性に説明をしている。すぐにその男性が席を立ち、真行寺のところにやってきた。

「福山有子さんですよね。確かにその方は当園に在籍されていましたが、もう何年か前に亡くなられています。どういったご用件なのでしょうか」

真行寺は峰岸工業の名前を出さずに、遺産相続に関連する依頼案件で、終戦当時のことを調査中だと告げた。

「こちらが知りたい事案について福山有子さんが知っている可能性があるので、存命であればお話を聞きたいと思ってやってきました。ご本人がお亡くなりになっているのであれば、ご家族からでもお話を聞きたいのですが……」

「もちろんご家族の住所は把握していますが、ご家族の了解がないままお教えするわけにもいかないので、ちょっとお時間をいただけますか」

上司は自分の机に戻り、やはりキーボードを叩き、モニターを凝視している。受話器を取り、相手に電話した。上司は真行寺の名刺を手にして、名前を読み上げている様子だ。すぐに話が終わり、メモ用紙を手にして受付に戻ってきた。

「有子さんのご長男、福山美喜雄さんの了解が得られました。ここがご長男の住所です」

真行寺たちは今来た道を広島市内に向かって走った。福山美喜雄は東区曙町に住んでいる。カーナビにメモ用紙に記されていた住所を入力した。

「矢賀町とそれほど離れていないところよ」

野村がカーナビのモニターを確認しながら言った。

福山美喜雄は曙町のマンションで、夫婦二人で暮らしていた。二人の子供がいて、一人は広島、一人は大阪で暮らし、孫も三人いるようだ。美喜雄の妻は、認知症らしく、美喜雄の隣で、地蔵菩薩のようにおとなしく座り、ひとことも口をきこうとしない。

「お茶も出せずに申し訳ありません」

美喜雄が言った。

福山美喜雄は、広島の大手自動車メーカーの工員として働き、定年退職後も五年間働き、夫婦二人で余生を送っていた。

「先ほどH老人ホームから電話がありました。福山有子は私の母ですが、どのようなことを調査されているのでしょうか」

福山は真行寺の説明を興味深そうに聞いていた。

「母がそんな手紙を書いていたなんて、今初めて知りました」

福山は終戦一年前に生まれている。原爆投下の悲劇も、終戦後の混乱も記憶にはないはずだ。しかし、福山からは意外な言葉が漏れた。

「峰岸さんというのは、矢賀町出身の方でしょう。私は直接お目にかかったことはありませんが、母と私はずいぶんとお世話になりました」

戦前、福山一家は広島市高須町に住んでいた。両親と長女有子、弟の紘宇の四人家族で、有子は一九四三年の年が明けるのと同時に結婚した。夫の和俊はその年に徴兵された。四四年に美喜雄が誕生した。

「福山紘宇は叔父にあたります。母の話では、叔父はフィリピンに向かう途中で、アメリカの潜水艦の魚雷攻撃を受け、輸送船が沈没し、叔父もその時に亡くなったそうです」

福山有子は一歳の美喜雄を背負って、府中町の軍需工場で働いていたために、原爆で命を失うことはなかった。

父親の福山和俊が復員してきたのは、終戦の年の暮れのことだった。

「私には父親の記憶がまったくありません。母によると、結婚した頃はやさしい人のようでしたが、戦争から戻ってきたら、お酒を飲んでは暴力を振るう人に変わっていたそうです」

福山和俊は戦闘で負傷し、左足を失っていた。働くこともできずに、朝から酒びたりの生活だった。福山有子はようやく歩きはじめた美喜雄を抱え、生活に困窮した。

「私が大人になってから聞いた話では、もう米兵相手に売春をするしかないというくらいまでに生活は落ち込んだそうです」

その窮地を救ったのが峰岸聡太郎だった。峰岸は福山紘宇の家族の所在を懸命に探していた。両親はすでに死亡し、困窮していた姉の有子を見つけ出したのだ。峰岸はやはり福山有子に経済的な支援を申し出ていた。

峰岸の申し出に感謝しながらも、福山有子は受け取るべき金ではないと最初は辞退した。

「志願しなければ、紘宇君は生きていたかもしれない。死地に送ったのは私だ。もし彼が生きていれば、ご両親にも、あなたにも支援を惜しまなかったと思う。だからこの金は彼からの支援だと思って受け取ってほしい」

福山有子を訪ねてきて、峰岸はこう告げたようだ。

一家が困窮しているのはすぐに察した。その理由は朝から泥酔している和俊だと知ると、峰岸は和俊の働き口を必死に探した。しかし、左足を失った和俊に仕事は見つからなかった。

「峰岸さんはそれだけではなく、母や私のために、なんとか父を立ち直らせようと諭したようですが、結局だめだった」

峰岸が有子に与えた金も、酒に消えた。現金を与えると、すぐに酒を買ってしまうことがわかり、峰岸は食糧を買い、それを有子に渡した。しかし、和俊はその食糧を密造酒と交換してでも酒をあおった。

峰岸がそれを諌めると、和俊は血走った眼でくってかかってきた。

「国のために忠誠を尽くした結果がこのざまだ。最初からあんたのように障害を負っていれば、こんな目に遭わずにすんだんだ。あんたが羨ましい」

峰岸が何を言っても、和俊は聞く耳を持たなかった。

「父は自暴自棄になり、メチルアルコール入りの酒で失明し、私が三歳か四歳の頃に自殺してしまいました」

戦後、密造酒がさかんに造られ、闇市で売られていた。その中には有毒で、失明する恐れのあるメチルアルコールが含まれている酒も多く、和俊はその酒で失明した。

有子はその頃、美喜雄を背負いながら、闇屋でいくらかの金を得ていた。闇業者は広島の山間部や日本海側まで買い出し列車に乗り込み、闇で米や麦、芋など買い込んだ。有子の仕事はその物資を背負い、広島市内まで運ぶ仕事だった。

警察などの一斉取締もあったが、子供を背負って、すし詰めの列車に乗り込んでいる姿を見て、闇物資の輸送と知りながら、見逃してくれる警察官もいた。

終戦後のインフレを抑えるために、物価統制令が発令された。食料品などの統制物資は価格が決められ、それ以上での売買は禁止された。しかし、統制価格で食糧を売る者などほとんどなく、大部分が闇業者に流れ、それが闇市で売買された。

買い出しから戻ると、和俊は家の梁に紐を吊るし、首を吊って死んでいた。

それから間もなく、峰岸の姿は広島から消えた。しかし、有子への支援は東京からもつづいた。

「八月十五日には必ず叔父の供花代が送られてきていました。その額も供花代といったレベルではなく、母は心から峰岸さんに感謝していました」

美喜雄が小学校を卒業する頃になると、生活も落ち着き、有子は峰岸に感謝の手紙を書いた。その年から供花代は止まった。

「だから三沢先生には事実と異なると、母は抗議したのでしょう」

福山美喜雄も峰岸の妻や子供についてはまったく知らなかった。有子も峰岸の家族について、美喜雄に語ったことはなかった。

「母も峰岸さんのご家族については知らなかったと思います」

有子も峰岸産業がマスコミに取り上げられ、創業者が峰岸聡太郎だと知った。事業を起こしながら、どれほどの犠牲を払いながら支援をしてくれたのか改めて思い、紘宇の位牌に手を合わせていたようだ。

「母が峰岸さんとその後再会した様子はありませんでしたが、もし会えるのなら聞いてみたいことがあるとよく言っていました」

「聞いてみたいこと……」真行寺が聞き返した。

父親の和俊は自殺の直前は酒を飲まなかったのか、正気に戻っていたらしい。鉛筆で遺書らしきものを有子に残した。有子にはふがいない夫で申し訳ないと謝罪の言葉が述べられ、美喜雄を頼むと記されていたようだ。

「母が聞いてみたいと思っていたのは、峰岸さん宛てのメッセージです」

「峰岸さんにも何か言葉を残していたのでしょうか」

峰岸は、広島にいる間は、鍋釜の修理を闇市で行い、時間があると福山の家を何度も訪ねてきていたらしい。そして立ち直るように何度も和俊を説得していた。

美喜雄はメッセージの内容を正確に記憶していたわけではない。ただそれを読んだ母親から聞いた内容をおぼろげながら記憶していたにすぎない。

「峰岸さんにも謝罪の言葉が書かれていたそうです。〈国のために尽くしたのに、まるで敗残兵を見るような世間の冷たい視線に耐えながら生き抜く力は、俺にはない。純一のようにすべてをさらけ出して生きるようなたくましさは俺にはなかった。悪いのは俺自身なのに、つらくあたりちらして申し訳なかった〉と」

有子には、遺書の中に記されていた純一という名前に、思いあたる人物はいなかった。「すべてをさらけ出して生きるたくましさって、何のことだか、しばらくは母にもわからなかったようです」

有子がその意味を知ったのは、自殺から数ヶ月後だった。広島駅でハーモニカを吹き、寄付をあおぐ傷痍軍人から話しかけられた。

「福山和俊伍長の奥さんですよね。伍長はどうされていますか」

戦友のようだった。

終戦後、日本は連合国の占領下に置かれた。戦場で負傷した元軍人とその家族は困窮した。

傷痍軍人は人通りの多い場所に出て、ハーモニカやアコーディオンを演奏して寄付を募っていた。少しでも生活の糧を得ようと、福山和俊も街角に立っていた事実を有子が知ったのは、自殺後だった。

「純一っていうのは、どのような人なのか。もしかしたら峰岸さんなら知っているかもしれないねと、生前の母はよく口にしていました」

しかし、その頃には峰岸の姿は広島にはなかった。

「有子さんには純一という方にまったく思いあたる人はいなかったのでしょうか」

真行寺が改めて問い直したが、福山美喜雄は首を横に振るだけだった。

9　DNA鑑定

Y電機の経営悪化が激しく、その影響で峰岸工業の収益も大幅に落ち込んでいる。代表取締役社長で、孝治の父親、峰岸平が病魔に倒れ、七十一歳の誕生は来月だが、それを迎えられるかどうか、予断は許さない状態だ。叔父で副社長の峰岸和も、経営から退陣すると表明している。

誰が後継者になるのか、社長の座をもくろんで活発に動いているのは、兄の大介だ。実兄だが、峰岸工業の窮地を救い、会社を牽引していくだけの実力があるとは思えない。大介の社長就任を背後で画策しているのは、専務取締役の鈴木作造だ。

大介は鈴木専務取締役から吹き込まれているのか、峰岸和副社長は、祖父の聡太郎が愛人に産ませた子だと思い込んでいる様子が見られる。しかし、自分たちの父親平こそが、祖父と祖母の間に生まれたのではない事実を孝治は知っている。この事実を大介らには秘匿したまま、真相追及を真行寺や愛乃斗羅武琉興信所の野村代表に任せているのだ。

社内の動向は密かに自分で調べている。「真昼のLED」と揶揄されているが、その方が好都合だった。ほとんどの者が無警戒で社内に流布している情報を伝えてくれる。

〈峰岸大介取締役は社長と副社長のＤＮＡ鑑定をしようと、鑑定をしてくれる会社を探している〉

こんな情報が孝治の耳にも入ってきた。噂だろうと思い、聞き流していた。

その噂を聞いてから三日後だった。孝治は役員室に呼ばれた。

「いくら会社経営に関心がないお前だって、オヤジと叔父が異母兄弟だって世間で噂されているくらいは知っているだろう」

部屋には二人しかいない。兄弟だから、どんな口調で話をしてもトラブルが起きるわけではない。しかし、大介は誰に対しても横柄な口調でしか話ができないのだ。子供の頃から常に敬語で話しかけられ、年上であろうが友人であろうが、そうした話し方で接してきたために、悪意はないのだが、誤解を招きやすい話し方になってしまう。

「それで……」

周囲に誰もいなければ、孝治も普段の兄弟同士の口調で話をする。

「お前に手伝ってほしいことがあるんだ」

大介は何の躊躇いもなく、父親と叔父のＤＮＡ鑑定をしたいと持ちかけてきた。社員が噂をしていたが、噂どころではなく、大介は本気で父親と叔父のＤＮＡ鑑定をする気になっていた。

「本気でそんなことを考えているのか」孝治は声を荒らげた。

「ああ、やってみる必要があるだろう」

「何のために？」

「創業者が愛人に産ませた子やその孫までが、峰岸工業の役員の座に納まっているのはおかしいだろう」

「怪文書の内容が事実だとしても、オヤジか叔父か、どちらが愛人に産ませた子なんてわからないだろう。兄貴も俺も、愛人の血を引く創業者の孫だっていうことになりかねない話だ。そういうことがホントにわかっててやる気なのか」

大介は叔父こそが愛人から生まれた子だと信じ切っている様子だ。その表情には強い確信が滲んでいる。

「はっきりすれば叔父や里奈から株を譲ってもらう」

「株なんか譲ってもらわなくても、叔父は引退を表明しているし、里奈だって兄貴が代表取締役社長に就任すると言っても賛成するだろう。何故、そんなことをする必要があるのかさっぱりわからん」

峰岸工業の株は峰岸一族が六割を所有し、残りはＹ電機と、その他はファンドが所有している。

大介は理由を説明せずに、父親と叔父の毛根付きの髪を五、六本もらってきてほしいと言ってきた。その毛髪をＤＮＡ鑑定してくれる検査会社に回す気でいるのだろう。

「そんなことは兄貴が自分で頼め。俺は断わる」

孝治は役員室を出ていこうとした。

「おい、上司の命令だぞ」

大介のいきり立った声が背後から追いかけてくる。

「何が上司だ。バカも休み休み言え」

孝治は相手にしなかった。

「お前の立場も悪いようにはしない」

大介はすでに自分が代表取締役社長のポストに就くものだと思い込んでいる。

「いいか、よく聞けよ。ＤＮＡ鑑定でオヤジと叔父が異母兄弟だと判明し、どちらかが愛人の子供だとしても相続権はあるんだ。バアサンの血液型はわかったとしても、ジイサンの血液型はどこの病院にも記録は残っていない。どちらが愛人の子だかわからないだろう。少しは冷静に考えてみることだ」

「それくらいの道理は俺にもわかっているさ」

大介の口調が少し穏やかになった。自分の立場が弱いと思うと、口調は柔らかくなり、声も小さくなるのが大介の特徴だ。それでも相手から責められ、窮地に立つと、その後は大声で怒鳴り散らすだけだ。

役員室で兄弟喧嘩と思われれば、どんな噂を立てられるかわかったものではない。一刻も早く役員室を出た方が賢明だと孝治は思った。

「ジイサンの血液型を調べる方法があったんだよ」

大介の声が背中から追ってきた。ドアノブに手をかけた孝治の手が止まった。

「創業者が診察や入院した病院すべてをあたったが、カルテは処分されてなかったぞ。どうやって調べたんだよ？」

役員用の豪勢な椅子にふんぞり返って座る大介の方に、孝治は首をねじりながら尋ねた。大介は薄ら笑いを浮かべている。

「それがわかるから事実をはっきりさせようと言っているんだ。その方が『真昼のＬＥＤ』って呼ばれているお前のためにもなるんだよ」

大介は祖父の血液型を知っている素振りだ。

孝治は再び大介の机に向かって歩き、その前に来ると言った。

「兄貴はジイサンの血液型を知っているのか」

「まあな」

大介は自分が優位な立場に立っていると思っているようだ。

「教えてくれ、ジイサンの血液型を」

大介は笑ったまま答えようとはしない。

「オヤジがB型で、和叔父さんはA型、バアサンはO型だっていうことはわかっている。そうなれば、血液型占いに夢中になる高校生だって、気の利いたヤツならジイサンの血液型はわかる。兄貴、わかるなら言ってみろ」

大介に口を割らせるには、小馬鹿にしたような口調で責めるのが最善策なのだ。知識量の少なさにコンプレックスを抱いている。A型とB型の子供がいて、母親がO型なら、父親はAB型でなければならない。

「ジイサンの血液型はB型さ」

大介は勝ち誇ったように言い放った。B型とO型の親からはA型の子供は生まれない。つまり和が愛人から生まれた子だと、大介は言いたいのだ。

「それは確かな情報なのか。間違いではすまされない話だぞ、わかっているのかよ」

「鈴木専務を使って、ある病院を調べさせた。だから確かな情報だ」

大介の背後には鈴木作造が蠢いているようだ。明らかに大介は鈴木に操られている。

祖父の本当の血液型はA型だ。やはり鈴木作造は何かを企んでいる。

「俺はオヤジからも、叔父からも、毛髪を取るなんていう卑劣極まりない仕事はしない。やりたければ兄貴がやればいい」

「いまに泣きっ面をかくことになるぞ。そのうち『真昼のLED』どころか、『真昼のED』って呼ばれかねない。それでもいいのか」

大介は自信に満ちた声で言った。

「それでもかまわん」

孝治は役員室を出た。

大介は完全に鈴木作造に取り込まれていると孝治は思った。子供の頃から常にちやほやされながら育ってきた。自分を評価してくれる人間には、自らすり寄っていってしまう。批判的な人間には、距離を置き、そして攻撃的になってしまう。甘やかされ放題で育ってきたために、対人関係でいつも問題を起こしていた。その目付役に峰岸平は鈴木作造を選んだのだろうが、代表取締役社長の平が病魔に倒れると、鈴木はそれまでとは違った一面をのぞかせ始めている。

鈴木自身がよからぬことを思い立っているのか、あるいは背後に峰岸工業を支配下に置こうとしている企業があるのか、ハゲタカファンドが会社の乗っ取りを画策しているのか。鈴木の動きを見張る必要が出てきた。真行寺と野村は広島の調査を終えて、東京に戻ってきているはずだ。

孝治は大介に呼び出された翌日、黎明法律事務所を訪れた。広島で判明した事実を聞くのと同時に、鈴木作造の動きを探ってもらわなければと思った。

真行寺から情報は、それまでに聞いたこともない話ばかりだった。おそらく平も和も、聡太郎からそうした話はいっさい聞いていないだろう。

一方、真行寺も孝治の話を興味深そうに聞いていた。

「鈴木専務が孝治の言う通り、何かの思惑を抱いて、偽情報を大介氏に流しているとしたら、彼の背後関係を調査してみる必要があるな」

孝治と同じ結論に真行寺も行きついたのだろう。

「これは峰岸工業の存続にかかわる話だ。経費は心配しなくていい。だから愛乃斗羅武琉興信所の野村を使って、可能な限り鈴木の目論見と背後関係を調べてほしい」

孝治は真行寺の前に、鈴木作造の顔写真と、自宅の住所を記したメモを差し出した。

「二、三週間、尾行すれば、鈴木専務の交友関係は見えてくるだろう」

鈴木作造の調査を真行寺に任せたが、大介が鈴木にそそのかされて、何かをしでかすような予感がした。自分でこうだと思い込んだら、周囲の状況も見ようともせずに、誰の助言も耳に入らない。猪突猛進で、気がついた時には取り返しのつかないトラブルを抱えることになる。そうした経験を何度もしているが、本人は一向に直そうともせずに同じ過ちを繰り返す。その尻拭いを今までは父親がしてきた。

真行寺に依頼してからも、孝治にはその不安がつきまとう。

できることなら退社して、まったく別の人生を歩めるものなら歩んでみたいと思う。父、叔父、兄、従妹が役員を務める峰岸工業は、孝治にとっては決して居心地のいい場所ではない。しかし、この危機を放置したまま、新たな出発をする気持ちにもなれなかった。

やはり予感は的中した。大介は父親と叔父から毛髪を提供してもらったのか、強引に奪ったのかわからないが、ＤＮＡ鑑定を検査会社に依頼した。

里奈からは、大介の強引さに呆れ返ったのか連絡が入った。

「私の父も断わればいいのに、好きにしたらいいと毛髪を抜いて大介さんに渡したようです。多分同じように平伯父さんからも毛髪をもらっていると思うわ」

平と和は異母兄弟だと、大介は思い込んでいるのか、思い込まされているのか、二人の関係を暴くことに異常なほど執着している。今さら異母兄弟だとわかったところで、これまでの関係が覆るわけではない。大介は自分こそが峰岸工業の正当な後継者だと主張したいだけなのだ。


七月も終わりの頃だった。退社間際の時間帯に、孝治は役員室に呼ばれた。大介は満面の笑みを浮かべている。一人で背負いきれない問題を抱えると、ただ沈黙するのは子供の頃の癖だ。逆に楽しい出来事があると、一人で笑いを浮かべ、部屋の中で口笛を吹いていていた。

「何の用事だ」

クリアファイルに挿入されている報告書を取り出して、孝治に手渡した。

「報告書が今届いた。読んでみてくれ」

報告書を手にして、役員室のソファに腰を下ろした。報告書は平と和の二人の兄弟関係を検査するものだった。

「やはりこんなバカな検査をしていたのか」

孝治は鋭い視線で大介を睨みつけた。

「いいから読んでみてくれ」

報告書は二人の兄弟関係を調べるためのＤＮＡ鑑定結果だった。孝治は報告書のページをめくった。報告書には最初に結論が書かれていた。二人は異母兄弟どころか、まったくの他人だという検査結果だった。その後に、ＤＮＡの分析データが細々と説明されていたが、孝治にはすべてを読んでいる余裕はなかった。

「この検査会社は信用できるのか」孝治が聞いた。

「わからん。ＤＮＡ検査なんて依頼したのは、これが初めてだ。でも分析には定評のある会社らしい」

孝治にもにわかには信じられない結果だった。しかし、大介は思いもよらぬ結果に、鬼の首でも取ったかのような表情を浮かべている。自分の兄ながら、あまりの愚かさに殴り飛ばしたい衝動にかられる。

「どこの馬の骨ともわからんヤツを役員に据えるわけにはいかないだろう」

真実を大介に伝え、兄を諫めたいが、それでは鈴木作造の企みを暴くことができなくなる。言ったところで大介が自分の愚行に気がつくとも思えなかった。

「こんな事実を明らかにしたところで、今峰岸工業が直面している危機をさらに悪化させるだけで、何の意味もない。止めるべきだ」

こう言ってはみたものの、大介は勝ち誇ったような笑みを浮かべている。

部屋を出て、Ｔ女子大学付属病院に入院している父親の病室を訪ねた。抗がん剤投与もしていないし、延命につながるようながん治療もせずに、緩和ケアだけを受けていた。モルヒネを投与すれば、痛みは緩和できる。モルヒネが効いている間は、痛みもなく穏やかな表情を浮かべている。
二、三日おきには病室を訪ねているが、その度に経営者の厳しい表情は薄れ、好々爺といった顔になっている。孝治は父親の余命はそれほどないと感じた。
ベッドに横たわる父親は、モルヒネが効いているせいなのか、うつらうつらしている状態だった。病室には母親の美彩が付きっきりで看病している。

「あまり会社の話はしないでよ」

美彩から釘を刺された。しかし、大介が依頼したＤＮＡ鑑定結果を黙って放置しておくわけにはいかない。

「オヤジ、俺だ、わかるか」

平がうっすらと目を開け、頷いた。

「兄貴からＤＮＡの件、聞いたか」

平は寝たまま首を縦に振った。

「異母兄弟だの、赤の他人だの、うんざりだと思うが、知っていたらホントのことを言ってくれ」

平は大きく目を見開き、孝治を睨みつけた。

「お前までそんなくだらないことを言うためにここに来たのか。帰れ」

どこにそんなエネルギーが残っていたのか、病室の外にまで響く声で怒鳴った。

「この際だから聞いておきたいんだ。会社のことは俺もできる限りのことはする。だから真実を知っていたら教えてくれ」

「真実もなにもない。俺たちは兄弟として育ってきたし、オヤジから、腹違いの兄弟だとか、養子だとか、そんな話は一度も聞いたことがない」

「わかった。すまなかった」

孝治は頭を下げた。

病室を出ると、従妹の里奈の家に車を走らせた。大介には、直接叔父に向かって事実を伝え、株を譲渡し、会社経営から手を引けなどという度胸はない。当然里奈に矛先が向けられる。大貫健二と結婚し、家庭を築いている里奈には、峰岸工業の経営などにまったく興味はない。

世田谷区成城にある大貫の家では、帰宅したばかりの夫と里奈は食事の真っ最中だった。「どうせ大介さんの件でしょう」

里奈はすぐに来訪の目的を察した。里奈は食事を用意すると言ったが、とても食事をする気にはなれなかった。

二人は早々と食事を終え、ソファで待つ孝治のところにやってきた。

「私のところにはＤＮＡの報告書を置いてったわ」

「それで、兄貴はなんと言ってた？」

「以前と同じよ。私と父の株を売れと、その一点張り。父は養子の可能性が高い。峰岸工業は峰岸家の血を引く者が、今後は経営にあたっていきたいと、息巻いていたよ。いったい何をしたいのかしら、大介さんは」

「すまない」

孝治は里奈に謝罪した。

「止めて、謝るなんて。孝治さんを責める気なんてないから」

しかし、口調は穏やかでも、大介の無礼な態度には怒りを抑えきれないでいるのだろう。

「暴走族で暴れていた俺を信じてくれといってても無理かもしれないが、俺を信じてほしい。いずれ真実は明らかにされる。一つだけ言えることは、副社長は紛れもなく峰岸聡太郎と佳代子の二人から生まれている」

「大介さんはまったく逆なことを言っていたよ」

　里奈は不信感を滲ませた。

「俺のオヤジも叔父さんも、二人とも広島で生まれている。終戦前後のジイサンの足跡は謎でまったく不明なんだ。オヤジや叔父さんに聞いても、生まれた直後のことで記憶があるはずもない。でもいずれはっきりする」

「何か調べているの？」

　里奈が孝治の心を覗き込むような顔で尋ねた。

「俺自身が今後どう生きていったらいいのか。俺自身の問題もあるので、ジイサンについて調べている。兄弟してバカと思われるかもしれないが、頼みがある」

　孝治のいつになく真剣な表情に里奈は何か言おうとしたが、それを呑み込んだ。

「頼みって、何なの」

「兄貴が検査を依頼したところではなく、どこか違う研究所でＤＮＡ検査をしてもらう。平と和はホントに兄弟でも、異母兄弟でもないという結果になるのはわかっているが、念のために調査しておきたい」

　里奈が訝る表情で聞き返してきた。

「孝治さんは、まるで平伯父さんが、お祖父さんとお祖母さんの子供ではないみたいなことを言うのね」

孝治は何も答えなかった。

二人の話を黙って聞いていた里奈の夫、健二が重い沈黙を和ませるように割って入ってきた。

「ご家族の話に、私は入らない方がいいと思って黙って聞いていました。正直、大介さんのやり方は、強引でいかがなものかと思います。株を手放すかどうかは、里奈とお義父さんが決めればいいことで、大介さんが強制的に買収するなんてできない。今、孝治さんのお話を聞きながら思ったのですが、何かお考えがあってやっているようなので、協力してやったらどうだろう」

健二が里奈を説得してくれた。それが功を奏し、里奈も孝治の申し出に協力してくれる。里奈が直接、和に説明し、大介と同じように毛根付きの髪の毛をもらってくることになった。

死期の迫っている父親から毛髪をもらうなど、心は痛んだが、確かな事実を一つずつ積み重ねていくしか真実に辿り着く道はない。

孝治は大介が分析を依頼した検査機関とは異なる会社に、ＤＮＡ鑑定を依頼した。

そこでも鑑定結果は同じだった。平と和はまったくの赤の他人だった。祖父母の血液型、そして父、叔父の血液型から考えられる事実は、叔父の和こそが峰岸聡太郎、佳代子の子供であり、平は養子の可能性が出てきた。真行寺から聞かされていた『藁の上からの養子』が現実のものとなって、孝治の目の前に迫ってきた。

孝治は鑑定結果のコピーを黎明法律事務所に送付した。

真行寺も心配してくれているのだろう。すぐに電話をかけてきてくれた。

「野村に鈴木の動きを探ってもらっているから、新しい情報が入り次第連絡する。DNA鑑定の結果について、社長や副社長は何と言っているんだ？」

「何かの誤りだと、端から信じていない。本当の兄弟として育ってきているから、今さら何を言われたって、兄弟だと言ったきりだ。何かを隠しているというより、真実を二人とも知らないのだろう」

「やはり八月六日の出生届にとんでもない秘密が隠されているような気がする」

「総長もそう思うか。第一、あの惨状の中で出産し、八月十五日に出生届を提出している。常識的には奇跡以外の何物でもない。祖父母から生まれていないとすれば、俺のオヤジはいったい誰の子なんだということになる……」

「大介氏の方は相変わらずなのか」

「ああ、兄貴にはもう付ける薬はない」

叔父こそが峰岸聡太郎、佳代子が養子に迎えた子で、血縁関係がないと思い込んでいる。それを理由に、叔父や里奈に株の譲渡を強く迫っている。

案の定、里奈のところには毎日のように大介から電話が入っている。

「従妹に株を売れと強引に要求しているらしい」

大貫健二、里奈には長女の陽菜乃が生まれたばかりで、育児に追われている里奈の都合も考えずに、大介は電話をかけてくるようだ。里奈からは電話を止めさせてほしいと、孝治は頼まれているのだ。

「一日も早く事実を明らかにしないと、事態はますます悪化しそうだ」

孝治は実情を真行寺に訴えた。

「わかった。全力を挙げるように愛乃斗羅武琉興信所に調査を急がせる」

真行寺の電話が終わった後も、自分の書斎にこもったままで、靖子の呼ぶ声に気がつかなかった。ドアが開き、「食事の用意ができています」と言われ、ハッとして食卓に着いたくらいだ。父親の出生にまつわる謎に、ホワイトアウトの雪山に一人残されたような心境だった。

10　不正給与

　愛乃斗羅武琉興信所の野村は、真行寺弁護士から鈴木作造の写真と住所を記したメモを受け取った。峰岸工業の鈴木作造取締役を尾行し、彼の交友関係を探ってくれという依頼だ。興信所にとっては最も基本的な調査で、この手の依頼はスタッフ全員が対応可能だ。しかし、毎日同じスタッフが尾行すれば、当然相手に気づかれる。野村はスタッフを交代で、退社後の鈴木を尾行させた。尾行チームは二人一組が原則だ。

　鈴木は中野区中野のマンションから丸ノ内線で通勤している。接待をしたり、されたりで酒席が多く、通勤には地下鉄を使い、帰宅はタクシーを利用する機会が増える。

　会社の業務は八時三十分から始まるが、鈴木はいつも九時半前後に会社に着くように地下鉄に乗る。退社は六時から七時くらいになるらしい。赤坂見附にある峰岸工業自社ビルに隣接するのは雑居ビルで、一階はコーヒーの専門店になっている。そこで見張っていれば、峰岸工業ビルから出てきた人間はすべて把握できる。

　五日連続で尾行をつづけたが、Y電機の経営危機と、その影響で峰岸工業も危機が囁かれているせいなのか、想像していた以上に、鈴木作造が接待したり、されたりする機会は少なかった。

一日目は午後七時半に会社を出ると、地下鉄を使ってそのまま家に直行している。二日目もほぼ同じ時刻に退社して帰宅している。三日目も同じだった。

四日目はホテル・ニューオータニで食事をしている。恰幅のいい六十代後半の男性と、その部下と思われる五十代の男性と三人で和食のレストランで食事をしていた。鈴木と一緒に食事をしている相手の顔がわかるように、スタッフは撮影場所によって動画撮影か写真撮影を使い分けた。その動画や写真は、その日のうちに孝治と黎明法律事務所にメールで送信された。翌朝には、孝治が目を通し、相手についてのコメントが戻ってくる。

ホテル・ニューオータニで食事をしていた相手は、峰岸工業から下請けの仕事を回してもらっている会社経営者で、Y電機の危機は家電業界の末端にまで影響が出ているのだろう。仕事を発注してもらおうと懸命なのだ。

五日目は午後六時に帰宅している。

土曜日、日曜日も自宅マンション前で終日張り込んでいたが、鈴木は自宅でくつろいでいたのか、一度も外出していない。

尾行は二週目に入った。月曜日も勤務を終えると、自宅に直行している。火曜日、退社したのは八時に近かった。会社前からタクシーを拾うと、新宿方面に向かった。鈴木がタクシーから降りたのは、新宿ガード下だった。目の前に西武線新宿駅がある。

西武新宿駅は西武プリンスホテルに直結している。鈴木はエレベーターで最上階のバーに入った。待ち合わせでもしているのか、エントランスにくると、バーの中を見渡した。約束の相手が見つかると、そのテーブルに足早に向かった。

四十代前半と思われる女性がすでにビールを飲んでいた。女性は化粧をまったくしていなかった。勤め帰りの中年のＯＬといった雰囲気で、椅子から立ち上がり、鈴木に深々と頭を下げた。

鈴木もビールを頼み、何ごとかを話し込んでいたが、ビールを飲み終わり、二人はバーを出た。

愛乃斗羅武琉興信所のスタッフは、一人は鈴木を、もう一人はその女性を尾行した。鈴木作造はそのまま地下鉄で帰宅した。女性は西武線に乗り沼袋で下車した。駅から徒歩で十分ほどのマンションに入った。エントランスに郵便受けがあり、郵便受けから手紙を取り、オートロックを解除して、マンションの中に消えた。

すぐに部屋番号と名前を確認した。五〇二号室で長沢とだけポストには書かれていた。

長沢の写真を孝治に送信し、確認してもらったが、まったく見知らぬ女性だった。長沢と鈴木の関係を調査する必要があった。まずは長沢が主婦なのか、あるいはＯＬであれば、勤務先を割り出す必要があった。

水曜日は午後九時前、峰岸大介と二人で鈴木は出てきた。そのまま徒歩で赤坂の中華料理店に入り、一時間ほど食事をしてから、二人とも帰宅した。

木曜日は午後六時には退社し、そのまま帰宅している。

金曜日午後七時半、鈴木は退社し、タクシーで銀座に向かった。入ったのは二丁目にある楓という高そうなバーだった。

こういう時に女性の調査員というのは不利になる。バーに入って客になりすますということができない。

酔客に絡まれないように、少し離れた場所で鈴木が出てくるのを待つしかない。

出てきたのは二時間後だった。一緒に飲んでいたと思われる男と一緒だった。鈴木は酔ったのか少し足がふらついている。男は四十代前半で、アルマーニを着込み、颯爽とした足取りだ。レイバンのメガネフレームで、ベンチャー起企で成功した会社経営者といった雰囲気が漂ってくる。

この夜も二手に分かれて、尾行した。鈴木はそのまま帰宅した。もう一人の男は六本木ヒルズに消えた。

楓で飲んでいたと思われる男の写真と動画をスタッフから送信させると、そのまますぐに孝治と真行寺に転送した。

翌朝、真行寺から返信があった。

男はアグレッシブ・ファンドという投資会社代表の尾関雄之助だ。後継者問題で揺れる優良企業や、潜在的に優れた能力を持ちながら経営危機や赤字を出している企業に投資を行い、場合によっては役員を送り込む。企業価値を高め、株価を吊り上げた段階で、株を手放し高利益を挙げていると評判になっている投資ファンドだ。

アグレッシブ・ファンドの尾関と鈴木が接触しているところから判断すれば、峰岸工業は尾関のターゲットになっているのは間違いないだろう。峰岸大介が株を手放すように副社長や従妹の里奈に迫っているようだが、その資金源はアグレッシブ・ファンドかもしれないし、場合によっては、その株を尾関が所有する可能性もある。

峰岸工業は今のところ、副社長の峰岸和が社長業務を代行しているが、いつまでも変則的な態勢をつづけるわけにはいかない。峰岸孝治には社内で、兄の大介や鈴木専務取締役の動きに目を光らせていてもらわないと困る。

真行寺は西武プリンスホテルのバーで会っていた女性の正体を突き止めてほしいと言ってきた。

野村はスタッフを早朝から沼袋にある長沢のマンションを張り込ませた。長沢の名前や職業はすぐに判明した。長沢百合子、田原総合クリニックに勤務する看護師だった。田原総合クリニックは、峰岸工業の社員の定期健康診断を毎年行っている。長沢は内科の看護師長だった。

黎明法律事務所を野村は訪ねた。鈴木作造の身辺調査は続行しているが、中間報告をまとめ、今後の対応策を練ることにした。

それまでの調査内容を真行寺に報告すると、

「峰岸聡太郎の血液型をリークしているのは、長沢百合子の可能性があるが、でもどうしてB型だなんていう誤りをするのか……。カルテが残っているなら、勘違いのしようがないと思うけど」

と、真行寺は納得のいかない様子だ。

「長沢自身が勘違いしていることも考えられるけど、鈴木専務取締役が、事実を知っていて、偽の情報を大介氏に伝えている可能性だってあるでしょう」

鈴木作造が何故ハゲタカファンドと呼ばれている尾関と会っているのか。もし鈴木と尾関が一緒に峰岸工業の経営実権を掌握しようとしているのであれば、それくらいのウソは当然つくだろう。

「鈴木と長沢百合子の関係を調べるしかないな」

「徹底的に調査してみるけど、まあ、私の経験からすれば、二人は愛人関係と見て間違いないでしょう」

野村は自分の直感を真行寺に伝えた。

これまでにも男に貢ぐ女を見てきた。どうしようもない男に魅せられて、売春してまでも尽くしてしまう女性もいる。そのロクデナシと手を切らせてほしいと、親の依頼で男の素行を調査し、他にも女をつくっている事実を貢ぐ女性に見せて、自分の愚かさに気づかせて別れさせたケースもある。

愚かさに気づけばまだいい方で、中には「尽くし方が足りなかった」と自分を責める女性も珍しくはなかった。

銀座のホステスをしていて、男のずるさを十分に知っている女性でも、惚れた弱みにつけ込まれて、貢いでしまった売れっ子ホステスもいる。

そうした男は女性を傷つけても、心が痛むということはない。女性が金を貢がなくなれば、平然と次の女を見つける。冷酷な男だったと、女はその時初めて気づく。

女性が惚れて握りしめていた男の手は熱く感じられる。それを愛だと女は錯覚してしまう。熱く感じていたのは、氷よりも冷たいドライアイスのようなものだ。一度握ってしまえば、冷たくは感じない。やっかいなのは逆に熱く感じられる。しかも握っていた手を放しても、手には火傷と同じような凍傷の傷が残る。それは火傷よりも治りにくい。そんな女性を野村は何人も見てきた。長沢も鈴木に利用されているのかもしれない。

「長沢のマンションを張っていれば、そのうち鈴木が訪ねてくるわよ」

そう言い残して、野村は愛乃斗羅武琉興信所に戻り、スタッフとその後の調査方針を打ち合わせた。

峰岸平は七十一歳の誕生日を迎えられないのではないかと、孝治は思っていたが、会社の将来に不安を残したまま死ねないと思っているのか、誕生日を病室で迎えた。妻と三歳になる長男の拓郎を連れて見舞いに訪れた。

孫の拓郎を見て、嬉しそうに笑ったが、衰弱して拓郎の頭を撫でる力もない様子だ。モルヒネが聞いているのか、目を閉じると寝てしまったように見える。しかし、拓郎が「ジージ」と大きな声を上げると、重そうな瞼を上げて、弱々しく笑った。見舞い時間は五分にも満たなかった。

峰岸工業は何もないかのごとくいつものように営業をつづけている。しかし、社内に波風を立てて、動揺させようとしている勢力が存在するのは明らかだ。また怪文書が出回り始めた。

峰岸工業の不正経理を追及する内容だった。怪文書はメールで一部の社員宛に送付され、それがインターネット上にアップされ、一瞬のうちに拡散していった。

怪文書の内容は、峰岸和に対する非難だった。副社長決裁で不正に給与が支払われているというものだ。しかも、二十年以上の長期にわたるもので、総額は五千万円以上になるとしていた。

不正受給をしている人の名前はOとしか記されていない。しかし、毎月支払われている金額は二十万円だ。怪文書には副社長が愛人かあるいは私的に使うための資金ではないかと、憶測が書かれていた。

怪文書が流れてから二日目、もうすぐお盆休みに入る直前だった。孝治は大介に役員室に呼ばれた。

「また出たぞ、怪文書が」

大介は愉快で仕方ないのだろう。怪文書などしょせん便所の落書きと同じで、信頼に足るものではない。しかし、大介にはそう考えるだけの知性がない。

「気になって調べたんだが、やはり毎月、勤務実態がまったくないのに給与が支払われているようだ」

大介は先月支払われている給与明細のコピーを孝治に突きつけた。大介のことだ。これで副社長や里奈に強く株の譲渡を迫れるとでも考えているのだろう。

給与が振り込まれている相手は、「大橋純一」となっている。

「誰なんだ、この人は」孝治が聞いた。

「俺は副社長にも、里奈にも嫌われている。お前に行って聞いてきてもらうしかない」

大介が孝治を読んだ理由がわかった。どうせ裏で糸を引いているのは鈴木専務取締役だろう。踊らされていることに気づいていない大介を問い詰めたところで、何も出てこない。孝治はコピーを取ると、「聞いてみる」と答えて、役員室を出た。

副社長は毎日出社している。大介が直接本人に聞けばそれですむ話だが、それだけの度量が大介にはないのだ。叔父も普段は温厚だが、一度怒り出すと、相手が非を認めるまで追及し、時には怒鳴り声を上げることもある。

孝治は大介の非礼もあり、今後の峰岸工業のこともあるので、板橋区板橋本町にある叔父の家を退社後訪ねた。叔父は川口工場で製品管理の仕事を担当していたこともあって、工場に近い板橋区に家を建てたのだ。

一人娘の里奈が結婚し、峰岸和そして叔母の妙子との二人暮らしだ。二人は自分の子供が帰宅したように、孝治を迎えてくれた。

「これから食事をしようと思っていたんだ。上がれ」

和が言った。テーブルにはすき焼が用意されていた。

「久しぶりね、元気なの」妙子が聞いた。

孝治が暴走族で暴れていた頃、父親との折り合いが悪く帰宅できないでいると、「泊っていきなさい」とかばってくれたこともあった。

すぐにグラスにビールが注がれた。大橋純一の件を聞かなければと思うと、喉が異様に渇く。孝治は一気に飲んでしまった。

「何か話があるから来たのだろうが、まずは食事をしてからだ」

それからはいっさい仕事の話をせずに、孝治の長男拓郎や、孫になる里奈の長女陽菜乃の話を夢中になって話していた。

食事が終わると、応接室に移動した。

「話を聞こうか」

叔父はソファに深々と腰を下ろして言った。

孝治は頭を下げ、大介の非礼をわびた。

「それは君が気にする必要はない。その謝罪が目的で来たわけではないだろう」

孝治は黎明法律事務所に調査を依頼していることをふせて、自分の今後の人生にかかわることなので、祖父の終戦前後の生活について調べているとだけ伝えた。

「君も、兄貴と私が異母兄弟だと思っているのか」

不機嫌な表情に変わった。

その問いには答えなかった。孝治は許されるのなら、峰岸工業を離れて自分の人生を歩みたい。しかし、会社が危機的状況で、怪文書が乱れ飛ぶ混乱した中で、去っていくことはできない。信頼できる経営陣に移行したのを見届けてから、退社しようと考えていると告げた。

「君本人が会社の経営陣に入る気持ちはないのか」

「私にその能力があるとは思えません」

孝治は即答した。和は何かを言おうとしたが、それを呑み込むようにビールを胃に流し込んだ。

「今日おうかがいしたのは、他でもありません。また新たに怪文書が流れ、峰岸工業に不正経理があると告発する内容でした」

「不正経理？」

和は怒りを吐き出すかのように聞き返した。

孝治は怪文書では実名が挙げられずにOというイニシャルになっているが、大介は経理に調べさせ、該当する人間を探し出していた。そのコピーを和に差し出した。

コピーを手に取り、名前を見ると、センターテーブルの上に放り投げた。

「これがどうしたって言うんだ」

和の口調は怒っているというより、呆れ返っている様子だ。

「怪文書に書かれていたOとはこの大橋という人で、怪文書は事実だと兄貴は言っていました」

和は大きなため息を一つつくと、

「情けないの一語に尽きる」

と漏らし、しばらく黙り込んでしまった。重苦しい沈黙が応接室に充満する。孝治もどのように返していいのかわからずに、コピーを手にして意味もなく見つめていた。

「大介君は何を考えているのか……。困ったものだよ。この大橋という方は、峰岸工業草創期からわが社で働き、創業者を支えてくれた方だ。私たちも子供の頃から知っている。川口工場の方でずっと働いてくれていた。定年退職後は守衛をしばらくやっていたが、もうそろそろ引退するというので、創業者からの引き継ぎ事項で、長年の功績を称えて、顧問という形で給与を支払っている。役員会でも承認されている。それを大介君は忘れているのか、役員会の決定事項が最初から頭に入っていないのか、どちらかだ」

「不正経理でもなく、役員会議での決定事項なんですか」

孝治も拍子抜けしたが、何故役員会議の決定事項を不正経理と騒ぎ立てるのか。役員会議の決定事項を忘れてしまうほど大介も愚かではない。やはり意図してやっているとしか思えない。

「今創業者を支えてくれたとおっしゃっていましたが、創業者が東京に出てきてから知り合った方なのでしょうか」

「詳しいことは私も、兄も知らないが、広島時代からの知り合いのような気がする。私たちの父親は、広島時代について、あまり多くを語らなかった。それは平の出生日をみてもわかるように、あの瞬間に広島にいたわけで、あの日の出来事に触れられるのは嫌ではなかったのかなと思う。私たちも広島時代について聞くことは避けてきた」

　役員会議での決定事項であれば、報酬が支払われている事実は、役員のすべてが知っている。

「創業者と大橋純一の関係を知っていそうな役員は、他にいるのでしょうか」

「おそらくいないだろう。私たちでさえ知らないことを、創業者が他に漏らすとは考えられない」

　残された方法は大橋本人から直接聞くしかない。

　しかし、父親の平にしろ、叔父の和にしろ、二人は広島で生まれているのだ。聡太郎から広島時代について何も聞いていないというのが、どうしても奇異に感じられる。ましてて平は八月六日に生まれているのだ。

　毎年、広島に原爆が投下された日には、必ず広島の原爆ドームがテレビに流れ、慰霊祭のもようがライブで放映される。平、和という名前は、聡太郎が平和を願って命名したくらいのことは想像がつくだろう。それなのに何も聞いていない。

　板橋から重い足取りで孝治は帰宅した。

不正経理に関連する怪文書はそれで終わるかと思っていたが、さらにエスカレートしていった。

インターネット上に、峰岸工業スキャンダル・チャネルというサイトがわざわざ設けられ、そこに次々に書き込みがされていく。すべてフェイクニュースだが、それが瞬時に拡散していく。

O氏への不正経理を黙認してきたのは、市川匠専務取締役で、副社長の長女の後見人でもあることから、副社長の意向で市川が直接振り込みを指示していると、ウソを平然と垂れ流していた。

しかし、フェイクニュースを流す目的は次第に鮮明になってきた。大介は里奈に電話を入れ、以前よりも執拗に株を手放すように持ちかけている。

里奈があまりにも腹立たしいので、

「大介さんに父や私の株を買うだけの資金の用意があって、おっしゃっていることなのですか」

と問い質すと、

「あるから言っているんだよ。峰岸工業は、創業者一族でやっていきたいんだ」

と、平然と答えたそうだ。

やはり大介を操っているのは鈴木専務取締役で、その背後にはアグレッシブ・ファンドの尾関雄之助代表が絡んで、峰岸工業の株価操作どころか、会社乗っ取りを画策している可能性もある。

大橋純一への「不正給与」は、峰岸労働組合でも取り上げられるようになってしまった。峰岸工業の社長、副社長が異母兄弟だとするスキャンダルは、峰岸ファミリーに向けられたもので、さすがに労組が取り上げるべき問題ではない。しかし、「不正給与」となると、労組としても当然、事実関係を明らかにするように迫ってくるだろう。

インターネット上には、大橋純一の名前を黒塗りにした給与明細書が、すでにアップされている。

市川は普段は温厚だが、さすがにこの時ばかりは怒りを露わにしたようだ。

「いつまでも怪文書を放置しておかないで、会社として刑事告発すべきではないでしょうか」

市川はそう副社長に進言した。

一日も早く、祖父の広島時代を明らかにしなければならないと孝治は思った。

11　愛人

　鈴木作造の愛人と思われる長沢百合子には、出勤から帰宅までの間、尾行をつけて監視させた。バツイチで中学生の男の子を育てている今園朱美が、出勤から田原総合クリニックまでの尾行を終えて事務所に戻ってきた。夕方、もう一度帰宅までを尾行する。

「何か、あの長沢さんという方にはひっかかるものがあるのよね」

　吉祥寺にある事務所に戻ると、長沢の出勤状況をパソコンに入力しながら言った。

「どういうこと？」

　野村もパソコンに向かいながら、今園に聞いた。

「直感なのよ、男があの手の女を愛人にするかしら」

　今園によれば、出勤時の長沢はまったく化粧もせずに、中年の主婦がスーパーマーケットに買い物に行くにしても、もう少し身だしなみを気にするだろうというくらいに、何の気配りもない格好で田原総合クリニックに出勤したようだ。

「だって夜になると変貌し、その落差に男は翻弄され、そうした女に男は惹かれるっていうのが今園さんの持論でしょう」

「そうだけどさ、いくらなんでも患者の汚物が付いていそうなブラウスに灰色の地味なスカートでは、痴漢もよってこないわよ」

年齢的にも今園と長沢はほぼ同じくらいだろう。今園には、三十代といっても誰も疑わないいくらいの色香が漂っている。離婚した後は、結婚前よりも男が彼女のところに集まってくるようだ。

食事にも気を遣っているし、ハードな仕事をこなすために、ダイエットを兼ねてボクシングジムにも通っている。左右の腕の筋肉は、付き方が並大抵ではない。ジムのトレーナーからは、ストレートパンチは、一発で男を倒せるくらいの威力があると折り紙つきだ。愛乃斗羅武琉興信所のスタッフは全員、護身用に自分の好きな格闘技ジムに通い、肉体を鍛えている。

離婚を経験し、男の性格や嗜好を見抜く力もあるし、一見平凡に見える女が隠し持っている男を惹きつける魅力も、直感的に見破ってきた。長沢にはそうした魅力がないと今園は判断したようだ。

「まあ、今晩もう一度田原総合クリニックから、自宅マンションまで張りついてみるわ」

「長沢が鈴木とどこかで待ち合わせでもするのかどうか。二人の関係をはっきりさせるまで尾行するしかないわね」

その日の夕方、今園は田原総合クリニックに向かった。

午後八時少し前に新宿区大久保にある田原総合クリニックを出た長沢は、足早に歌舞伎町のラブホテル街を抜け、西武新宿駅に向かった。新宿駅で降りる客の多くは、これから店に向かうホステスだ。

長沢は改札口を入ると、すでに入線していた田無行きに乗り込んだ。今園は一つ手前のドアから電車に乗り込んだ。長沢は途中下車することもなく、沼袋で下車した。駅前のコンビニに立ち寄った。出てきた時は、白いビニール袋を手にしていた。膨らみ具合からコンビニ弁当だとわかる。

大きい通りからワンブロック離れたところに建つマンションで、通りを外れ、一歩路地に入ると、意外と人通りは少ない。五階五〇二号室に長沢は住んでいる。マンションの前には自転車置き場があり、エントランスに入ろうとした時、長沢は急に足を止めた。

自転車置き場に誰かが身を潜めている様子だ。今園は物陰からなりゆきを見守った。自転車置き場から人が出てきた。どうやら長沢の帰宅を待っていたようだ。自転車置き場の明かりを頼りに、二人の様子を撮影した。

スーツ姿の六十代くらいの男性で、知り合いなのか長沢に逃げる気配はない。ヒソヒソ声で何ごとかを話している様子だが、離れているので内容は聞き取れない。しかし、二、三分もすると、二人の声が聞き取れるように大きくなってきた。

言い争いを始めた。どうやら部屋に入れろと男性は要求しているようだが、長沢が拒んでいる様子だ。

「君しかいないんだ、情報を流すヤツは」

男性がたまりかねたのか怒鳴り声を上げた。

長沢は男性を無視してエントランスに入ろうとした。

「止めてください」

長沢の声がしたと同時に、自転車置き場で二人が争う姿が見えた。放置しておけないと思い、今園は通行人のふりをして、二人に近づいた。二人は今園が近づいても気づかなかった。男性が長沢の肩に手をかけ、引っ張ったはずみで、長沢が自転車置き場で倒れかかった。

「警察をお呼びしましょうか」

二人に聞こえるように今園が話しかけた。

「かまわないでくれ、内輪の話だ」男性が今園に視線を向けながら答えた。

長沢は足でもくじいたのか、立ち上がろうとしない。

「やはり呼びましょうね」

今園は自由に動き回れるように、尾行する時はいつもジーンズにブラウスかあるいはポロシャツを着て、ショルダーバックをかけているだけだ。ポケットから携帯電話を取り出し、ボタンを押そうとした。

「余計なことはしないでくれ」

男性が近づいてきて、携帯電話を持つ今園の左手首をつかまえた。その瞬間、今園の右手の拳が男性の顔に伸びた。まったく無警戒だったのか、鼻にそのまま食い込んだ。うめくような声を一瞬上げ、男性は鼻血を噴き出した。

男性はハンカチを取り出して、すぐに鼻に押し当てた。倒れている長沢に向かって言い放った。

「君のやったことで会社が混乱している。いい加減にしてくれ」

男性は走るようにして駅に向かった。

「大丈夫ですか」

今園は長沢に手を差し出した。

「ありがとうございます」

今園の手を握り、長沢が立ち上がった。

「警察に届けますか。私、目撃者になってもかまいませんよ」

「それには及びません。それより家に上がってください」

長沢は今園に部屋に来るように言った。今園が断わろうとすると、「そのまま歩くのはまずいから」と言った。

男性を殴った弾みで、淡いピンクのポロシャツに、鮮血がいくつかの点になり染み込んでいた。

「顔にも血がついています」

鼻血が顔にも飛び散っているようだ。

今園は長沢に手を貸しながらマンションの中に入った。

玄関を入ると、そこはキッチンで左手に流し台があり、キッチンの中央に小さなテーブルが置かれ、右手はバス、トイレになっていた。奥には二部屋があり、襖で閉じられていて中の様子は見えない。

長沢は右側の部屋の襖を開けた。暗くてよく見えないがソファやテレビが見えた。

その部屋から救急箱を取り出してきて、テーブルの上に置いた。

病院で使用する薬用のコットンやガーゼが袋に入っていた。それを破るとコットンを取り出し、ピンセットでつまみ消毒用のアルコールをたっぷりと含ませた。

「ずいぶん用意がいいんですね」

「私、看護師なんです」長沢が答えた。

今園を椅子に座らせると、コットンで顔に飛び散った血を慣れた手つきで拭き取った。

「ありがとうございます。では、これで私は失礼します」

「あの、私のブラウスでよかったらお貸ししますが」

長沢は血のシミがついてしまったポロシャツを気にしてくれているようだ。

「家は近いですから、ご心配なく」

今園は椅子から立ち上がり、玄関でスニーカーを穿きながら言った。

「余計なことかもしれませんが、もしストーカーとかにつきまとわれているのでしたら、警察に相談された方がいいかもしれませんよ」

「そこまでする人ではないと思うので……」

「お知り合いだったんですか」今園は驚いてみせた。「私、余計なことしてしまったのかしら」

「いいえ、そんなことはありません。助かりました。私が安易だったばかりに……」

長沢はその先は口を閉ざした。

今園は部屋を出た。ポロシャツの血のシミは結構大きい。電車に乗って帰宅するわけにはいかない。大通りに出るとタクシーを拾い、そのまま国分寺の自宅まで帰った。

帰宅すると、長男はすでに食事をすませテレビを見ていた。気づかれないように血のついたポロシャツを脱ぎ捨て、すぐにシャワーを浴びた。

食事もせずに自分の寝室兼書斎に入り、撮影した写真を確認した。男性の写真は自転車置き場の明かりでも、顔は十分に確認できるように写っていた。すぐに報告書を書き上げ、野村に送信した。

「お疲れさまでした」

と野村からすぐに返信が届いた。

翌日は他のスタッフが長沢を尾行する。今園は顔を見られた以上、これ以上長沢の尾行を継続するのは避けた方がいい。

長沢のところにはいずれは鈴木作造が現れるだろうと予想して、尾行したが、まったく予期していなかった男性が現れた。いったい誰なのか。野村は今園からの報告書と長沢と小競り合いをした男性の写真を、いつもの通り真行寺と孝治に転送した。

翌朝、オフィスに着くと、すぐに真行寺から連絡が入った。すでに孝治も送付した写真を見ていて、写っている男性の身元が判明した。

「誰なの、あの男性は？」

「孝治によれば、市川匠で、峰岸工業の取締役の一人だそうだ」

真行寺が答えた。

「今夜、できるなら都内で会いたいと孝治が言ってきた」

野村は八時過ぎなら都心に出かけられると返事した。場所は西新宿のヒルトンホテル内の和食レストランだった。約束の八時半には三人全員がテーブルに着いた。

三人が揃うのは十数年ぶりだ。

「ずいぶん落ち着いたのね」

孝治からは中間管理職のサラリーマンといった雰囲気が漂ってくる。暴走族時代の孝治は紅蠍の先頭を常に改造四輪車で走行した。片側二車線の高速道路の第一走行車線と追い越し車線を分けるライン上を、クラクションを鳴らしながら、百キロ以上のスピードで走り、走行中の一般車両を隅に寄せさせ、孝治の車の後に、紅蠍の改造車、オートバイがつづいた。

無謀としか思えない走行をしていたあの頃の面影は、すっかりなりを潜めていた。

「オヤジの会社に入社したばかりに、とんでもない苦労を背負い込んでいるよ」

孝治は自虐的な笑みを浮かべた。

すぐに懐石料理が運ばれてきた。食事をしながら孝治は紅蠍を離れた後、どうしていたのかを語った。

野村の記憶に残っている孝治は、いつも本を手にしていたことだ。読書量は半端なものではなかった。

「本を読んでいたせいか、大学検定試験も入試もそれほど難しいとは思わなかった」

検定に合格し、その年には早稲田大学政経学部に入学し、四年間はおとなしく大学生活を送ったようだ。

ずっと優れた成績を収めてきた野村から見ると、中学、高校時代にドロップアウトした真行寺や孝治には共通点がある。理数系の科目が不得意になる傾向が強い。数学のように、知識を積み重ねていかなければならない科目はどうしても苦手になるようだ。出会った頃の真行寺は、微積分の話をしてもまったく理解できなかったし、あまりにもスピードを出したまま強引にカーブを曲がろうとする孝治に遠心力や重力の法則を説明しても、キツネにつままれたような顔をしていた。

食事を終え、三人は今後の調査をどう進めるかを協議した。

「田原総合クリニックの長沢看護師長と、峰岸工業の鈴木作造だけではなく、市川専務とも付き合いがあるというのは、意外な展開だな」

真行寺が口火を切った。

「でも、二人の専務も田原総合クリニックで健康診断を受けているのだから、長沢と接点があっても不思議ではないでしょう」野村が言った。

「その長沢看護師長というのは、男を惹きつける雰囲気があるのか」

孝治が野村に聞いた。

「調査にあたったスタッフによれば、男が寄ってくるタイプの女性ではないようよ」

と、答えたものの、長沢は西武プリンスホテルで鈴木と会い、市川とは長沢の自宅マンションの前でもめていた。市川は長沢のマンションを知っていたことになる。

鈴木よりも市川の方が長沢との関係が深いように思える。

「マンションの前で言い争いをして、『君しかいないんだ、情報を流すヤツは』って市川は怒鳴っているんだろう。どういう意味なんだろうか」

真行寺がひとりごとのように呟く。

会話がどんな脈絡で話されていたのか、まったくわからないが、もし峰岸工業のスキャンダルがらみの会話なら、市川が漏らした秘密を長沢が誰かに流しているというふうに理解できる。あるいはインターネット上に流れている情報を長沢が流しているというようにも想像できる。

「俺もその言葉が気になって仕方ないんだ。市川専務が簡単に社内の情報を外部に流すとも思えない。市川専務は長沢看護師長に何か弱みでも握られているのかもしれない」

孝治も同じようなことを想像しているだろう。

「田原総合クリニックの看護師長という立場を利用して調べられるのは、峰岸一族の血液型だろう。怪文書を市川が流したとすれば、長沢を利用したことが考えられる。しかし、争っていた時の会話からは、そうは思えない」

真行寺が自分の推理を述べた。

長沢と二人の専務がどのような関係なのかがまったく見えてこない。結局、孝治が従妹の里奈から市川の情報を引き出してみる以外にはないという結論に達した。

孝治が密かに社内の動きを探っているのを、里奈といえども知られたくはない。しかし、市川専務取締役と長沢看護師長の関係を彼女に尋ねるのも唐突過ぎる。どう聞けばいいのか、孝治にもこれぞといった手立てがあるわけではなかった。

峰岸工業を出た後、世田谷区成城にある里奈の家に向かった。午後七時くらいには着くと告げた。

里奈にどのように説明したらいいのか、新宿から小田急線に乗り電車の中でも、駅から里奈の家までもずっとそのことを考えたが、いい方法など思いつかなかった。

家に着くと、夫の健二は不在だった。

「今日は会議があるので、遅くなるらしい。それより孝治さん、ご飯は食べたの」

夕飯を心配してくれた。

「晩飯は帰ってからする」

応接室に置かれたベビーベッドの上で陽菜乃が眠っていた。

「今、ミルクを与えたばかり。しばらくは起きないから、そのうちに話を聞くわ。また何かあったの？」

　里奈も何ごとが起きたのか、不安な表情を浮かべた。

　孝治は峰岸平と峰岸和が異母兄弟だとする情報は、医療関係者から漏れていた可能性があると自分の推測を述べた。

「でも、祖父母の血液型が判明しない限り、そんなことはっきりしないでしょう。祖父のカルテはないのでしょう」

　少し苛立ったように里奈が言い返してきた。

「祖父母の血液型はもしかしたら田原総合クリニックに残されていたかもしれない」

「田原総合クリニックって、毎年健康診断している病院のこと」

「そうだ」

「それで……」

「内科の看護師長と市川専務がどうも付き合っているらしい」

「孝治さん、私は従妹だからいいけど、そんなこと簡単に口にすべきではないでしょう」

「わかっている。しかし、確かな目撃者もいる」

　孝治は黎明法律事務所、愛乃斗羅武琉興信所に調査を依頼している事実はふせた。

「市川専務があの怪文書にかかわっていると言いたいわけ」

里奈は鋭い視線を孝治に向けた。

「今峰岸工業が直面している危機を回避するためには、一つ一つ事実を確かめていかなければと思っているんだ」

「市川専務はまじめな性格で、そんな怪文書を流すような人ではないわ。それに父に対しても、社長、副社長が退く時に一緒に経営陣から外れたいと、すでに退社の意向を内々に伝えているのよ。父は慰留したけど、これからは若い人たちに経営を任せるべきだからと、退社の決意は変わらなかったそうよ」

市川はすでに退社の意志を固めているようだ。怪文書を流し、峰岸工業を混乱させても何の意味もない。孝治は手に負えない微積分を解くような顔つきに変わり、黙り込んでしまった。

「市川専務は、私の夫に経営陣の一人として参画し、峰岸工業をより発展させてほしいって、今も懸命に口説いているわ」

市川が怪文書にかかわっている可能性はほとんどないだろう。では女性関係はどうなのだろうか。

「女性関係はきちんとしている人なのか」

単刀直入に聞くしかないと思った。

「それって愛人がいるかっていうこと？」

里奈の言葉からは怒りが滲み出ている。

孝治は首を縦に振った。

「二人の子供さんがいて、一人は教師、一人は出版社で働いているそうよ。奥さんがいたけど、二年前に亡くなっている。社内でも愛妻家で知られた人よ。葬儀の時は、ほとんどの社員が葬儀に参列したくらい。孝治さんはあの葬儀に来ていなかったのね」

孝治に対する非難が込められている。非難されても仕方がない。会社の人間とはなるべく関係を希薄にするどころか、付き合わないようにしてきたのだ。

しかし、聞くべきことはすべて聞き出すしかない。

「専務の奥さんは何かの病気で亡くなったのか」

「乳がんだった。八方手を尽くされたようだけど、最後は転移してしまい、ホスピスに入られていた」

田原総合クリニックの院長に相談し、最善の治療が受けられる病院や、化学療法と漢方薬を用いた東洋医学の両方の治療法を行う病院を紹介してもらっていた。

「何度もホスピスにお見舞いに行ったけど、最期まで穏やかな表情を浮かべていた奥様の顔は今でも思い浮かべられるわ。あんなやさしい表情はね、浮気するような夫と暮らしていたのでは、やってみなさいと言われてもできるものではないの」

「市川専務は愛人を持つようなタイプではないということか」

「それは男女のことだからわからないけどさ、これは私の直感よ」

市川専務取締役と長沢看護師長の会話の内容を明かしたいが、余計な詮索を招くだけだ。孝治は適当なところで切り上げて、自宅に戻った。

里奈の話から、市川がすでに退社の意向を固めているという事実は聞き出せた。彼女の言う通り、怪文書に市川専務がかかわっているとは思えない。ただし長沢との関係は、額面通りには受け取れない。聖人君子でもない限り、善良の夫であっても、妻がそうした状況に追い込まれれば、一瞬でもいいから逃げ場を求めるのが男の習性でもある。

「真昼のＬＥＤ」と揶揄されている孝治には、市川専務との接点はない。社内で会えば、波風が立つ可能性がある。新宿紀伊國屋本店近くに番屋という個室居酒屋がある。そこに市川に来てもらうことにした。直接本人に聞くしかないと判断したのだ。

案内された部屋は四人用だった。ビールを飲みながら待っていると、市川がやってきた。日ごろから話もしたこともない孝治に呼び出され、緊張しているのは明らかだ。孝治はビールを追加注文したが、市川は手もつけようとしない。

「お話をうかがってからにします」

孝治もビールを飲むのを止めた。

「実は直接お聞きした方がいいと思って、来てもらいました」

孝治は市川に、峰岸平、和が異母兄弟だと書いた怪文書の出所を探っているとだけ告げた。市川は針で腕を刺されたような顔に一瞬だけ変わった。孝治がそうしたことを調べているのが驚きだったのか、あるいは触れてほしくない問題に触れられたのが気に障ったのか、口の中が粘るような表情を浮かべている。

「それで何を知りたいのでしょうか」

「先日、私の友人が帰宅途中に、女性と言い争っている市川専務をみかけたと連絡してきてくれました」

市川は眉間に縦皺を寄せて、怒りを滲ませた。

「誤解しないで最後まで聞いてください。市川専務がすでに退社の意向を固めているというのは里奈本人から聞いています。怪文書に市川専務取締役がかかわっているなどとは思っていません。父と叔父が異母兄弟だというからには、本人たちの血液型と祖父母の血液型がわかっていないと、そんなことは言えません。しかし、峰岸聡太郎の血液型は、祖父が診療を受けたどこの病院でもカルテは破棄されてありませんでした。あるとしたら田原総合クリニックか、祖父を診察した医師か看護師……」

途中で孝治を制して市川が言った。

「あなた、興信所を使って調査でもされているのですか」

孝治は何も答えなかった。孝治が峰岸工業のスキャンダルにまったくの無関心だと、市川は思っていた様子だ。孝治の問いかけが意外だと感じられたのだろう。立ち合いと同時にケタグリを食らって倒れた力士のような顔をしている。

「私みたいなものを重用してくれた社長や副社長には申し訳ない気持ちでいっぱいです」

市川は苦渋に満ちた顔に変わった。

「創業者の血液型が漏れたのは田原総合クリニックからだと私も思います。それを鈴木専務に流したのは、看護師長で、一時期、私は彼女と付き合っていました」

長沢看護師長と市川専務は男女の仲だった。

乳がん末期の妻にどのような治療を受けさせるべきか、市川専務は田原院長に相談に乗ってもらった。いくつかのホスピスが候補に上がり、田原院長が紹介状を書いてくれた。

今後どのような症状が現れ、どのような最期を迎えるのか、市川は何度も田原総合クリニックに足を運び、田原院長の意見を聞いていた。

「そんなことをしているうちに……」

市川は二十以上も年齢の離れた長沢と付き合うようになった。男女の関係になったのは、妻が死ぬ直前からだ。

「結婚をと彼女から言われたのですが、私は年齢も年齢です。子供からも反対されています。精神的に苦しい時を支えてくれたのも彼女ですが、私などではなく他の男性と幸せになってほしいとお願いしたのですが……」

「うまく手が切れなかったということでしょうか」

「それなりのお礼はしたと思っていたのですが……」

二人の仲はこじれていった。

長沢は仕事ひと筋でそれほど恋愛経験はなかったのか、別れ話が出てからはストーカーのように市川につきまとってきた。

「それだけならいいのですが、結婚したいと、鈴木専務に相談に行ってしまったんです。怪文書が流れたのは、それから間もなくでした」

孝治はビールを追加オーダーした。運ばれてくると同時に一気に飲んでしまった。

怪文書を巡る泥沼は思っていた以上に深そうだと感じた。

12　フェイク

峰岸工業のスキャンダルは、インターネット上で拡散し、スポーツ新聞や実話雑誌の格好のネタにされた。黎明法律事務所の事務局員の三枝豊子が丹念にそれらの記事をスクラップにしてまとめてくれる。真行寺はそれらの記事に目を通しながら、苛立っている孝治の顔を思い浮かべた。

「一日も早くケリをつけてやらないと……」

活字離れが激しくて新聞の発行部数は激減し、出版社の雑誌、書籍売上も低迷している。売らんがためにセンセーショナルな見出しがスポーツ紙、週刊誌の誌面をにぎわせている。老舗の家具販売メーカーがやはり身内で経営権を争い、テレビでも大きく取り上げられていた。それに準じた扱いで、峰岸工業のスキャンダルも読者の興味を引くように報道された。

峰岸平、和が異母兄弟だというスキャンダルは、読者の興味を引くのか、同じような記事が媒体を変えて何度も掲載された。

特定の個人に長年にわたり労働実態が何もないにもかかわらず、給与が支払われていた問題を契機に、株主や社員の不満を煽るような記事も流れ始めた。

煽っているのはアグレッシブ・ファンドの尾関雄之助だ。

「次期決算後の定期株主総会前に、臨時株主総会を開催してもらって、新たな役員人事の中で、この難局を乗り切っていくことが必要なのかもしれない」

Y電機危機に端を発した峰岸工業の経営不振。代表取締役社長の峰岸平は健康に問題があり、取締役社長代行を副社長の峰岸和が務めている。変則的な事態がつづいている。そこに異母兄弟スキャンダル、不正給与問題が浮上してきたのだ。

「峰岸工業は潜在的な能力を秘めた会社で、同社の持っている特許、技術、生産能力、どれを見ても、現在の株価は正当な評価だと思えない。場合によっては、新役員に私どもから送り込むことも考えている」

尾関はこうコメントし、峰岸工業の経営に乗り出す意向があることをマスコミに公表した。ハゲタカファンドと揶揄されるアグレッシブ・ファンドだ。誰も尾関の言葉など信用していない。

〈尾関は峰岸工業を乗っ取るつもりだ〉

世間の大方はそうみているだろ。

異母兄弟説、不正経理にマスコミの関心は集中した。今のところ不正に給与を受け取っていたとされるO氏に関しては、まだ名前は特定されていない。知っているのは役員だけなのだろう。しかし、Oの名前が明らかになるのも時間の問題のように、真行寺には感じられた。

新聞も雑誌も、インターネット上の情報に振り回されるのか、あるいはインターネット上のフェイクニュースを真実だと思い込んでいるのか、またはフェイクニュースだと知りながらそれを報道すると売上が伸びるからなのか、根拠のないニュースを平然と活字にした。

派手な見出しで読者を惹きつけていたあるスポーツ紙が、名誉棄損で訴えられたことがあった。

被告席に座った新聞社の編集長は、弁明のチャンスを与えられ、証言した。

「しょせん私どもの新聞はスポーツ新聞ですから、記事をそのまま鵜呑みにする読者はいません」

傍聴席からは失笑が漏れた。

判決の日、裁判長は名誉棄損が成立し、損害賠償金額を被告に告げた後、

「もっと誇りを持って記事を書いてください」

と編集長に注文をつけたケースがあった。

インターネット上にあふれるフェイクニュースとそれに乗じて金儲けをもくろむ新聞、雑誌。報道被害に遭っている被害者が裁判に訴えたところで被害の回復は到底無理だ。社会の中に、真実とフェイクを見分ける知性が育たなければ、フェイクはいく

らでも、その虚偽性だけを肥大化させて、拡散していくように思える。

同じことが峰岸工業にも起きている。新聞、雑誌のセンセーショナルな記事を読み、真顔で孝治に言ってきた社員がいたようだ。

「峰岸課長は株をお持ちなんですよね。あんなハゲタカの尾関なんかに株を売らないでくださいよ。この会社に骨をうずめようと思っている社員もいるんですから」

孝治も「真昼のＬＥＤ」と呼ばれているだけあって、対応も如才ない。

「何のこと？　株なんかどれだけあるのか私も知らないし、株券も自宅の押し入れのどこかに押し込んだままで、どこにしまってあるのかもよく覚えていないんですよ」

こう言って煙に巻いているようだ。

しかし、不正経理は労組が正式に問題を取り上げることになったようだ。

不正経理と騒がれているが、役員が決定していたのは実際には給与ではなく、長年にわたる峰岸工業への貢献に対する功労金の意味合いが強い報酬だ。労働の対価として支払われる給与とは違うが、やはり異様な印象は否めない。

孝治の話では、大介もその他の役員も組合の追及には答える必要がないと考えているらしい。組合もマスコミに流れている不正給与を事実として鵜呑みにしている様子だ。

組合の動きと同時に鈴木作造も不審な動きを活発化させている。愛乃斗羅武琉興信所は退社後の鈴木を毎日尾行している。鈴木は一週間に一度は都内のホテルかあるいは銀座の高級クラブでアグレッシブ・ファンドの尾関と会っている。

買収なのか、あるいは役員を送り込み、経営に参画しようという目論見なのか、尾関が峰岸工業に何か思惑を持って接近しているのは間違いない。

さらに野村からの報告では、長沢百合子ともその後、鈴木は会っている。二人の関係も謎だ。

インターネットやマスコミで不正給与を受け取っている相手は、Oとイニシャルで報道されているが、大橋純一が本名だ。峰岸工業の騒ぎはさらに拡大していく可能性があり、大橋純一が何者なのかを早急に突き止める必要がある。

真行寺は社内に残る大橋の記録を探し出すように孝治に言った。

孝治も疑問を感じていたのだろう。すぐに大橋に関するデータを送ってきた。大橋が暮らしているのは千葉県船橋市にある民間の介護付きのマンションで、家族はいないらしい。会社の記録に残っているのは、広島市矢賀町出身で、一九五三年から峰岸工業の社員として働いている。退職したのは一九八七年で、その後は川口工場の守衛として一九九二年まで働いている。

年齢的なことを考えれば、峰岸聡太郎とは子供の頃から付き合いがあっても不思議ではない。

真行寺は野村とともに船橋にある光が丘老人ホームを訪ねてみることにした。年齢的にみても、どこかに外出していることもないだろう。

真行寺は立川から吉祥寺まで一般道を走り、愛乃斗羅武琉興信所で野村をピックアップして、首都高速道の高井戸インターから入り、東関東道谷津船橋インターで下りた。

光が丘老人ホームは山を切り崩して造成した新興住宅地の一角にあった。介護付きの全室南向き六階建てマンションで、船橋の市街や遠くには東京湾が一望できる小高い丘に建てられていた。

大橋純一の部屋は六階六〇一号室で南東の角部屋だった。一階には受付、コインランドリー、レストラン、ロビー、運動トレーニングルーム、談話室、浴室などが設けられ、訪問看護やデイサービスセンターも併設されていた。

造りは高級なビジネスホテルといった風情だ。受付で大橋に会いたいと告げると、館内の電話で大橋の部屋につないだ。約束はしていなかったが、部屋で話をしようということになった。

六十代と思われる受付が聞いた。

「お知り合いの方ですか」

「いや、初めて会いますが、大橋さんが以前勤務していた会社から、大橋さんの近況を聞いてくるように言われているので」

と真行寺が答えた。

「峰岸工業の方ですか。最近、大橋さんは認知症が進んだようで、記憶がはっきりしているところと、不鮮明なところが出てきているので、私たちも少し心配しているんです」

受付は峰岸工業の名前を知っていた。誰か他の社員が訪ねてきているのだろうか。

「大橋さんのところに、峰岸工業の関係者はよく来られているのでしょうか」野村が聞いた。

「この施設は一九九七年に設立されたんですが、大橋さんは開設と同時に入所された方で、私どももっとも長いお付き合いをしていただいている方なんです。入所当初は、峰岸工業の社長がよく来られて、二人でよく昔話をされていましたよ」

一九九七年頃なら、大橋が話をしていた相手というのは、峰岸聡太郎だろう。

「最近も峰岸工業からどなたか訪ねて来られているでしょうか」

野村の質問に、受付は首を横に振った。

一階ロビーには車椅子に座りながら談笑している年老いた女性人や、奥の方で囲碁に夢中になっている老人が数組見えた。エレベーターで六階に上がった。六〇一号室は1LDKの間取りだった。部屋の前に来ると、中からハーモニカの音色が聞こえてきた。曲は戦後に流行った『異国の丘』だった。

呼び鈴を押すと、音色が止まった。

「開いています。どうぞ」声がした。

ドアを開けると、部屋には真夏の光が差し込んでいた。大橋は日の光が注ぎ込んでくる方が好きなようで、カーテンは開けられたままになっていた。リビングルームには二人用のソファが置かれ、そこに座りながら大橋はハーモニカを吹いていたようだ。

大橋は名刺も渡していないのに野村に言った。

「一人暮らしの老人が暮らしていくには、すべてここで足りてしまう。困ったことがあればヘルパーさんが来てくれるし、至れり尽くせりだよ」

大橋は杖を使って立ち上がり、小さな丸いテーブルに備えられた椅子を取り出し、自分はそこに座わろうとした。立ち上がった大橋の左肩は少し下がっているように見えた。

「まあ、座りなさい」

二人にソファに座るように勧めた。

「お気遣いなく」

と野村が答え、テーブルのもう一つの椅子をソファの前に置き、大橋を再びソファに座らせた。二人は椅子に腰かけた。

真行寺は名刺を取り出して、大橋に渡した。

「弁護士の真行寺と言います。ご承知かと思いますが、Y電機の危機的状況が峰岸工業にも影響を及ぼして、この気に乗じて創業者ファミリーを放逐しようと考えたり、経営陣を刷新し、役員を送り込もうともくろんだりするファンドが現れています」

「そんなことになっているのかね……」

大橋は驚いている様子だ。ほとんど新聞を読まない生活を送っているようだ。

「世間の動きはテレビニュースでみるくらいさ」

「おいくつになられるのでしょうか」

野村がそれとなく聞いた。

「えーと、今は昭和何年になるのかなあ……」

真行寺は野村と顔を見合わせた。

「今は平成二十八年になります。西暦で言うと二〇一六年ですが」

野村が昭和から平成に移っていることを告げた。

「平成だって……」

大橋は素っ頓狂な声を出した。

「そうか」大橋は自分を納得させるように呟いた。

普通に話をしているが、受付の男性が言っていたように、認知症が進んでいるのかもしれない。

「わしは昭和元年の生まれだが、いつから平成に変わったんだ？」

大橋は昭和から平成に変わったことを認識していなかった。認識していないというより、記憶が途切れてしまっているのかもしれない。

「わしは日本に治安維持法が公布された翌年に広島で生まれたんだ」

古い記憶は残っているようだ。しかも記憶は正しい。一九二五年四月（大正十四年）に治安維持法は公布されている。

二人が訝る顔をしていると、大橋が説明した。

「認知症が進んでいるようだ。医師からはまだら認知症と診断されている」

こう話す大橋は年齢の割にはしっかりしているし、認知症にかかっているとも思えない。

それがまだら認知症の特徴なのだ。時間帯によって症状がひどかったり、人と会っている時などは、通常の対応ができるほど認知症の症状が隠れてしまうこともある。親しい人と会っている時に症状が出たり、見知らぬ人だと正常だったりする場合もある。

まだら認知症は脳血管性の認知症で、アルツハイマー型認知症が全体的に症状が進行していくのに対し、症状にむらが出るのが脳血管性認知症の特徴だ。

　高齢化によって本人も気づかないうちに小さな脳梗塞が起きていることがある。小さな脳梗塞がどこに起きたかによって、認知症の症状の現れ方、記憶の壊れた部分に差異が出てくるとも言われている。

「峰岸工業の創業者、聡太郎さんとのお付き合いは古くからあったのでしょうか」

「峰岸聡太郎さんは、先輩であり、命の恩人だ。彼はもう十何年か前に亡くなっているだろう……」

　峰岸聡太郎の死は認識しているようだ。

「聡太郎さんは二〇〇〇年に、いや平成十二年に亡くなっています。今から十六年前です」真行寺が言った。

「そうか。聡太郎さんには何から何まで世話になり、ロクな御恩返しもできなかった」

「大橋さんのお生まれはどちらなのでしょうか」

「わしは広島県広島市矢賀町×××番地だ」

　こう言った時の大橋は、とても認知症を患っているとは思えない。やはり記憶にむらが生じているのだろう。

「峰岸聡太郎さんのご実家とお近くなんですね」

野村が少しでも大橋の記憶を呼び覚まそうとして言った。

「そうさ。一キロも離れていなかった」

峰岸聡太郎と大橋純一の家は近かった。二人は子供の頃から付き合いがあったのだろう。

「若い人の面倒みが良くて、聡太郎さんは皆さんから慕われていたようですね」

野村が誘い水を向けた。

「聡太郎さんは確か六歳年上で、わしの兄貴みたいなものだった」

「自分の足が悪く、国のために尽くせないというのを聡太郎さんは恥じていた。中にはバカにする者もいたようだが、聡太郎さんは手先が器用でもの覚えも良かった。それで広島市内の軍需工場を飛び歩いて、砲弾や戦艦の部品を自分でも造ったり、学徒動員や勤労奉仕の女子挺身隊にその技術を教えておったりしていた」

野村が当時を知る矢賀町出身の人から聞いた話と、大橋の証言は一致する。

「大橋さんも聡太郎さんの考えに共鳴されていたのでしょうか」真行寺が質した。

「もちろんだ。わしだけではなく矢賀町の連中は聡太郎さんを尊敬していたし、軍部の連中だって、聡太郎さんの技術を高く評価し、頼りにもしていた。軍需工場で不具合が起きた時など、呼ばれてすっとんで行きよった」

「大橋さん自身は八月六日、終戦の日はどちらで迎えたのですか」

野村が身を乗り出すようにして聞いた。

「広島にはいなかったのは確かだが……」

記憶が不鮮明なのか、急に歯切れが悪くなる。

「八月六日の原爆の日はどちらにいらしたんですか」真行寺が原爆投下の日の所在を尋ねた。

大橋は首を横に振った。思い出せないのだろう。

峰岸聡太郎は矢賀町の若い連中に、志願し国家のために尽くすように説得していた。大橋もその説得を受けている可能性がある。真行寺が聞いた。

「軍隊のご経験は？」

「ああ、軍隊には入ったよ、志願してな」

この頃の記憶も鮮明に残っている。大橋も峰岸の影響を受けて志願したようだ。

「海軍、陸軍どちらでしたか」

真行寺は峰岸の記憶が残っている部分を可能な限り聞き出そうとした。

「陸軍だった。輸送船で確か南方へ向かったはずだが……」

昭和十九年から二十年にかけて、戦況は悪化し、輸送船はアメリカ軍の潜水艦に次から次に撃沈されていた。そうした輸送船に大橋は乗り込んでいたのかもしれない。

「確かミンダナオ島だったような気もするが……」

フィリピンに派兵されたのだろうか。

「復員されたのはいつ頃ですか」

「終戦から三年後だったと思う」

「ずいぶん遅かったんですね」

「連合軍にダバオからマニラに連れて来られて、ＢＣ級戦犯にされそうになったんだ」

大橋の記憶は再び鮮明なものに変わる。破壊されてしまってまったく記憶がないのか、あるいは忘れてしまったのか、記憶に濃淡がある。しかし、残っているものは、アルバム写真のように正確だ。


陸軍に志願した大橋純一がフィリピンに向かったのは一九四四年十二月のことだった。広島宇品港を出港したのは鉛色の厚い雲から沁み出るように雪が舞いはじめた夕方だった。玉津丸一万トンは新造船で、船内にはまだペンキの臭いが充満していた。船室は二段に仕切られたベッドで身動きできないほど狭かった。

大橋二等兵に割り当てられたのは、船底の一番奥の部屋で魚雷攻撃を受ければ、逃げ場はなかった。大橋だけではなく船底の兵士が助かる見込みはなかった。玉津丸に装備されているのは、船中央部に取り付けられている高射機関砲と左右両玄の対潜爆雷装備だけだった。

瀬戸内海を航行し、翌日には門司港に停泊した。各港から兵士を運んできた輸送船が門司港に集結し、十隻の輸送船団が構成され、二隻の駆潜艇が護衛についた。船団は長崎半島の西側を通り南下をつづけた。

南西諸島を通過すると気温が上昇した。船団はさらに南下、台湾の西側を航行した。台湾の南側、バシー海峡はすでに連合軍の勢力下に置かれ、多くの輸送船団が撃沈されていた。

船団はバシー海峡を通過しようとしていた。すでに日は没していた。砕ける波が船底を叩いた。

突然轟音が響きわたり、同時に玉津丸も爆発の衝撃を受け、激しく震動した。潜水艦が接近してくるのを探知、玉津丸から爆雷が投下されたのだ。船団は百八十度旋回し、台湾の高雄港に避難した。翌朝大橋が甲板に出て見ると、船団は七隻に減っていた。駆潜艇も一隻撃沈されていた。

翌朝高雄から飛び立った対潜哨戒機が上空を旋回しながら敵潜水艦の攻撃を警戒した。対潜哨戒機に守られながら船団は再びバシー海峡を航行した。しかし、日本軍はすでに補給路を断たれ、十分な燃料確保ができなくなっていた。対潜哨戒機が引き返すのを待っていたかのように、アメリカ軍の潜水艦が襲いかかってきた。

「マニラ港に辿り着いたのは、玉津丸だけだった」

撃沈を免れたのは、新造船で航行速度が他の船よりも早かったこと、そして爆雷を装備していたことが、連合軍にも知られ、他の輸送船が先に狙われ、最後の攻撃目標になっていたことが幸いしたのだ。他の船が攻撃されている間に、玉津丸は敵を振りきって、マニラ港に逃げ切ったのだ。

マニラで生き残った兵士は、レイテ島、セブ島、そしてミンダナオ島に配備された。

「わしはミンダナオ島だったような気がする……」

マニラ港から小型輸送船でミンダナオ島カガヤンデオロに上陸した。カガヤンデオロから東に十キロほど離れた静かな小集落に大橋は駐留を命じられた。

「村の名前なんかまったく覚えておらんよ」

フィリピン人はヤシの葉で葺かれた高床式の家で暮らしていた。村には老人と女性が多かった。その小集落に駐留した日本軍は彼らから食糧を調達した。カラバオ（水牛）やタンコンというホウレンソウに似た野菜、小魚の塩漬けギナモスが日本軍の食糧となった。小集落で暮らすフィリピン人は親日的に思えた。しかし、それは誤りだった。

「日本軍に抵抗するフィリピン人は密林の中に姿を消していたに過ぎなかった」

中には反日ゲリラとなって、日本人の命を狙う者もいた。駐留した兵士の中には、警戒に行ったまま戻らない者もいた。

集落に女性が多いことをいいことに、女性に乱暴を働く兵士もいた。

大橋はある日、集落の周囲を警戒に当たるように命じられ、密林を歩いていると、女性の悲鳴を耳にした。

中国戦線から派兵されてきた軍曹が若い女性を襲っていたのだ。大橋は迷うことなく、軍曹を女性から引き離した。

下半身を裸にしていた軍曹は、

「お前にもいい思いをさせてやる」

と、再び女性に襲いかかった。

大橋は腕力には自信があった。持っていた銃を放り出すと、軍曹の襟首をつかみ、立たせると地面に思い切り叩きつけた。

「日本軍のこの恥さらしが、そんなに女を抱きたければ、俺を殺してからにしろ」

軍曹は立ち上がり、大橋に向かってきた。大橋は上官であろうが、非道は許せなかった。軍曹はあっという間に大橋にぶちのめされて、顔は血と青痣だらけになり、一人では歩けないほどだった。軍曹を蹴飛ばしながら集落に戻った。部隊長に一部始終を報告したが、営倉にぶち込まれたのは大橋の方だった。直射日光があたる場所に急ごしらえの営倉が建てられた。

その夜、営倉から出されたが、軍曹とその部下がよってたかって大橋をいたぶるように暴力を振るった。将校もいたが、見て見ぬふりをしていた。再び営倉に入れられた大橋には水も食糧も与えられず、こっそり水や食事を与えたのは集落のフィリピン人だった。

しかし、上官の暴力で大橋は左の鎖骨を折ってしまった。内科が専門の軍医に治療してもらったが、設備もなく、左肩が少し下がったような格好で、骨が固まってしまった。

それから二ヶ月もしないで終戦を迎えた。日本軍は武装解除を命じられ、大橋たちはマニラに送還され、戦争中の略奪や民間人への暴力が連合軍によって裁かれることになった。

大橋もBC級戦犯として「人道に対する罪」でアメリカ人の検事、裁判官によって裁かれることになった。しかし、その窮地を救ったのが、集落の村長と、軍曹の暴力から助け出した女性だった。女性は村長の長女だった。

大橋が裁判で裁かれるのを知って、連合軍に事実を訴えて、大橋を被告から外すように嘆願したのが功を奏したようだ。

「わしは裁判の法廷に立たされるかと思ったが、被告席に座ることもなく、帰国を認められた」

大橋は広島に戻った。原爆が投下された事実はマニラで聞かされていた。

「広島には一、二年もおらなかったような気がする」

真行寺、野村はその後の広島での出来事について執拗に訪ねたが、記憶は不鮮明か、あるいはまったく抜け落ちていた。

「東京に行ったのは、峰岸さんを頼って上京したのでしょうか」

「いや、峰岸さんがどうなったかも知らなかったし、東京に行ったのは、東京ならなんとか食っていけるのではないかと考えたからさ」

復員したばかりの大橋の肩は完全には治癒していなかった。闇屋の手伝いで荷物を運ぶことさえできなかった。重い荷物を背負えば、痛めた左肩が激しく痛んだ。

大橋は白い服に身を固めて、多くの傷痍軍人がそうしたように、人通りの多い繁華街で、ハーモニカ、アコーディオンを演奏し、「寄付」をあおいだ。それがその日の糧を得るための仕事だった。

「上京し、新宿駅南口の改札口前で、仲間と演奏していたら、足を引きずりながら近づいてくる男がいた。最初は戦友かと思った」

新宿駅南口改札口は今もそして終戦直後も国道二〇号線の高架上にあった。今は道路を挟んで真向かいにバスターミナルのバスタ新宿が造られている。当時も新宿駅は乗降客が多く、寄付を募る傷痍軍人が多く見られた場所の一つだった。

涙を流しながらやってきた男は、周囲の雑踏などまったく気にせず大声で、

「純一か」

と聞いた。

左肩を落とした格好で大橋はハーモニカを吹いていた。

大橋に声をかけてきたのは峰岸聡太郎だった。

13　歪曲

　峰岸工業の内紛は峰岸大介と鈴木作造が水面下で活発に動いていたが、ついに表面化した。密かに計画を練っていたのだろう、彼らはマスコミを集めて記者会見を行った。会見場所は峰岸工業本社ビルから徒歩五分のところにあるホテルだった。

　記者会見は孝治も知らなかったようだ。帰宅し、玄関を入ると同時に妻の靖子から記者会見の映像が夕方のニュースに流れたと知らされた。夜十一時のニュースでも放送されるだろうから、見てほしいと孝治から真行寺に連絡が入った。

　テレビニュースはその日の主なニュースを流した後、トピックスの一つとして放映された。記者会見には峰岸大介、鈴木作造、そして鈴木を支持する役員三人も同席していた。二分足らずの映像だったが、峰岸大介が一人で会見の主旨を説明していた。

〈グローバル化が急激に進み、基幹産業に限らず中小零細、すべての企業が時代に即した対応を求められているのは説明するまでもありません。峰岸工業に求められているのはまさにグローバル化に対応するためのイノベーションであり、生産技術の改革に留まらず、新市場や新製品の開発、新たな体制など課題は山積しています〉

　テレビに映し出されている孝治の兄、峰岸大介は若き経営者といった印象を受ける。

表情からも自信とやる気が伝わってくる。

〈峰岸工業は私の祖父、峰岸聡太郎が創業した会社ですが、経営陣はその一族で占められています。これまではこうした形態での経営がより強固な結束力を生み、会社の発展に寄与してきましたが、今後はこうした基盤の上に新たな峰岸工業を創造していかなければなりません。そこで次期定期株主総会までには経営陣を刷新し、新たな体制で、今峰岸工業が直面している危機の打開を図っていきたいと考えています〉

ニュースでは詳細な事実は明かされていないが、経営陣の刷新を行う、と宣言しているのだ。

〈現代表取締役社長は健康にも問題をかかえ、今季限りで経営から退くことを表明されています。また副社長も同様の意向のようです。私としては、峰岸一族で経営陣を固めるのではなく、様々な才能、可能性を秘めた人材を、社の内外から広く登用していこうかと考えています〉

峰岸の記者会見での発言は、次期取締役社長はあたかも自分であるかのような口調だ。

記者会見の映像はそこで終わり、後はキャスターが解説を加えた。

〈つい先頃、大手家具販売メーカーで親子での経営対立が表面化したケースがありましたが、峰岸工業の今後の動向は、旧経営陣が誰を後継者として指名するのか、その点まったく不透明で、場合によっては新旧経営陣の対立、内紛へと発展していく可能性もあります。今後もこのニュースは取り上げていきたいと思います〉

　翌日の経済面ではそれほど大きな扱いではなかったが、記者会見の内容が報じられ、スポーツ紙や週刊誌は、新旧経営陣の対立の一因に、峰岸平、和の異母兄弟説や、Oへの不正経理問題などをあげ、旧経営陣の古い体質を問題にしていた。しかし、旧体質を問題視する峰岸大介自身も、峰岸一族の一員であり旧経営陣の一人でもある。果たしてその峰岸大介に現在直面している峰岸工業の危機を打開できる能力があるのかどうか、疑問視する声もあると記されていた。

　一連の報道を見ていて、不気味に感じたのは、新聞、テレビに必ずと言っていいほどアグレッシブ・ファンドの尾関のコメントが掲載されていることだ。どのメディアにも同じようなコメントを発表していた。

〈峰岸大介、鈴木作造、二人の専務取締役らが目指す新たな執行部による峰岸工業の危機打開策と、躍進に期待し、その新たな体制に協力していきたいと思う。許されるのなら、モノ言う株主として、経営陣に役員を送り込むことも考えている〉

　尾関の株取得と、峰岸工業乗っ取りが、単なる絵空事ではなく、実際に起こりうるのではと、世間も考え始めているのではないだろうか。記者会見後、株価は上昇し、尾関のコメントが発表される度に、少しずつだがやはり株価は上がった。

愛乃斗羅武琉興信所はその後も鈴木作造を尾行していた。やはり週に一度ないしは二度くらいの割合で、二人は会っていた。今後の峰岸工業現経営陣がどう動くのかを見極めているのだろう。

記者会見に姿を現したのは、峰岸大介を含めて五人、それに対して旧経営陣派といわれるのは、峰岸一族の峰岸平、和、それと大貫里奈の三人、その他の役員も三人いるが、果たして現執行部を支持する側に回るかどうか予断は許さない。

峰岸大介、鈴木作造らが切り崩しに躍起になっているのは想像に難くない。それが証拠に大介は株を手放すように、毎晩のように里奈に電話をかけているようだ。二人の株を取得すれば、大介の影響力はさらに強まる。

「和叔父さんは、聡太郎ジイサンのホントの子ではないんだよ。だから俺に譲ってくれ。和叔父さんの分も、俺に譲るように君から言ってくれ」

こんな電話を毎晩かけているようだ。

里奈も毎晩のことで辟易し、大介に異母兄弟説の根拠を問い詰めたようだ。

「根拠はある。聡太郎ジイサンの健康診断の記録を残していた病院があり、そこの看護師長に直接確認してもらったので間違いない。ジイサンはB型だ」

大介は里奈にそう言い放っている。

「そのカルテを見せてよ」

里奈が要求すると、「個人情報保護法の問題もあり、医療関係者の守秘義務もある。簡単に見せてもらうわけにはいかない」と訳のわからない言い訳を大介はしたようだ。

「だってあなたはそのカルテを直接見て、確認しているのでしょう」

里奈の追及に大介は黙り込んでしまった。里奈が執拗に追及しても、大介は沈黙した。孝治によれば、大介の性格からすれば、まともな返答を戻さないのは、カルテを直接確認していないからだろうという。

しかも孝治の血液を祖父に輸血している事実がある以上、看護師長がウソを言っているのか、あるいは大介がウソを平然とついているのか、どちらかということになる。

愛乃斗羅武琉興信所からは毎日長沢百合子の行動が報告されてくる。それによると、長沢の男性関係はまったくない。

勤務を終えると、どこにも寄らずに帰宅している。晩ご飯も外食をするわけでもなく、毎回マンション近くのコンビニで弁当を買っている。田原総合クリニックは病床を持っているわけでもなく、夜間診療もなく、医師も看護師も仕事を終えると帰宅する。

報告書では、鈴木作造と会ったのは三回だけで、場所はいずれも西武線新宿駅にあるプリンスホテルの最上階のバーだ。

峰岸大介が、平、和の二人が異母兄弟であると主張するのは、田原総合クリニックに勤める長沢看護師長からの情報を鵜呑みにしているからだろう。

しかし、それでも納得できないことが出てくる。カルテが残されているのであれば、峰岸聡太郎の血液型はA型と判明するのに、どうしたことかB型と虚偽の情報が流されているのだ。

真相をはっきりさせるには、直接長沢に確認するのが望ましい。しかし、孝治や真行寺が聞いたとしても、長沢が素直に真相を話すとも思えない。

市川と長沢はマンション前で、言い争いをしている。

「君しかいないんだ、情報を流すヤツは」と市川が怒鳴っているのは、愛乃斗羅武琉興信所の今園調査員が聞いている。

市川も長沢が峰岸聡太郎の血液型の情報を流したと思っているのだろう。峰岸大介、鈴木作造グループの目論見はさらに加速しているように見える。時間的な余裕もなくなってきている。

真行寺は孝治と一緒に、市川に会うしかないという結論に達した。市川を説得して、長沢を呼び出し、真相を聞くのが最善策だ。

孝治も記者会見と尾関のコメントを見て、危機感をつのらせていた。孝治から市川に連絡を入れさせると、市川は責任を痛感しているのか、すぐにでも会いたいと答えた。孝治と市川が会っているのを、大介や鈴木作造を支持するグループに見られるのは絶対に避けなければならない。

その日、夜八時、お台場にあるJホテルのスイートルームを予約した。少し早めに真行寺がチェックインし、部屋番号を孝治と野村に伝えた。市川には孝治から連絡を入れてもらうようにした。それぞれタクシーか自分の車でホテルに入り、ホテルロビーで一緒になるのは極力避けるようにした。

八時頃には全員が部屋に集まった。市川には孝治が秘密裏に黎明法律事務所、愛乃斗羅武琉興信所を使って、怪文書の出所や社内の状況を調査していたことを知られてしまうが、仕方ない。

最後に部屋に入ってきたのは市川だった。市川には真行寺や野村については何も知らせていなかった。市川が緊張しているのが伝わってくる。孝治がその緊張を和らげるように、「市川さん、ご心配なく。今ご紹介します」と言った。それでも市川は出会いがしらに頬をはたかれたような顔をしている。

「二人とも私の古くからの友人です。怪文書が出た時から、二人には世話になっています」

真行寺は名刺を差し出した。

「彼女は興信所の代表で、調査に加わってもらっています」

野村も名刺を渡した。二枚の名刺を手にしながら、市川は困り果てたような顔で孝治に視線を送った。孝治はテーブルに着くように勧めた。

孝治は冷蔵庫から水やジュースのペットボトルを取り出してきてテーブルに並べた。コーラの蓋を開け、一口飲み言った。

「まず私の方から説明させてもらいます」

孝治は黎明法律事務所に調査を依頼するまでの経緯を説明した。市川の表情が見るうちに紅潮していくのがわかる。孝治については、市川も経営にまったく無関心の「真昼のLED」だと思っていたのだろう。市川と長沢の諍いを制止に入ったのは、偶然に通りかかった通行人などではなく、孝治が興信所に依頼して尾行させていたのだと、市川は覚ったようだ。

市川がすべてを理解したところで、真行寺が説明した。

「私どもの調査では、怪文書の出所は残念なことですが、鈴木専務だと思われます。特に峰岸平、和の異母兄弟説は長沢看護師から鈴木専務に流れたと思われます。長沢さんには当然守秘義務がありますが、それを法的に問うつもりもありません。しかし鈴木作造らがどのような目的で、峰岸聡太郎の血液型を調べるように長沢さんに依頼したのか、それを長沢さんから直接確かめたいのです。それには市川専務の協力なくしてはできません」

四人で集まった理由が市川にも理解できたのだろう。

「創業者の血液型を知っているとしたら、田原総合クリニック創立当初からの看護師、長沢しかいないと思いました」真行寺が言った。

長沢は峰岸聡太郎、佳代子からも信頼され、二人が健康診断を受ける時は、二人に付きっきりで対応していた。たとえ田原総合クリニックに二人のカルテがなくても、長沢は峰岸聡太郎、佳代子の血液型くらいは記憶していただろうと、市川も思っていた。

「それくらい長沢は創業者ご夫妻と仲良かったし、信頼もされていました。ただ、私の家内がなくなると、結婚の話を持ち出され、私も困惑し、結局、彼女を怒らせてしまい、こんな事態を引き起こす結果になってしまいました。私が真実を語ってくれと頼んでも、彼女が素直にそれに応じてくれるとは思えないのですが……」

市川は苦渋に満ちた顔をした。

「彼女自身は自分が漏らした情報で、峰岸工業が混乱しているという認識はあるのでしょうか」

野村が聞いた。

「多分わかっているとは思いますが、私が問い質しても、あなたに応える必要はありませんと、何も答えてはくれません。彼女が鈴木専務に血液型情報を流したという確たる証拠も、私は持っていないし、想像でしかありません」

しかし、鈴木は長沢と数回、西武プリンスホテルのバーで会っているのだ。彼女の漏らした情報が会社混乱の引き金になっていることを理解すれば、協力は得られるかもしれない。

「私と野村代表、市川専務と三人で長沢さんに真実を話してくれるように説得してみませんか」

やりとりを聞いていた孝治が「俺も加わる」と言ったが、長沢が協力を拒否した場合、さらに事態は混乱することが予想される。

「まだ君は表面に出てこない方がいい」

真行寺が孝治を引き止めた。長沢と鈴木作造の関係を正確に把握していないまま接触を図れば、長沢からこちら側の動向が伝わってしまう可能性もある。

その夜の話し合いの結果、市川が長沢を説得し、三人で真偽を確かめることになった。


市川が長沢を説得できるかどうか、可能性は半々だろうと野村は予想したが、意外と簡単に長沢は市川の頼みを聞き入れてくれたようだ。会ったのはやはりお台場にあるJホテルのスイートルームだった。周囲の視線を気にすることなく、話をすることができる。

全員が揃いやすいのはやはり夜の八時過ぎだった。真行寺と野村はほぼ同時に部屋に入った。次に市川が到着し、長沢が着いたのは約束の時間を十分過ぎた頃だった。

インターホンが鳴り、野村がドアを開けると、「遅れて申し訳ありません」と長沢は深々と頭を下げた。

「どうぞ、こちらへ」と野村がテーブルのある部屋に導いた。

ファッションなどに興味がないのか、化粧もせずに、フリーマーケットで買ったような薄い茶色系統のワンピースを着ていた。

「ここに座ってくれるかな」

市川が隣に座るように勧めた。市川から大筋を聞いているはずだが、真行寺が長沢に来てもらった理由を説明した。

「峰岸平代表取締役社長、弟の和副社長が異母兄弟だという怪文書が流れました。その怪文書の発信元に対して場合によっては法的措置も取る必要があると、峰岸工業関係者から依頼を受けて調査しています。その結果、長沢さんから直接お話を聞いた方がいいだろうということになり、お呼びたてしたしだいです」

「私が今日ここに来たのは、事実を知ってほしいからです。市川さんからも、情報を流したのは私だと責められているのですが、患者の個人情報を流すなどということ、私はしていません」

長沢は真行寺の顔を見つめ、毅然とした態度で答えた。

市川が何かを言おうとしたが、真行寺が市川に手をかざして制止した。長沢がつづけた。

「それにいつだったか、田原院長に呼ばれ、峰岸聡太郎さんのカルテが残っているか確認するように言われ、倉庫を見たのですが、すでに処分されていて峰岸さんのカルテはありませんでした」

「田原院長からカルテを探すように言われたのですか」

「はい。理由はわかりませんが、私は処分してありませんと報告しただけです。ですから、私が峰岸聡太郎さんのカルテを持ち出したなどというのは、まったくの空想なんです」

田原院長にカルテを探してくれと頼んだのは、孝治だ。孝治は田原院長だけではなく、聡太郎が治療を受けた病院すべてにカルテが残っているかを確かめていた。つまり怪文書が出回った後だ。

長沢が事実を語っていたとするなら、鈴木作造はどうして峰岸平と和が異母兄弟なども思ったのか。峰岸工業を混乱させるためにウソをついたとするには、あまりにも突拍子もない話だ。

「鈴木専務とはお付き合いは古いのでしょうか」

　真行寺は長沢と鈴木の関係を明らかにすることが真相解明につながると思った。

「田原総合クリニックで、峰岸工業の皆さんの健康診断をするようになってから、鈴木さんだけではなく、他の社員の方も体調を崩された時などはよく診察に来られるようになりました」

　長沢は市川の方に視線をやり、皮肉を込めて言った。

「病院外で鈴木専務とお会いになるようなことはないのでしょうか」

　真行寺は回りくどい聞き方は止めた。

「あります」長沢は臆することなく答えた。

「個人的なことに立ち入って申し訳ありませんが、差し支えなければどのようなご関係なのかをお話ししていただけますか」

　長沢は市川に視線を向けて確認を求めた。「お話ししてもいいのでしょうか」

「かまいません」市川が答えた。

　長沢は市川との関係ができるまでを詳細に語った。すでに市川から聞いていたので、驚くこともなかった。

「奥様が大変な時にお付き合いをしたなどというのは、常識的には許されることでないのは私にもわかります。一周忌をすませたところでと、市川さんともそういうお話になっていたはずですが……」

　たまりかねたのか市川が声を荒らげた。

「そんな約束はしていません」

　真行寺が再び市川を制止した。

「ここは婚約不履行の問題を扱う場ではありません。長沢さんの言い分に反論があるのであれば、他の場を設けます。まずは長沢さんのお話をお聞きしたいと思います」

　長沢は仕事ひと筋で、恋愛らしい恋愛もなく、四十代を迎えたようだ。父親を早くに亡くしたようで、同世代の男性よりも年上好きの嗜好があったらしい。

「市川さんは奥様の一周忌が過ぎても、結婚のことにはいっさい触れず、時折私のマンションで過ごしてお帰りになっていました」

　愛人関係はその後も続いていたようだ。結婚してもらえると思っていた長沢は市川に約束を迫ったが、市川は会社での激務や多忙を理由に、結婚を引き延ばした。

「それで……」

　それまで流暢に話をしていた長沢だが言い淀んだ。真行寺は長沢の次の言葉を待った。

「思い余って鈴木さんに相談しました」

「何故鈴木さんにご相談されたんですか」

それまで口を挟まずにずっと聞き役に回っていた野村が聞いた。

「何故って……、鈴木さんもよく田原総合クリニックに来られ、よくお話をさせていただいて、見知らぬ関係ではなかったからです」

長沢はそれまでの口調とは違って歯切れの悪いものに変わった。鈴木と市川の関係は、峰岸一族を除いた役員の中では、トップの座を争う関係で、社内もどちらかの派閥に二分されていた。市川とライバル関係にある鈴木に相談を持ちかけたのは、思いつめた長沢が結婚を諦め、市川に嫌がらせをするためだろう。

「もう少し時間をかけて子供たちを説得しようとしていたのに、そんなことをするから……」

真行寺の制止も聞かずにがまんしきれずに市川が言った。

「時間をくれと頼んでいるのに、君はいったい何をしたんだ。まだ家内の荷物の整理がついていないのに、段ボール箱を次々に送りつけてきて……」

長沢は優柔不断な市川に業を煮やして、宅配便で自分の荷物を市川の家に送りつけてきたようだ。二人の仲は険悪な状態に陥り、長沢が復讐するために、「相談」を口実に、市川との仲を鈴木に明かしたのが真相のようだ。

「市川さんとの関係をお話しになったのでしょうか」野村が尋ねた。

「話した上で、市川さんの仕事はそれほど多忙なのか、鈴木さんから直接お話をおうかがいしました」

相談とは名ばかりで、市川に対する意趣返しだった。市川に結婚する意志があったかどうかはわからないが、結婚は当然暗礁に乗り上げる。長沢も十分にわかっていてやっていることだろう。

長沢は市川への恨みをすべてぶちまけたいのだろうが、そこには真行寺たちの関心はない。

「カルテなどは持ち出していないというか、カルテそのものがないというお話でしたが、鈴木取締役、あるいは峰岸工業の関係者のどなたかから、峰岸聡太郎の血液型について聞かれたというご経験はありますか」

真行寺は確信に触れる質問をした。

「鈴木専務に相談にのってもらった時、会社は多忙を極めるというお話を聞きました。峰岸平社長と和副社長がいずれ退かれる。その時に備えて会社も新経営陣で、難しい舵取りが求められるというようなお話をされたと思います。二人はご兄弟だからツートップ体制で会社をリードしてくることができたが、今後は大変だとおっしゃっていました」

「それで？」

長沢は真行寺の質問を曲解しているのか、質問の意図とは関係のない話を始めた。

「仲の良い兄弟だから、二人がいちばんふさわしいと思う人に継承されていくだろうと鈴木さんは答えていらしたけど、自分も新経営陣の一人に参画する意欲があるような口ぶりでした。それと平さん、和さんは兄弟なのでうまくいったが、二人にはそれぞれ子供がいて、彼らの子供たちが会社を継承したら、山積している問題を処理できるかどうか、不安だともおっしゃっていました」

孝治が聞けば不愉快に感じるかもしれないが、鈴木が長沢に伝えた内容は、巷間囁かれていることでもある。

「平、和の二人は、はたから見ていても本当に仲がいいとおっしゃるので、私、お二人は実の兄弟なんですかと鈴木さんに聞きました」

真行寺、野村は顔を見合わせた。何故そんな質問をしたのだろうか。鈴木もそう感じたに違いない。

「それって、どういうことですか」真行寺が確かめるように聞いた。

何故そんなことを確かめようとしたのか、長沢の真意が理解できなかった。

「いくら兄弟でも一度も意見が分かれたこともなければ、喧嘩もしたことがないというお話だったので、それが信じられずに、つい失礼な質問をしてしまいました」

長沢と鈴木の話はそこで止まったという。しかし、真行寺には質問自体が異様に思える。それまで真行寺に視線を向けていたのに、何故か長沢の目が泳いだ。

その後は、峰岸聡太郎、佳代子の思い出を鈴木と語り合ったようだ。

「私、昔から占いが好きというか、迷うとよく占い師に占ってもらっていたんです。それで佳代子さんが血液型占いにはまっていた頃、佳代子さんから血液型占いの本を何冊かもらったことがありました。夫はB型で性格占いの本通りだとおっしゃっていました。佳代子さんはO型でよく当たるから、読んでみなさいって。こんな話を鈴木さんにもしました。これって個人情報を漏らしたっていうことになるのでしょうか」

長沢は真行寺の顔をまじまじと見ながら聞いた。

「医療関係者が秘匿すべき情報を漏らしたとまでは言えないでしょう」

長沢は見下すような視線を市川に向けた。

やはり峰岸聡太郎の血液型情報は田原総合クリニックから漏れていたようだ。聞くべきことを聞き、長沢には丁重に礼を述べて帰ってもらった。真行寺はここで話したことは口外しないようにと注意したが、おそらく無理だろうと思った。長沢が帰った後市川も帰宅した。

会議が終わると部屋はチェックアウトした。吉祥寺まで野村を送ることにした。

「あの長沢という女もなかなかのものね」

野村が話しかけてきた。

「そうだな。市川さんは性悪女に引っかかったとしか言いようがないな」

「総長もそう思うでしょ」

長沢は鈴木に、峰岸聡太郎、佳代子の血液型を占いの話にかこつけて話したように説明したが、すべて作り話だ。

長沢は鈴木から社内での市川の立場を詳細に聞いたに違いない。健康診断によって峰岸聡太郎、佳代子、そして平と和の血液型を知り、平の母親は佳代子ではないのを早くから認識していたのだろう。

市川が和の長女里奈の後見人的役割を担っているのを十分に承知している。しかし、和が聡太郎、佳代子の本当の子で、平は異母兄弟の可能性があることを鈴木に伝えたのでは、市川の方が有利になると考えたのだ。

市川を失脚させたいと思った長沢は、ライバルの鈴木に聡太郎の血液型はA型であるにもかかわらず、B型だと偽って鈴木に伝えている。

「怪文書が流れたことを知ると、いずれカルテを峰岸工業関係者が探しにくるとわかって、長沢は先回りして処分してしまった。ウソのつきたい放題だな」

「そういうことね」

野村も同じ考えだった。

翌日、孝治に田原総合クリニックの看護師に、社員のカルテの保管をそれとなく尋ねさせた。

田原総合クリニックでは、峰岸工業社員のカルテは一ヶ所に集められ保管されているということだった。

14　廃墟の記憶

船橋市の介護付きマンションで暮らす大橋純一を野村は再度訪問した。一人で暮らしていると物忘れが進行するが、人と話をしていると、認知症の進行が遅れたり、忘れていた記憶が蘇ったりすることがあると何かの本で読んだ記憶がある。

峰岸工業を定年退職した後の大橋純一の介護付きマンションの費用まで、何故、峰岸聡太郎が提供しているのか、知っているのはおそらく大橋だけだろう。

夏も終わろうとしている頃だった。野村は新宿高野で買ったフルーツの詰め合わせを持って大橋を訪ねた。大橋は野村を快く迎えてくれた。野村は新聞や雑誌に掲載された峰岸工業に関するスクラップ記事を大橋に送っていた。

「あなたが送ってくれた記事は全部読んでいます。峰岸工業もこれからが正念場ですね」

脳血管性の認知症を起こしているとは思えない。

野村はキッチンを借りて、イチゴとオレンジの皮をむき、皿にもってテーブルの上に並べた。

「冷蔵庫にジュースがあるはずです。出してくれますか。私には三ツ矢サイダーを取ってください」

野村は缶入りのミックスジュースと三ツ矢サイダーのペットボトルを取り出した。

フルーツを見ると大橋が言った。

「高野のフルーツですか。何十年ぶりですね、いただくのは」

大橋は懐かしそうに言った。

大粒のイチゴを一つつまむと、そのまま口に放り込んだ。

「おいしいですね。高野の果物は。東京に出てきた頃は、中村屋のカレーを食べて、デザートに高野のフルーツをいただくなんていうのが、夢でしたね」

戦後、広島から上京したのは、朝鮮戦争が始まった頃らしい。その頃の東京もまだ至るところに戦争の爪痕が残り、日本人が飢え、そして貧しかった。

「果物はまだありますから、食べてください」野村が勧めた。

大橋はもう一つイチゴを食べ、ペットボトルのサイダーを喉を鳴らしながら飲んだ。

「広島にいた頃は貧乏で三ツ矢サイダーなんか飲めなかった。飲んでいたのはもっぱらラムネですよ。野村さんはラムネってわかりますか」

「飲んだことはありませんが、祭の夜店で売っている炭酸飲料でしょ、瓶の中にビー玉が入っているやつ」

「そう、それです。今もあるのでしょうか」

「夏祭とか花火大会の夜店には、今でも並ぶと思います」

「機会があればもう一度飲んでみたいものです」

大橋と話をしていると、とても認知症とは思えない。

「先日お話ししていただいた新宿南口での〈演奏活動〉ですが、どのくらいつづけていらしたのですか」

「峰岸聡太郎さんと再会するまででしたから、そうですね、一年もしていなかったと思いますよ」

その頃、峰岸聡太郎は大田区蒲田で鍋釜の製造業を開始していた。再会後、大橋はそこで鍋釜の製造を手伝いだした。

「当時、聡太郎さんは埼玉県川口の鋳物工場を買収しようと、金策に奔走していた」

峰岸工業川口工場が完成すると、大橋も工場の方に引っ越し、工場で仕事をするようになった。

「そこで定年になるまで働きました。その峰岸工業が経営危機に直面しているなんて、信じられません」

大橋は苦い粉薬を水なしで口に含んだような顔をした。

社内の亀裂がさらに広がり、経営に介入しようとするファンドと手を組む役員も存在し、極めて重要な局面にあることを、野村が説明した。

「不正給与を受けているOというのは、私のことを差しているのでしょうか」

野村はどう答えるべきか迷ったが、すべての事実を伝えた方が、大橋の協力を得やすいと思い、

「公表はされていませんが、大橋さんを差しているのは間違いないと思います」

と答えた。

「そうですか。今の社長に伝えてくれませんか。私への給与は止めくださいと。聡太郎さんが亡くなっているのに、いつまでも私が好意に甘えているから、スキャンダルニュースが流れ、皆さんに迷惑をかける結果になってしまった」

「どのような事情で、あの給与が出されるに至ったのか、ご記憶にあれば教えてください」

「峰岸工業の草創期からずっと働いて、支えてもらったからその礼だと聡太郎さんから言われ、私もその好意に甘えてきたというわけです」

大橋は聡太郎の子供の安否を気にした。

「平と和はどうしていますか?」

大橋が上京した頃は、二人とも小学校に上がる前だった。平、和と自分の子供のように名前で呼んでいたのだろう。

「峰岸平さんは末期がんで余命半年と宣告されていますが、今はまだ取締役社長に就

任したままで、弟の和さんが代行を務めています」

峰岸家とはいっさい付き合いが亡くなったのか、平の死期が迫っていると聞かされて驚いていた。

「そんなに悪いのですか」

同族企業にありがちな経営者交代のトラブルが、峰岸工業にも起きているのを大橋は実感したのだろう。

「平、和から子供へのバトンタッチがうまくいかなかったのかなあ。二人とも優秀だと思っていましたが……」

大橋はまるでひとりごとのように呟いた後、野村に聞いた。

「この異母兄弟説というのは、どういうことなのかね」

野村は二人の異母兄弟説が流れた背景を説明した。血液型の組み合わせを詳細に説明したところで、大橋には理解しづらいと思った野村は、野村聡太郎、佳代子からは絶対に生まれない血液型を峰岸平はもって生まれた。考えられるのは、平は、峰岸聡太郎が別の女性に産ませたか、あるいは聡太郎、佳代子とはまったく無縁の子供の可能性があることを告げた。

大橋は週刊誌のセンセーショナルな記事も読んでいる。サイダーの気泡をじっと見つめながら、何ごとかを考えているのか、思い出そうとしているのか、大橋は黙り込んでしまった。

何も思い出せないのか、首を横に振った。

「ダメだ、何も思い出せない。二人について何か大切なことを知っていたような感じがするのだが、曇りガラス越しに外の風景を見ているみたいだ」

野村は話題を変えてみた。

「お生まれも、育ったのも矢賀町だったのでしょうか」

「戦争で南方に送られるまでは広島から出たことは一度もなかった。矢賀町の中でもいちばんといわれるほどの貧しい家で、一人姉がいたんだが、結婚してアメリカに移住し、わしの夢もアメリカに移住することだったんだ。広島には『兵隊に行かねば米国に行け』という言葉があるくらいに、貧しい家の男は皆アメリカに一度は憧れを持ったものだ」

広島県は沖縄、鹿児島、熊本と並ぶ海外移民の多い地域だ。日米関係が悪化を辿り、アメリカ移住の道が閉ざされ、移民はブラジルを目指したが、結局ブラジルへの移民の道も日米開戦直前に閉ざされていた。

自分の家に耕す田畑もなく、わずかばかりの土地を借りて、なんとか生きているだけの生活だった。

大橋の生活は日の出とともに始まり、暗くなるまで牛馬のごとく働く日々だった。

「そんなわしを聡太郎さんは気にかけてくれて、いずれ日本は戦争に勝つ。八紘一宇の理想が実現すれば、満州で大地主にもなれるし、ブラジル移住だってできる。それまで頑張るんだって励ましてくれました」

しかし、戦況は悪化するばかりだった。勤労奉仕と畑仕事の両方で、大橋は自宅に戻ると、夜明けまで泥沼に引き込まれるように眠った。

「わしの働きぶりを見ていて、聡太郎さんは戦場でも十分働けると思って、軍隊に志願しないかと話を持ちかけてくれたんです」

大橋が峰岸の説得を受け、軍隊に志願したのは十八歳だった。

大橋は年老いた両親のことが心配だったが、両親も軍隊に志願することに賛同してくれたし、留守中の両親の世話は峰岸が可能な限り世話をするとも約束してくれた。それでもやはり留守中のことが気がかりだった。

一九四四年になると戦況はさらに悪化し、広島市内でも戦死の報が届けられた。若くして未亡人になってしまった女性も多かった。

「見合いでもするか」

大橋はそう勧められたようだ。そして峰岸の仲介で四歳年上の女性と見合いし、結婚した。国防婦人会でも活躍し、働きものだと評判の女性だった。結婚し、夫は出兵したが南方戦線で戦死していた。

峰岸聡太郎、佳代子夫妻の媒酌で、大橋純一とハルは結婚した。

「夫婦といっても二人で暮らしたのは三ヶ月足らずだった」

軍事教練とは名ばかりの訓練を受けて、大橋はフィリピン戦線に送られたのだ。

出征前の大橋の記憶は、認知症があるとは思えないほど鮮明だった。

「わしにとっては初めて経験する女性の身体で、ハルのためにも、両親のためにも国に尽くして必ず生きて帰ってくると誓ったよ。ハルも、夫の戦死の報は二度と受けたくない、何が何でも生きて帰ってきてくれと泣いて頼みよった」

宇品港を出港する三日前、面会が許された。

「その時にハルから妊娠したと告げられた。絶対に生きて帰るって心に堅く誓ったよ」

三ヶ月間の新婚生活、妻の妊娠を聞かされ戦場に向かう兵士の気持ちがどのようなものなのか、野村にはまったく想像がつかなかった。

大橋の記憶は、子供の頃から出兵するまではとても九十歳の老人とは思えないほど鮮明だった。過酷な運命を背負い、その運命に抗うように懸命に生きたが故に、楽しい記憶も苦しい思い出も心に深く刻み込まれているのかもしれないと野村は思った。

マニラでのBC級戦犯の裁判を受けることもなく帰国した大橋だが、日本に帰国してからの記憶が急に不鮮明になってしまう。引揚港として有名なのは『岸壁の母』という歌にもなった京都府の舞鶴港だが、他にも浦賀、横浜、呉、仙崎、下関、門司、博多、佐世保、鹿児島の港に復員兵や引揚者が降り立った。しかし、大橋はどこの港に降りたのか記憶はなかった。

結婚した妻は生存していたのか。両親はどうだったのか。何度もくどいくらいに聞いても、当然記憶しているはずの記憶さえ大橋は思い出せなかった。戦後三年目にマニラから帰国した。それから新宿南口での峰岸聡太郎と再会した一九五〇年頃までの二年間の記憶がはっきりしなかった。

不鮮明になった大橋の記憶が再び鮮明になるのは、上京してからの記憶だった。脳血管性の認知症がこの二年間の記憶を奪ったのかもしれない。

「大橋さんが最後に広島を訪ねられたのはいつ頃でしたか」

「このマンションに転居してからは行っていません。それまでは毎年のように行っていたような気もするのですが……。死ぬ前にもう一度、矢賀町を訪ねてみたいものです……」

大橋は寂しそうな表情を浮かべた。郷愁と言ってしまえばそれまでだが、大橋の心の中にはそれ以上の何かが潜んでいるような気がした。九十歳という年齢を考えれば、死はそれほど遠くないところにある。死を前にした人間には帰巣本能が現れるのだろうか。

「矢賀町をもう一度歩いてみたい」大橋が言った。

「お体の具合はどうなのでしょうか。大きな病気を抱えているとかはあるのですか」

「最近は足腰がめっきり弱くなり、一人では廊下も歩けないくらいですよ。病気の方は血圧が高いくらいで、それ以外には医者の世話にはなっていません」

野村はその場で決断した。

「広島へ一度行きましょう。私がお連れします」

野村は真行寺弁護士、そして峰岸聡太郎の孫、孝治にも時間を都合つけてもらい、四人で広島を訪ねてみようと提案した。大橋も男二人が同行するとわかり、広島に行くことに同意した。

マンションを離れる時、野村は受付で大橋の健康状態を確認した。

「一人で外出したり、飛行機に乗ったりするのは困難かと思いますが、車椅子を用意してもらえれば、月に一度主治医に診てもらっていますので健康上の問題はありません。ご本人も喜ぶのではないでしょうか」

旅行には問題ないようだ。

「広島の子供の頃の思い出話はよくされるのですが、やはり原爆の話になると思い出したくないことがあるのか、あるいは認知症の症状なのか、はっきりしないところがたくさん出てくるんですよ。でも日によってはふと思い出して、こんなことがあったなんて話してくれることもあるので、旅行してくれれば、また何かを思い出されて昔の話を職員にしてくれるかもしれません。私たちも楽しみにしています」

断片的な記憶は、ふとした契機で思い出すことがあるようだ。矢賀町を訪ねれば、蘇る記憶があるかもしれない。今はそれに期待するしかない。


真行寺も峰岸孝治も広島旅行のため日程をすぐに取った。

九月に入り、秋の穏やかな日がつづいていた。四人は木曜日の夕方の便で広島に入り、翌日から矢賀町を回るようにした。しかし、大橋に無理はさせられないので、金、土、日曜日の三日間かけて矢賀町を散策するようにスケジュールを組み、月曜日の午前中の便で東京に戻るようにした。

船橋のマンションから羽田空港までは、野村が福祉タクシーを使って大橋を連れてくることにした。真行寺と峰岸孝治は羽田空港に直行することになった。

約束の日の夕方、船橋のマンションに着くと、マンション前には福祉タクシーがすでに待機し、大橋も一階受付フロアーで野村の到着を待っていた。

大橋はマンションの住人や介護職員らと楽しそうに話をしていた。

「飛行機に乗るなんて、十何年ぶりで、最後に乗ったのがいつなのかも思い出せない」

大橋は修学旅行に行く高校生のような気分なのだろう。彼らに見送られて大橋は福祉タクシーに乗り込んだ。

大橋は船橋から羽田空港までの夜景を食い入るように見つめていた。大橋は旧羽田空港しか知らず、第一、第二、国際線の三つのターミナルが建設された羽田空港を見るのは最初のようだった。

第一ターミナルに着くと、真行寺と峰岸孝治の二人が待っていた。大橋は孝治を見ると、野村が紹介する前に言った。

「君は孝治君か」

「そうですが……。私、初めてですよね、お目にかかるのは」

孝治が訝りながら言うと、

「まだ峰岸工業で働いていた頃だと思う。聡太郎さんの家に呼ばれて行った時に、平君と一緒に遊びに来ていた君や大介君と会ったことがあるんだ。まだ君が小学校に上がる前のことだったから、君が覚えていないのも当然です」

と懐かしそうに答えた。

「今いくつなのかね」

「今年で三十六歳になりました」

「結婚はされているのかな」

「はい、子供も一人います」

こんなやり取りをしているうちに、大橋は懐かしさがこみあげてくるのか、少し涙ぐんだ。

「年のせいか涙もろくなって困るんだ」

大橋はハンカチを取り出し、涙を拭った。

チェックイン手続きをすませ、搭乗スポットに向かった。空港職員が大橋を車椅子に乗せて、搭乗スポットまで案内してくれたが、空港施設の変わりように大橋は驚くばかりだった。

広島空港までは一時間半程度のフライトだった。

「昔の広島空港は市内からそれほど遠く離れていませんでしたが、現在は東広島に移転したので、市内までは少し時間がかかりますが、空港に福祉タクシーを呼んでありますす。今日はホテルに入って、明日に備えてゆっくり休んでください」

真行寺が言った。

真行寺は福祉タクシーを三日間連続でチャーターしたいと、予約を入れておいた。

実家のあった場所はすでに調べてある。現場に行った後は、大橋の気が赴くままに福祉タクシーを走らせてみるつもりでいる。そうすれば断片的な記憶であっても、何か有力な情報が得られるかもしれない。

広島空港の到着ロビー前に、広島市内に拠点を置く福祉タクシーがすでに待機していてくれた。空港から山陽道河内インターに入り、広島インターに向かって走った。市内に入ると、以前の広島とはまったく違うのだろう。

「どの辺りを走っているのかさっぱりわからん」

大橋が呟いた。福祉タクシーの運転手が町名を大橋に伝えた。それでも大橋には走っている現在位置の見当がつかないのだろう。

「広島の方ですか」運転手が聞いた。

「矢賀町で生まれたんだが、広島に来るのは十数年、いや二十年ぶりかもしれん」

「それではわからないのも無理はないですね」

大橋と運転手の会話を聞いていた真行寺が言った。

「運転手さん、ホテルに行く前に広島城、県庁、原爆ドームの近くを通り、元安川沿いを走り広島駅前を通過してホテルに入ってくれますか。そうすれば土地カンが戻ってくるかもしれませんよ」

真行寺が車椅子に乗りながら左右の車窓に目を奪われている大橋に言った。

「ありがとうございます」

運転手は広島城や県庁が視界に入ると、案内しながら徐行運転をしてくれた。

「ああ、わかった、わかった。ようやく自分のいる場所がわかりました」

大橋は走行中の位置が把握できた様子だった。

原爆ドームを通過する時、運転手が気を利かせて「少し止めますか」と言ってくれたが、

「明日から十分時間があるので、今日は結構です」と野村が答えた。

運転手は元安川沿いを走り、広島駅東口に向かった。ホテルは駅前にあるSホテルを予約しておいた。

福祉タクシーを降りると、目の前に広島駅が見えた。

「駅ビルや駅前の風景には、なんとなく見覚えがありますが、高速道路を下りてからの街並みの風景は以前とはまったく違うように見えました。ホントに変わってしまった」

大橋は感慨深げに言った。

部屋は同じフロアーにシングルを取ってもらった。

部屋に入り、レストランで軽く食事をして翌朝に備えることにした。

「大橋さん、私は隣の部屋にいますから、何か用事ができた時は、いつでもかまいませんから呼んでください」

野村が伝えると、大橋はうれしそうに、

「夜中に何度かトイレに起きるくらいで、翌朝まで熟睡する方なので、ご心配いりま

せん」

と答えた。

「では、明日は八時半にドアをノックします。それで皆で朝食を摂ってからスタートしましょう」

その夜、十時にはそれぞれが部屋に入り、翌日からの日程に備えることにした。

15　被爆建物

朝八時半に大橋純一の部屋を野村がノックすると、すぐにドアが開き、杖をつきながら大橋が出てきた。

「車椅子を使わなくて大丈夫ですか」孝治が尋ねた。

「マンションから外出する時は車椅子を使っていますが、マンションの中は、なるべく歩くようにしています」

大橋が答えた。顔色もよくぐっすり眠れたのだろう。一階にあるレストランでバイキングの朝食を摂ることにした。

「食べたいものを言ってください。私がお持ちします」

孝治が大橋に寄り添いながら言った。大橋の世話をやく孝治が別人のように思えた。暴走族紅蠍で無謀な走りをしていた頃、孝治は後続車両のことなどおかまいなしに、国道二〇号線のセンターラインをクラクションを鳴らしながら突っ走っていた。

その孝治が細々と大橋の食事の面倒までみている。野村にも驚きなのだろう。

「孝治にあんな一面があるなんて、彼、変わったね」

野村が真行寺にこっそり囁いた。

食事をしながら、真行寺が大橋に言った。

「今日も暑くなりそうなので、水分補給をマメにするようにしてください。それと途中で体調が悪くなったり、疲れたりしたら、すぐに言ってください」

「ありがとうございます」

大橋は孝治が運んできたオレンジジュースをおいしそうに飲んだ。

「最初に大橋さんの実家のあった場所を訪ねてみます。その後は大橋さんが行ってみたいところを回るようにします」

野村がドライブの行程を説明した。

食事を終え、ロビーに出るとすでに福祉タクシーの運転手が車椅子の用意をして待っていた。広島空港からホテルまで送ってくれた同じ運転手だった。

大橋を車椅子に乗せると、「これから出発されますか」と聞いた。

「お願いします」野村が答えた。

運転手は慣れた様子で、エントランス前に止めたワゴン車まで車椅子を押して行った。後部ドアを開け、リフトを下ろし大橋を乗せたまま車椅子を車内に入れた。

運転席に座ると聞いた。「さてこれからどこへ行かれますか」

野村が手帳を取り出し、「矢賀町×—◯—△にお願いします」と言った。運転手がカーナビに入力する。

「今から行くところは、戦前大橋さんの実家があった場所です」野村が説明した。

ホテルを出ると駅前を東西に走る県道七〇号線を東に向かって走り、芸備線高架下の手前の曙町五丁目東交差点を左折すると、そこはもう矢賀町だった。始発駅広島を出ると芸備線の次の駅は矢賀だ。その芸備線に沿って北上すると、矢賀駅手前に矢賀小学校が視界に入った。

何も見逃すまいと、大橋は車椅子から乗り出すようにしてフロントガラスに広がる光景に見入っている。

「前の小学校は矢賀国民学校ですか……」

一九四一年、それまでの尋常小学校を国民学校と改め、義務教育を八年に延長した。さらに一九四七年、教育基本法、学校教育法が公布され、国民学校は小学校と改称、小学校六年、中学三年が義務教育とされた。

「昔と同じ場所にはあるのだろうけど、校舎も周囲の景色もまったく違ってしまっている」

大橋が驚嘆の声を上げる。

大橋が差す「昔」というのは、いつの頃のことなのだろうか。子供の頃なのか、あるいは戦後マニラから引き揚げてきた時なのか。いずれにせよ、昔の面影は何もないのだろう。

運転手は矢賀小学校を通り、目的地の矢賀町×—○—△に向かった。

「以前は畑だった場所に家が建ってしまい、どの辺りの畑を耕していたのか、見当もつかない」

矢賀小学校を過ぎ、すぐに矢賀駅が視界に入ってくる。

「そこが駅か……」

左手方向に小高い山が見えてくる。福祉タクシーはその小高い山に向かってハンドルを切った。正面に山が見える。

「もうすぐ矢賀町×—○—△に着きます」運転手が告げた。

「大橋さん、昔、住んでいた場所にもうすぐ到着しますが、見覚えのある風景は何かありますか」孝治が聞いた。

大橋は無言で首を横に振った。

〈もうすぐ目的地周辺です。案内を終了します〉カーナビのアナウンスが流れた。

大橋の実家があった周辺には、建てられてから十年以上は経過したと思われる家が立ち並んでいた。どの家にも駐車場のスペースが取られ、各家の花壇にはコスモスや女郎花《おみなえし》、菊が咲いていた。中にはクリスマスツリーに使ったのだろうか、大きくなりすぎたもみの木があり、この辺りの住宅が建てられてからかなりの歳月が流れていることを物語っていた。

「まったくわかりません」

戦前自分が住んでいた場所に来ても大橋の記憶は蘇るどころか、まるで初めての町を歩くようにおぼつかない気持ちなのだろう。

「少し、外を歩いてみますか」

真行寺が車椅子で歩いてみようと提案した。

さいわいにも少し雲がかかり、穏やかな秋の日といった天気だった。

「そうしてみますか」孝治が大橋に聞いた。

「歩かせてもらえるのなら、もう一度矢賀小学校に戻ってくれますか。あそこから昔の家に向かって歩けば、何か思い出せるかもしれない」

福祉タクシーは矢賀小学校の正門前に戻った。そこで運転手だけを残し、全員がタクシーから降りた。大橋の車椅子を孝治が押した。

大橋は正門を背にした。

小学校周辺にはアパート、マンション、一戸建ての住宅が密集している。大橋は目をつむり、昔通った通学路やその周囲の風景を思い出しているのだろう。

「左方向に行ってみます」

四人の後を福祉タクシーがゆっくりとついてくる。

大橋は前方に見える小高い山に向かって、路地を右に曲がったり、左に曲がったりした。そうかと思えば元の場所に戻ったり、そんなことを何度も繰り返した。しかし、一時間ほどすると、結局、四人は福祉タクシーが最初に案内してくれた場所に戻ってしまった。

「何もかも変わってしまって、何も思い出せません」大橋がうなだれながら言った。

「大橋さんは出征前にご結婚されたようですが、三ヶ月間奥様と暮らされたのは、こちらのお家だったのでしょうか」野村が聞いた。

「いや、違う」

「えっ、違う場所で新婚生活を送られたのですか」

野村は少し驚いたように聞き返した。

「私が両親と暮らしていたのは、地主の納屋の隣に土地を借りて、そこに建てられた小さな家だった」

矢賀町は爆心地から四キロ離れている。途中に山があり、熱風や爆風を遮り、犠牲者は市内中心部ほどではない。

一九四五年八月六日、もし大橋の両親が矢賀町で暮らしていれば、助かった可能性もある。

「ご両親はあの日に亡くなられたのでしょうか」

「両親も妻も、あの日に亡くなったのは間違いありません。両親の世話は妻のハルがすると言ってくれて、私が志願した後は、妻の家に両親が来て一緒に暮らしていました」

マニラから戻った大橋は、三人の安否を確認している。三人とも犠牲者名簿に記され、亡くなったのは八月六日とされていた。

「その場所の住所ってわかりますか」孝治が聞いた。

大橋は首を横に振った。

「朝から動き回って、大橋さんもお疲れでしょう。どこかレストランに入って昼食を摂り、それからどうするかを考えましょう」

野村が提案した。

四人は市内中心部に戻り和食レストランに入った。運転手は同席を断ったが、広島の地図に詳しく、運転手にも同席してもらった。

食事をしながら、やはり大橋が三ヶ月だけだったが新婚生活を送った家の場所がどこだったのかに、話題は集中した。

「比治山公園の近くの小さな家だったというのは覚えているのだが、住所までは思い出せない」

大橋の説明に、運転手が「近くに何か目印になるものはありませんでしたか」と聞いた。大橋にはそれらしきものが思い浮かばないようだ。

「今の広島皆実高校、昔の広島第一高等女学校ですとか、比治山高等女学校とか、何か目印になるものがあれば、少しは探しやすくなるかもしれませんね」

しかし、大橋の結婚生活はたった三ヶ月だった。ハルが暮らしていた家の周囲の様子を知る頃には、大橋はフィリピンに送られていた。

大橋の薄れた記憶を頼りに、ハルと暮らした家を探すのは、砂浜に落ちたダイヤモンドを探すのと同じくらいに困難だ。

「大橋さんのご両親、そして奥様のハルさんの死亡届がどの住所で出ているか、市役所でまず確認してみましょう」真行寺が提案した。

「そうだ、市役所に行けばわかるかもしれないな」

孝治がジグソーパズルの最後の一ピースを挿入したような笑みを見せた。

しかし、果たして本当に結婚届が提出されたのかも定かではない。両親の転居届もどうなっていたのかもわからない。広島市役所の戸籍関係の書類がすべて残っているかどうかも、真行寺には不確かなものに思えた。

「まあ、行って確かめるしかないな」

食事を終え、一行は広島駅近くにある広島市東区役所を訪れた。矢賀町は東区役所が管轄している。

市民課で大橋純一の名前で、妻のハルと両親の戸籍謄本を請求してみた。三人とも矢賀町×—○—△で、昭和二十年八月六日に死亡と記されていた。大橋純一の両親、妻のハルが暮らしていたと思われる住所の記載は何もなく、本籍地で死亡したことになっている。

一つわかったのは、ハルは一度嫁いだ前夫の本籍地である尾道市から大橋純一のところに嫁いできたことになっている。

住民登録法ができたのは一九五一年で、住民票が作成された。それ以降であれば、戸籍の附票を請求すれば移転先は把握できる。しかし、それ以前の住民の転居は戸籍からは辿ることができない。

「ハルさんは尾道市の人だったんですか」野村が確認を求めた。

「いや、元々広島の女性だった。尾道の男性と結婚したが、前夫は戦死して、広島に戻って一人で暮らしていた彼女に、聡太郎さんが私との見合いを勧めてくれて、それで結婚したんです」

結局、戸籍からは大橋純一が新婚生活を送った家を見つけ出すことはできなかった。福祉タクシーの運転手も、両親や妻が亡くなった場所を大橋たちが突き止めようとしていることがわかり、積極的に協力してくれた。

比治山の近くに住んでいたという大橋の微かな記憶だけが頼りなのだ。

「比治山を一周するようなコースで回りますが、比治山周辺の被爆建物、被爆橋梁を通るようにしますから、何か思い出すことがあればおっしゃってください。すぐに止める場所を探します」

爆心地から五キロ以内で、今も被爆当時の形をとどめている被爆建物、被爆橋梁というものがある。東区役所を出ると、福祉タクシーは新幹線の高架下をくぐり、そのまま直進した。猿猴川にぶつかる手前を上流に向かった。

「被爆橋梁は六橋ありますが、これから渡る猿猴橋もその一つです。復元され新しくなっていますが、昔の面影はあると思います」

福祉タクシーはその橋を徐行しながら渡った。

大橋は首を横に振るだけだ。

「何度も渡っているはずなんですが……」大橋が掠れるような声で言った。

福祉タクシーは比治山の北側に位置する明泉寺の山門前に移動した。

「本堂は倒壊したんですが、この山門だけが奇跡的に残り、こうして保存されています」

「少し止めてください」

大橋はタクシーを止めるように求めた。

「降りてみますか」孝治が話しかけるが、大橋はやはり首を横に振るだけだった。

比治山は戦前から、比治山公園として整備され、今では敷地内には広島市現代美術館や放射線影響研究所が建てられている。比治山通りの左手には比治山公園、右手には京橋川が流れている。

「この風景はどことなく見覚えがあります」

やはり比治山の近くの家で暮らしていたのだろう。

「もう少し南に下ってみます」

運転手は京橋川に架かる比治山橋を渡った。

「この比治山橋も被爆橋梁です」

渡り切るとすぐに左折し、京橋川沿いを御幸橋西詰交差点まで南下し、そこを左折、御幸橋を渡り、比治山の南側に戻った。

「今度は光徳寺に行ってみますね。やはり被爆建物があります」運転手が告げた。

タクシーは皆実町にある光徳寺の前で止まった。戦前の寺は全焼してしまった。唯一残されたのが納骨堂だった。

「このお寺に入ってみることは可能ですか」

大橋が言った。

光徳寺は建て替えられている。道路側に面した納骨堂は堅牢な石造りだった。

「ここの納骨堂には、被爆直後、引き取り手の不明な遺骨や位牌が納められていると伝えられています」

運転手のこの説明を聞くと、「降ろしてみてください」と大橋はそれまでになく意欲的な姿勢を見せた。

光徳寺はそれほど大きい寺でもなく、境内に入ると、納骨堂が目を引いた。車椅子に乗った大橋は納骨堂に近づき、被爆の衝撃に耐えた石の壁面を手で叩いたり、撫でたりしていた。

「ご両親の墓やハルさんの墓はどうされているのですか」孝治が尋ねた。

「両親の墓はありません」大橋が答えた。

「比治山周辺で当時暮らしていたとすると、爆心地から二キロメートル以内で、比治山本町に家があったとすれば一割の人が即死し、八割の市民が重軽傷を負いました」運転手が説明した。

爆心地に近いところで被爆していれば、一瞬にしてすべてが焼失してしまう。皆実町で被爆していたとしても、周囲は炎の海だったはずだ。

「でもどこかのお寺に家内の墓があったような気もするのですが……」

大橋は必死に記憶を呼び戻そうとしているようだが、自分でももどかしいのだろう。落胆のため息をついた。

「比治山付近にはもう一つ被爆建物があります。次はそこに行ってみましょう」

運転手は光徳寺を離れると、やはり比治山の南に位置する地蔵寺に向かった。この寺は爆心地から約三・五キロ離れていたために本堂が残された。

駐車場に福祉タクシーを止め、寺まで歩くことにした。

「本堂までは急な階段がありますが、大丈夫でしょうか」運転手が聞いた。

真行寺も孝治も、体力には自信があった。車椅子で本堂につづく階段の手前までやってきた。思っていたよりも急な階段だった。本堂の裏手は木々で覆われていた。大橋は本堂を見たそうな表情をしている。

「止めておきましょう」

迷惑をかけると思っているのだろう。

「私たちのことなら気にしなくもいいですよ。このくらいの階段なら、私たちがお手伝いします」真行寺が言った。

「車椅子は私がお持ちします」運転手もせっかくここまで来たのだから、本堂の様子を見て、何か手がかりが得られればと思っているのだろう。

大橋の右側に孝治が、左側に真行寺が立った。

「私たちの肩につかまってください」孝治が言った。

大橋は二人の肩に手を回した。真行寺は右手で、大橋の左側のベルトをつかみ、左手を大腿部にあてた。孝治も反対側を同じ要領で支えた。

「いいか、持ち上げるぞ」真行寺が声をかけた。

大橋の身体は二人に持ち上げられ、足は完全に宙に浮いた状態になった。後は階段を一歩一歩上るだけだった。

二人は休まずに階段を上りきった。運転手がすぐに車椅子を大橋に差し出した。ゆっくりと境内を回ってみた。それほど広い境内でなかった。

「何か思い出しましたか」孝治が汗を拭きながら聞いた。

「せっかく連れて来てもらったのに……。でも、背後に山が迫っていた寺に足を運んでいたような気がするんです」

マニラから復員した直後の大橋の記憶は、汚泥やコケで透明性が失われた川の淀んだ水のようだった。水にそっと手を差し入れ、視界を妨げるものを取り除こうとすると、攪拌されてしまい、さらに透明性が失われてしまう。

大橋は朝からその繰り返しだった。

同じようにして階段を下り、福祉タクシーに乗り込んだ。

「これからどうしましょうか」運転手が尋ねた。

ホテルに帰るにはまだ時間は早い。比治山の南側と東側は住宅街が多い。

「大橋さん、お疲れになっていませんか」真行寺は大橋の体調を気遣った。

「私は平気です。それよりもお二人にはつらい思いをさせてしまった」

大橋は真行寺や孝治を気遣った。

「それならまず比治山の南側の住宅街をゆっくりと走ってくれますか」真行寺がコースを指定した。

福祉タクシーは比治山女子高の前を通過した。

「昔の比治山高等女学校です」

大橋は無反応だった。次に通り過ぎたのは広島皆実高校で、戦前は広島第一高等女学校だった。やはり大橋の記憶が蘇ることはなかった。

「これから走るところは、比治山の南側に位置する皆実町で、昔から家が多い地域です」

運転手が説明してくれた。道の両側に住宅が密集する地域だった。タクシーはその地域を東に向かって走り、大きな道路に突き当たると、今度は右折を二回繰り返して、次は西に向かって走った。

何度もこうした走りを繰り返したが、大橋が三ヶ月ほど住んだ家の記憶は蘇らなかった。軍隊に志願してからすでに七十二年の歳月が流れているのだ。原爆でほとんどの家屋が倒壊、焼失した地域でもある。昔を偲ばせる建物があるはずもなかった。

皆実町はほぼ全域を走り終わった。比治山の東側と猿猴川の間にも段原町という住宅街が広がる。同じように福祉タクシーは走ってくれたが、結果は同じだった。

その日のドライブはそれで終了し、ホテルに戻った。

夕飯までにはまだ時間があった。ロビーでコーヒーでも飲もうということになった。

「広島まで来れば、何か思い出せるかもしれないと思っていたのですが、復員直後の記憶は何も思い出せない」

大橋は申し訳なさそうに言った。

「無理もないですよ、だって七十年以上も前の風景と、今とではまったく違うのですから。それこそタクシーの運転手さんが教えてくれた被爆建物、被爆橋梁くらいしか、戦前の建物はないわけだし……」

野村が慰めた。

「そうですよ。明日はがらりと気分を変えて、平和公園や比治山公園、宇品港でも見に行ってみませんか」孝治が誘った。

「明日はリラックスして、広島の市内見物でもしてみましょう。私たちもこうした機会がなければ、原爆資料館をゆっくり見ようという気持ちにはなりませんから」

真行寺も大橋を気遣った。

しかし、大橋の反応は違っていた。

「気を遣っていただき恐縮しますが、私はあの原爆資料館にだけは行ってみたいと思わないのです。これまでにも見学する機会はあったのですが、あそこにだけは入る勇気がないというか、入りたくないというか……」

無理もない。大橋は両親、そして妻をあの日に失っているのだ。原爆資料館の展示物を見れば、原爆がどのような悲惨な死をもたらしたのか、それを知ることになる。遺族が最期に何を思って死んでいったのかを思ったら、いてもたってもいられなくなるのだろう。

コーヒーがちょうどいい時に運ばれてきた。

「いただきましょう」

話題を変えるように、野村が言った。

温かいコーヒーを口に運んだ。

「光徳寺のあの堅牢な石で造られた納骨堂ですが、何か感じるものがあったのでしょうか」大橋がカップを置くのを見はからって野村が尋ねた。

「変だと思われるかもしれませんが、なんとなく懐かしく感じたんです」大橋が答えた。

「懐かしく感じたんですか」野村が聞き返した。

「ええ、前にもあのような石を掌でそっと撫でたような記憶があるというか、そんな気がしてならなかったんです。納骨堂を見た時に……」

「やはりそこもお寺の納骨堂でしたか」孝治が聞いた。

「お寺だったと思うのですが……」

大橋の記憶は相変わらずおぼつかない。

しかし、それを聞いた野村は、稲妻のような青い閃光が目の前に落ちたような顔をした。

「明日は、もう一度矢賀町を走ってみましょう。私、大橋さんをお連れしたい場所があります」

「私はかまいませんが……」大橋が答えた。

真行寺は野村の提案に残ったコーヒーを飲み込んだ。

「何か思い当たる場所でもあるの？」孝治がこっそりと野村に聞いた。

野村はニコッと笑うだけで、何も答えなかった。

その夜、ホテル内のレストランで食事をすませ、早々とベッドに潜り込んだ。

16　名もなき墓標

広島に来て二日目の朝を迎えた。愛乃斗羅武琉興信所の野村代表は、事前調査に一度矢賀町を訪れている。大橋に付き添いながら、何か思うところがあったのだろう。彼女の提案で、再度矢賀町を回ってみることになった。

朝食を摂った後、出発は午前十時にした。

野村が福祉タクシーの運転手に目的地を告げている。

「今日も矢賀町に行ってみます」野村が大橋に言った。

運転手は昨日と同じ道順で矢賀町に入ったが、矢賀小学校も矢賀駅も通らなかった。矢賀町の西側には、原爆の爆風、熱風を遮った小高い丘陵地帯があるが、その丘陵に向かって福祉タクシーは走った。

県道から丘陵地帯に向かって、なだらかな斜面に家々が立ち並んでいる。住宅街の最も奥まった地区に、小高い丘陵を背にして寺が建立されていた。鐘楼門には閣連寺と記されている。その門の前で福祉タクシーは止まった。

「着きました」運転手が告げた。

タクシーからリフトで大橋を降ろしていると、鐘楼門に僧侶が現れた。

「お待ちしていました」

野村が「お世話になります」と挨拶している。

僧侶が大橋のところに走り寄ってきた。

「昨晩のお電話でお話しされたのはこちらの方ですね」

「そうです」

「ようおいでなさいました」僧侶が大橋に話しかけた。

野村が僧侶を皆に紹介した。「閣連寺のご住職です」

閣連寺の住職、立脇克己に野村は前回の調査で世話になっているのだろう。昨晩、ホテルから連絡を入れたようだ。

野村は大橋、峰岸孝治、真行寺を紹介した。

「さあ、入ってください」

立脇住職が先頭に立ち、境内に入った。

「この鐘楼門も、本堂も、昔のままです」

閣連寺も被爆建物の一つなのだ。

鐘楼門をくぐった大橋は、真っ正面の本堂に見入っている。明らかに昨日の大橋の表情とは異なる。

「今、本堂にご案内します」立脇が言うと、

「本堂の裏手はどうなっているのでしょうか」大橋が尋ねた。

「檀家のお墓になっています」

さらにその背後はこんもりと茂った木々が小高い丘陵の斜面に連なっている。

「先にお墓を見せていただけますか」大橋が立脇に頼んだ。

「わかりました」

立脇が本堂の裏手に大橋らを案内した。運転手が車椅子を押しながら大橋に話しかけた。

「何か手がかりになるものが見つかるといいですね」

本堂の裏手は、それほど広い土地でもなく、墓石がなだらかな斜面に立てられている。墓石と墓石の間は車椅子がやっと通れるほどの幅しかない。

「止まってくれますか」

大橋は運転手に頼んだ。

大橋は墓地を見渡したり、墓の背後に迫る丘陵とその斜面に広がる森に視線を投げかけたりしている。断片的であっても、昔の記憶が蘇ってきているのかもしれない。

野村も立脇もいっさい黙ったまま、大橋の次の言葉を待った。

大橋は首を上げ、住職に話しかけた。

「墓の中を回ってみたいのですが」

「どうぞ、どうぞ。檀家の多くは矢賀町の人たちなので、お知り合いのお墓があるかもしれません」立脇が答えた。

車椅子を押されながら、墓石の一つ一つを確認するように、墓を見て回った。その鬼気迫る表情に、誰もが話しかけるのを躊躇った。

大橋は時間をかけた。それは墓石の名前を見ているというより、散り散りになった過去の記憶を一つ一つ手繰り寄せていたためかもしれない。真行寺にはそう思えた。

墓の三分の二ほどを見終えた。着いてからすでに三十分も経っていただろうか。野村が視線を真行寺と孝治に送ってきた。

丘陵に向かって細い道がまっすぐに伸びていた。両側は墓石だ。やはり大橋はそれぞれの墓碑銘を確認しながら進んだ。突き当たりの墓地には、墓石が立てられてはいなかった。すぐ後ろに丘陵の斜面が広がり、一本の楓が空に向かって伸びていた。行き止まりの道のその先の墓地には、風に舞ったのか、散った楓などの葉が一面を覆っていた。まだ紅葉の季節ではない。葉は緑だった。

大橋は自分から車椅子を降りようとした。

すぐに孝治が手を貸した。

「ありがとう」大橋が答えた。

大橋はそのままよろけるような足取りで、墓石のない墓地へと歩み寄って行った。

大橋は屈み込み、足元の葉を両手でかき分けながら少しずつ前に進んだ。

孝治が手伝おうと、身をかがめたが野村がそれを制した。無言で首を横に振り、「止めなさい」と合図を送った。

大橋は積もった葉を丁寧にかき分け端へ寄せた。墓地の清掃をしているというより、落ち葉の下に埋もれているものを探しているようにも見える。

立脇にも異様な光景に映ったのだろうが、大橋の真剣な表情に、なりゆきを静かに見つめている。三メートルほど葉をかき分け、楓の根元まであと数メートルというところまで、四つん這いになって進んだ。それでも大橋は手を休めない。

ゆっくりと葉をかき分けていた大橋の手が止まった。深呼吸を一つすると、右手でていねいに葉を除けた。そしてもう一度大きく左から右に葉をかき分けた。

葉の下から平板な石が顔をのぞかせた。大橋は石板を見つけると、静かに葉や積もった泥を払っていった。御影石だった。

真行寺はアメリカの墓地に見られるような石板に名前を記した墓地なのかと思った。

大橋は一心不乱に御影石に積もっているものを取り除いた。手は真っ黒になっていた。すべての葉や泥を取り除くと、御影石の石板を、まるで孫の顔を撫でるように何度も何度もやさしくさすった。

現れた石板には墓碑銘が記されていなかった。

驚いたように孝治が住職に聞いた。

「これはどなたかのお墓ですか」

「私も詳しい謂れは先代の住職から聞いてはいないのですが、原爆で亡くなった犠牲者への祈りが込められている石板だから、八月六日には必ず供養の法要をし、絶対にこの御影石を撤去してはならないと、言い渡されています」

先代の住職は立脇克己の父親、立脇覚悟だった。

「申し訳ありませんが、私を一人にさせていただけますか」

石板を撫でながら、大橋が顔を上げて言った。大橋は塩を噛んだような表情を浮かべていた。真行寺には今にも泣き出しそうな表情にも見えた。

「わかりました」

大橋の異変をいち早く覚った立脇が答えた。

「私たちは本堂の裏手で待っています。ご用がすんだら声をかけてください」

立脇は一人納得したように言った。立脇は真行寺たちを誘って本堂の裏手に移動した。

「教えていただけますか、あの石板に込められた祈りについて」野村が尋ねた。

立脇克己が石板について聞かされたのは、二十年ほど前、父親だった前住職の立脇覚悟が死を迎える直前だった。

父親の立脇覚悟はすでに中国戦線で戦い、除隊になり閣連寺の住職に就いていた。

「戦争はいかなる理由があろうともしてはならない。戦争ほど人間を惨めにするものはないというのが父親の口癖でした」

立脇克己は父親の話を聞き、中国戦線で実際に人と人が殺し合う場面に遭遇し、広島の惨状を直接に目撃した体験からくるものだと思っていた。

「それだけではなくもっと深い意味があったと知ったのは、あの御影石にまつわる話を死ぬ直前に聞いた時でした。あの石板は、ある方の家の庭に置かれていた敷石です。父は実の息子の私にさえ、事実を知れば十分、個人の名前など必要ないと、誰の家の敷石だったのかも教えてくれませんでした。原爆で亡くなった方のすべての魂を慰めるつもりでいろと言われました」

石板を持ち込んできたのはやはり矢賀町出身の人だった。その人は府中町の軍需工場で被爆した。しかし、爆心地から離れていたこともあり、傷を負うことはなかった。矢賀町に妻がいたが、彼は妻よりも先に安否が気になる一家がいた。

その一家が住んでいたのは皆実町だった。

「その方は最初矢賀駅に出て、すぐに今の矢賀小学校に向かったそうです。被爆から十五分か二十分くらいしか経過していないのに、負傷した人が続々と助けを求めてやってきていたそうです」

市内中心部から矢賀町方面に向かってくるのはすべて負傷者で、水を探し、泣き叫びながら傷の手当てを求めていた。

市内に近づくにつれて、愛宕町辺りから火の手があがるのが見えた。綿花の加工場があった場所で、原爆の放射線熱によって原棉に着火し、それが火元となり四方に延焼していた。

「戦前の松本工業高校、現在の瀬戸内高校まで燃え広がっていたそうです」

しかし、男はその炎を避けるようにして、比治山を目指した。

愛宕町まで来ると、倒壊した家は少なかったが、すべての家がまるでマッチ箱に力を加えて歪めたように東に傾き、屋根が飛ばされていた。猿猴川を渡れば比治山の北側にある段原町だ。男は猿猴橋を渡った。渡ってくるのは、全身火傷を負い、焼けただれた皮膚を腕から垂らしながら避難してくる被災者の群れだった。被災者をかき分けるようにして橋を渡った。

男はさらに東に向かい、右に京橋川、左手に比治山を見ながら、京橋川の左岸を走った。京橋川に架かる橋を渡ってくるのは、さらに重傷を負った被災者だった。

ガラスの破片を全身に浴び、顔から胸まで全身血だるまで、しかも裸足で逃げ惑っていた。重度の火傷を負い、顔や手足がはれ上がり、生きているのが不思議なほどだった。すでに死んでいる子供を背負い、水、水と叫ぶ母親。

「そうした被災者を避けながら、その方は皆実町に向かったそうです」

比治山の東側には猿猴川が、西側には京橋川が流れている。京橋川から市内中心部、帯にかけてあちこちから火の手が上がっている。男の前方にも火の手が見えた。比治山の南側の比治山本町辺りから皆実町一丁目あたりまでが炎の海だ。

男は比治山の斜面にかけ上り、比治山本町に近づいた。どこかに炎を突っ切る道があることを祈った。しかし、炎は燃え広がるばかりだった。

「比治山の南側斜面を東に回り込み、そこから皆実町に向かったそうです」

記録によれば、比治山本町と皆実一丁目は全焼している。

比治山から見えた広島市は市全体がどす黒い煙に覆われ、そのどす黒い煙を突き破るようにして炎が噴き上げているように見えた。

男は皆実国民学校に向かった。目的の家は皆実国民学校の北側にあった。

目的の家はかなり老朽化していた。愛宕町の家の傾き具合、屋根が飛ばされた状況を見ると、その家が爆風に耐えられるとは、とても思えなかった。

炎の勢いは増すばかりだった。火の手が回る前に、助け出さなければならない人がその家にはいたのだ。

「なんとか目的の家に辿り着いたそうです」

爆風で傾き、半壊した家はすでに火の手が回っていた。炎を噴き上げ、中に生存者がいたとしても救い出すのは不可能だった。その家には、老夫婦と、出征兵士の若い妻の三人が暮らしていた。

家の南側に回った。縁側があり、その前には小さな庭があった。そこに倒れていた若い妻を発見した。

「洗濯ものを庭の物干し竿にかけている時に被爆したようです」

原爆の熱線を直接背中に浴びてしまったのか大火傷を負い、一部は炭化していたほどだった。そこに割れた窓ガラスの破片がいくつも刺さっていた。女性は両膝を折り曲げた状態で、猫のように背中を丸め、何かに覆いかぶさるように前屈みで倒れていた。

家の柱や屋根が燃え落ちて、すぐそばまで炎が迫っていた。

「女性を抱きかかえて、少しでも炎から遠ざけ、助け出そうとしたそうですが……」

若い妻は虫の息だった。それでも女性は「助けて……」と最後の声を振り絞って懇願した。

「その方は『わかった、心配するな』と答えて、もはや助かる見込みのない若い女性の鼻と口に手を当てたそうです」

数秒だったのか、数分だったのかはわからない。女性は呼吸を止めた。

「その方は女性を燃え盛る炎の中に投じ、冥福を祈り、自分の家に戻りました」

終戦後、何日か経ってからその男性は石板を持って闍連寺に現れた。

「その方は、今、私がお話しした内容を父に告げ、その家で亡くなった三人の墓だと思って、冥福を祈ってほしいと、先ほどの場所に御影石を置いていかれたそうです」

先代住職はその男との約束を守り、八月六日には供養の読経をしていた。

その男性を先代住職の立脇覚悟が再び見たのは、終戦から五年目だった。男性は東京で暮らしていた。

「先代住職に八月六日の出来事が忘れられないと、苦しい胸の内を打ち明けられたそうです。女性を助けられずに、自らの手で生命を奪ってしまったことに対する悔恨の情が、逆流する胃液のように常にこみあげてきていたのでしょう」

それからというもの男性は毎年八月六日になると、闍連寺を訪れ、住職とともに石板の前に立ち、三人の霊を弔っていた。

「父はあえてその方の名前を私にも教えてはくれませんでしたが、父自身はよく知っている方のようでした。後になり有名な経済人となられた方のようで、なおさら教えにくくなったのでしょう」

男性が終戦後、闍連寺の墓地に持ち込んだ石板は、その女性が覆いかぶさるようにして倒れていた下にあったものだ。

立脇覚悟は、八月六日の自分の行為に苦しむその男にこう諭した。

〈あなたの手が女性の命を奪ったのではない。仏様があなたの手をお借りしたのです。仏様の慈悲がそうさせたのです。その若い女性も仏様のお導きであることは十分にわかっていらっしゃる。忘れなさい。忘れなければ、亡くなられた方はいつまでも成仏できない。忘れてやることが供養です〉

「先代住職から聞いた話はこれだけではありません。この石板については、もう一つの話があります」

立脇克己が先代住職から聞いたもう一つの話を始めようとした時、大橋の様子を見に行った福祉タクシーの運転手が言った。

「ご老人の様子がおかしい。来ていただけますか」

真行寺たちは慌てて大橋のところに戻った。大橋は相変わらず石板を手で撫でつづけていた。

「大橋さん、大丈夫ですか」

孝治が駆け寄り、屈み込んで大橋に話しかけた。大橋は孝治には答えずに、大粒の涙を石板の上に落としていた。

「ハルさん、もうすぐ会えるな……、長かったよ……」

大橋は石板に語りかけていた。

真行寺は孝治と顔を見合わせた。大橋は石板から失われていた記憶を取り戻したのかもしれない。泣いてはいるが、それまでの大橋とは異なり、憑きものが取れたように晴れやかな表情を浮かべている。

「少し休みませんか」野村が再び声をかけた。

大橋がゆっくりと立ち上がろうとした。すぐに真行寺と孝治が左右から支えた。運転手が車椅子を用意し、大橋を座らせた。泥で汚れた手で涙を拭ったのだろう。顔にも土がこびりついていた。

「少し休みましょう。こちらへどうぞ」

立脇克己が鐘楼門近くの自宅に大橋を導いた。車椅子に乗る檀家もいるのだろう。境内も立脇の自宅もバリアフリーになっていた。大橋はバスルームにそのまま案内された。

「ここで手をお洗いください。今すぐタオルをお持ちしますから」

立脇の妻がすぐにフェイスタオルを持ってきてくれた。鏡に映る涙と泥にまみれた顔に驚いたのか、

「情けない顔をしていますね」

と笑いながら言った。

立脇はそのまま応接室に皆を案内した。すぐにお茶が運ばれてきた。喉が渇いたのか、大橋はお茶をよばれながらホッとした表情を浮かべた。

「このお寺に連れてきていただいて、本当に感謝します。途中で途切れてしまっていた冥土への道がはっきりつながりました」

大橋が何を言わんとしているのか、真行寺たちには理解できなかった。

「何か石板から感じられることがあったのでしょうか」真行寺が聞いた。

「もう何も思い残すことはありません」

大橋は明日死んでもいいような口ぶりだ。

「私がこのお寺に最後に来たのは、聡太郎さんが亡くなる三、四年前くらいだった思う」

大橋がこの闇連寺を訪れたのは、初めてではなかった。

「毎年、聡太郎さんと一緒に来ていました」

「祖父が亡くなったのが二〇〇〇年でしたから、一九九六、七年頃までは大橋さんはこのお寺に来られていたのですか」

孝治の問いに、大橋は頷いた。

「それくらいの頃からそれまでの無理がたたったのか、急に衰えが進み、祖父は外出もままならなくなっていたんだ」

二人の話を聞いた立脇が言った。

「一九九七年に先代の住職が亡くなり、別の寺で修行していた私はこの寺に戻ってきました」

先代の住職、立脇覚悟と峰岸聡太郎、大橋純一は交流があったようだ。立脇覚悟が他界、峰岸聡太郎も体調を崩し、広島を訪れることもなくなった。大橋も自然と広島を訪れる機会が減ったのだろう。

「広島にまた行こうと激励しているうちに聡太郎さんが亡くなり、私も年老いてしまった」

大橋の顔には悲しさや寂しさではなく、心の底から滔々として湧き上がる懐かしさのようなものが滲み出ていた。

「先ほどまでこちらの住職から、先代の住職が伝え残された石板にまつわるお話をうかがっていたところです」真行寺が言った。

立脇克己が先代住職から聞いた話を、野村が詳細に説明した。

大橋はやはり大粒の涙を拭おうともせずに聞いていた。

「矢賀町には聡太郎さんの奥さんがいました。そこにも行かないで、聡太郎さんは真っ先に、私の妻と両親がいる皆実町の家に駆けつけてくれたのです」

真行寺も野村も、それまで視界を閉ざしていた深い霧が風に流れ、空からは一筋の光が差し込んでくるような気分だった。

「祖父がそんな人だったとは思ったこともありません」

孝治にとって峰岸聡太郎は、一代で財をなした実業家でしかなかった。近づきがたい雰囲気を漂わせ、威厳に満ちた祖父だった。

「責任感の強い、情に篤い人でした」

大橋の言葉に、思っていたのとはまったく異なる祖父の一面を、孝治は見たのだろう。

「祖父はどうして、自分の家族をそっちのけにして大橋さんのご両親、奥様のところに真っ先に駆けつけたのでしょうか」

「私は宇品港を離れる直前に聡太郎さんと約束を交わしていたのです」

大橋は宇品港から輸送船でフィリピンに送られていった。

どこに派遣されるのかは兵士たちには知らされていなかった。すべてが軍事機密とされた。出港の直前に家族や親しい者とつかの間の面会が認められた。

「私は宇品港でハルから、妊娠したことを告げられたのです」

大本営発表は華々しい戦果を報告していたが、多くの人たちはその戦果に疑問を抱くようになっていた。戦死の報が出征兵士の家族に頻繁に届くようになっていたからだ。

「ハルは尾道出身の男性と結婚し、その夫も南方で戦死していました。私も南方のどこかに派遣されるだろうという予感はしていました。当然、生きては帰れないだろうという思いが心をよぎりました」

実際、フィリピンに着くまでにほとんどの輸送船がアメリカの潜水艦によって撃沈され、多くの兵士の命が南シナ海に消えていた。大橋純一が乗り込んだのは新造船だった。速力も他の輸送船よりも早く、対潜水艦用の爆雷も積んでいたことで、かろうじてマニラ港まで辿り着いたのだ。

「宇品港で聡太郎さんと交わした約束ですが、ご住職が言う、石板に関係するもう一つの話とも関係すると思います。あの石板は墓でもなんでもなく、私が三ヶ月間暮らした皆実町の家の庭にあった敷石なのです」

原爆の熱線で背中を焼かれ、瀕死の重傷を負いながら、背中を丸めなにかを抱きかかえるようにしてハルは敷石に覆いかぶさっていた。

何故ハルがそんな格好で倒れていたのか。峰岸聡太郎がハルの鼻と口を塞いで死なせた後、どうしたのか。大橋は新宿駅南口で峰岸聡太郎と再会した後、聡太郎本人から聞いた話を淡々とした口調で語った。

語り終えた時、孝治が言った。

「何故、私が、今こうしてここに生きているのか、どう生きるべきなのか、今はっきりわかりました。大橋さんに教えてもらったような気がします」

生まれながらにして背負っている峰岸工業後継者という運命は、孝治にとっては重荷であり、煩わしいものでしかなかった。大橋の話を聞き、その運命がそれまでとはまったく違ったものに見えてきたのだろう。

孝治は涙を拭おうともせずに「ありがとうございます。私は、祖父やそしてハルさんに心から感謝します」と大橋に頭を下げた。

大橋の話を聞き、先代住職が、何故自分の息子にさえ石板を運んできた男の名前も告げずに、石板の墓を守れと言った理由が、立脇克己にもはっきりとわかったのだろう。

「仏様のお導きとしか私にも思えません。改めて感謝したいと思います」

立脇もまた大橋に深々と頭を下げた。

立脇の提案で、翌日、石板の前で、大橋の両親、大橋純一の妻、ハルの法要を営むことになった。

17　失われた真実

秋晴れの爽やかな日だった。ホテル内の花屋で、法事用の供花を用意してもらった。おそらく大橋が広島を訪れるのはこれが最後になるだろう。

「法要の後、原爆資料館を見て帰りたい」

大橋の方から言い出した。

午前中に閣連寺を訪れ、その足で資料館を見学し、宇品港を回るスケジュールを立てた。

しかし、真行寺も孝治も東京の動きが気になって仕方なかった。

峰岸平の容態がよくないのだ。今日、明日ということはなくても、それほど余命は長くないと医師から改めて宣告されたのだ。

それだけではない。大介と鈴木作造、そしてアグレッシブ・ファンドの尾関が活発に動いていると里奈から連絡が孝治に入っていた。孝治も広島での一連の出来事を里奈に伝えていた。孝治からの報告を聞き、里奈もしばらくは絶句して、何も言えなくなってしまったらしい。

「平伯父さんにも、私の父にも事実を告げた方がいいのかしら」

そう聞かれて、孝治は真実を告げるべきだと答えたようだ。

ホテルのバイキングで朝食を摂りながら、孝治が言った。

「今日、里奈がオヤジのところに和副社長と一緒に行ってくれるようだ」

そこですべての真実が明らかにされるだろう。

「東京に戻ってから忙しくなりそうだな」真行寺が言った。

「総長の出番だ。頼むよ」孝治が言った。

少し遅れて野村と大橋がテーブルに着いた。

四人は朝食を摂ったが、出発の時間までにはまだ十分時間があった。

「私の方からご相談というか、お願いがあるのですが、聞いていただけるでしょうか」

孝治が大橋に話しかけた。孝治は父親、平の命がそれほど長くないことを告げた。

「今日、従妹の里奈と、和副社長の二人がオヤジのところに見舞いに行って、真実を話す手はずになっています」

大橋は全身に水を浴びせかけられたような顔をした。

「マニラから戻り、新宿で再会した日に聡太郎さんから事実をお聞きしました。聡太郎さんにお願いして、実の子供としてその後も育ててほしいと……、それで今日までこうしてきたのに」

不満そうに言った。

「勝手なことをとお怒りかもしれませんが、私の話を聞いてください」

孝治はY電機の経営不振が峰岸工業にまで及び、経営陣交代を求める声がすでに上がっている事実を告げた。役員の中には会社乗っ取りを図ろうとするファンドと手を組んでいる者までいて、峰岸平の長男がその手先になり、さらに会社を混乱させている。それを終息させるためにも、事実を明らかにし、役員を一新させることが最善策だと説明した。

「父の命は一ヶ月もないと思います。安心させてやりたいのです。私はできることなら、峰岸工業とは離れて自分の人生を全うしたいと、そればかりを考えてきました。しかし、昨日から考えが変わりました。会社の立て直しに全身全霊を傾けたいと思います。どうか私の無理なお願いを聞いてください」

孝治が大橋に頭を下げた。

「私からもお願いします。孝治とは高校生のガキの頃からの付き合いです。峰岸工業の内紛に関して、峰岸工業の経営理念に反するファンドを法的に排斥し、なおかつ会社を立て直すために協力したいと思っています。それには昨日明らかになった真実を社会的に明らかにすれば、多くの役員、社員からも共感が得られると思います。私たちを信じて任せてもらえないでしょうか」

真行寺も大橋に訴えた。

真意が伝わったのだろう。

「平さんと会わせてください」大橋が答えた。


ロビーでは福祉タクシーの運転手が四人を探していた。朝食を終えてレストランを出ると、走り寄ってきた。

「今日も秋晴れのいい天気です。お彼岸には少し早いですが、いい法要ができるでしょう」と言った。

花屋から供花を受け取り、車内の後ろの荷台スペースに花束を積み込んでもらった。

閼連寺に着くと、正装用法衣を身にまとった立脇住職が鐘楼門で出迎えてくれた。

その日は、孝治が大橋の車椅子を押した。運転者が供花を抱えた。

石板のところに行くと、落ち葉はきれいに掃除され、水桶も用意されていた。石板の周囲を供花で飾った。

立脇住職の読経が始まった。その後ろで全員が手を合わせた。荘厳な読経が墓地に響き渡った。

真行寺は仏や神の存在を信じてはいない。しかし、広島にある閼連寺の名もなき石板の墓標の前で、想像もしていなかった七十年以上も前の真実が明らかになった。世の中には人知を超えた何かが存在するのかもしれないと、そんなことを思いながら立脇住職の読経を聞いていた。

それは孝治も同じことだろう。峰岸工業の内紛が治まれば、退社し峰岸工業とは縁を切ったところで生きてみようと考えていたが、大橋の明かした真実によって、それを撤回し、峰岸工業で生きる決意を固めていた。

読経を上げている立脇住職も、父親が言い残した言葉にこれほど深い事実が隠されていたとは思ってもみなかっただろう。低いが周囲に響く立脇の声は、刺々《とげとげ》しい心を和ませ、心を震わせる力に満ちているように感じられた。

真実は人間をこうも強くするものなのかと、真行寺は思った。

法要が終わり、立脇は本堂に皆を導いた。本尊を背にし、立脇は大橋に頭を深々と下げた。

「今日は本当にありがとうございました。父が言い残した言葉の真実を教えていただきました。父の思いを、願い、祈りを私も引き継ぎ、精進していこうと改めて思いました」

僧侶の立脇も、人知を超えた何かを感じているのかもしれない。

孝治は、立脇に来年の八月六日には必ず来ると約束していた。

閣連寺を離れると、予定していた通り原爆資料館を訪れた。野村以外は、真行寺も孝治も見学するのは初めてだった。

大橋も緊張していたが、やはり展示物を見ながら、両親やハルがどんな状況で死んでいったのかをまざまざと見る思いがするのだろう。大橋は入った時から、退館するまで、ハンカチで涙をずっと拭いていた。

「やはり連れてきてもらってよかった。長い間探していたけど見つからなかったものを、ようやく手に入れたような気分です」

大橋が皆に礼を言った。

遅い時間になったが昼食を挟んで、一行は宇品港に向かった。大橋が輸送船に乗り込み、南方を目指した港だ。現在の宇品港は、愛媛県松山を結ぶフェリーや、宮島、江田島を結ぶ船が行き来している。

大橋は何を思うのか、松山に向かう大型客船の出港風景をいつまでも眺めていた。


翌朝、予定通り午前中のフライトで羽田空港に戻った。羽田空港には福祉タクシーを用意し、大貫里奈が出迎えてくれた。

里奈の出迎えに、孝治は一瞬緊張した面持ちに変わった。

「オヤジに何かあったのか」

「安心して、大丈夫だから」

峰岸平は小康状態を保っているようだ。

孝治が里奈を大橋に紹介した。

「和君のお嬢さんですね」

里奈には初めてでも、大橋には里奈の子供の頃の記憶があるのだろう。

「お疲れのところ申し訳ございません。孝治君から連絡をもらい、昨日、私の父と一緒に、伯父を見舞いに行きました。それで、父の方から真実を話してもらいました」

大橋はどのように対応すればいいのか、戸惑っている様子だ。

「孝治君から聞いていると思いますが、伯父の余命はそれほど長くありません。誠に勝手で申し訳ございませんが、このまま伯父に会いにいってもらうわけにはまいりませんか」

里奈は福祉タクシーと、峰岸平が入院しているT女子医大付属病院の近くのホテルに、大橋が泊まれるよう予約を入れてあった。

大橋も峰岸平の容態がよくないのを知り、T女子医大付属病院へ直行することに同意してくれた。

羽田空港から峰岸平が入院しているT女子医大付属病院までは一時間もかからない。真行寺も野村も同行することにした。平は個室に入院し、痛みがひどい時はモルヒネで緩和しているようだ。個室には妻の美彩が付きっきりで看護している。

　里奈が、和副社長と一緒に病室を訪れ、すでに真実を説明している。しかし、その説明がまったく理解できなかったようだ。それは和も同じだった。里奈の説明だけでは、平も和も半信半疑の状態だという。

　しかし、広島から連絡してきた孝治の話が真実ではないだろうかと考えるようになった一つの理由は、血液型だった。

「混乱の原因を作ってしまったと、市川専務が長沢さんを懸命に説得してくれたんです」里奈が言った。

　長沢は峰岸聡太郎の血液型はB型と、鈴木専務取締役にウソの血液型を伝えていたのだ。そうすればB型の平が本当の子供であり、A型の和は異母兄弟ということになる。実際、峰岸大介は、伯父にあたる和副社長は、父親、平の異母兄弟だと思い込み、鈴木作造と結託して、和副社長や、和の長女、里奈を排撃してきた。

　自分に混乱を招いた原因があると知った市川は、元愛人の長沢に謝罪し、田原総合クリニックが処分したとされる峰岸聡太郎と佳代子のカルテを返還するように説得を重ねてきたのだ。長沢は古いカルテなので峰岸聡太郎、佳代子のカルテは処分したと田原院長に報告していたが、実際には存在し、自宅に持ち帰り保管していたのだ。

　市川を落とし入れようと創業者の血液型を軽い気持ちで偽って伝えたことが、予想以上の混乱を引き起こしていた。その事実を市川から告げられて、長沢は二人のカルテを市川に返還したのだ。そのカルテには峰岸聡太郎がA型であり、妻の佳代子はO型であることが記されている。

市川からそのカルテを受け取り、平も和も自分の目で確かめていた。

「自分たちが本当の兄弟ではなかった事実を、二人は認識しています。でも、どうしてなのかは受け止めることができないでいます」

個室には和副社長も真実を知りたいと、孝治や大橋たちが来るのを待っているという。

「私が事実を語ることで、峰岸工業の危機が回避できるのなら、すべてを語るようにします」

病室の前で里奈から前日の状況を聞き、大橋が言った。

「入りましょう」

孝治が大橋の車椅子を押して病室に入った。

広い個室だった。秋の柔らかい日差しがレースのカーテン越しに病室に注いでいた。平社長と美彩、そして和副社長も、大橋との面識はある。

平は寝ていたが、大橋が部屋に入ってくると、リクライニング式のベッドを起こすように美彩に言った。身体が半分ほど起きたところで聞いた。

「これくらいでよろしいですか」

美彩が痛みの最も少ない位置でリクライニング式ベッドを止めた。

平は美彩がケアしているせいなのか、きれいに整髪され、ヒゲも剃られている。ただ、点滴からしか栄養が摂れないのだろう。頬骨も顎も突き出ていて、骨格がはっきりと浮かび上がっていた。平が和に目配せをした。

「私たちは子供の頃から大橋さんを存じ上げているし、父がまだ広島にいた頃からの友人だと聞かされて育ってきました。昨日、娘の里奈からすべて聞きました。兄もご承知のように、余命もそれほど長くありません。私たちもすべてを知った上で、会社をふさわしい後継者に譲り、身を引こうと考えています」

和が大橋に語りかけた。

「秘密を守り通してほしいと聡太郎さんにお願いしたのは、実は私の方でした。だから昨日まで、この事実を明かすつもりはまったくありませんでした。孝治君から峰岸工業の危機を回避するために事実を語ってほしいと頼まれ、その方が聡太郎さんの遺志にもかなうと思えたので、こうしてお話しさせていただくことに決心しました」

大橋が静かな口調で語り出した。

まだ十八歳だった大橋が、峰岸聡太郎の説得を受けて軍隊に志願するまでを説明した。

「私は貧しい家の一人息子で、私が兵隊に行けば、両親の生活を誰が見るのか、それが心配でした。知り合いの家に戦死の知らせが届いたと、いろんなところから聞けば、戦地に行くのは正直恐ろしいという気持ちもありました」

そんな大橋のところにやってきたのが、峰岸聡太郎だった。峰岸は大橋にだけではなく、矢賀町や矢賀町周辺の若者に志願するように、一人ひとり説得していた。

「国のために尽くすことが、親や家族の平和な生活を守ることにつながる。今ここで国家に忠誠を尽くさずして日本男児がどうするんだと、聡太郎さんは志願するように求めてきました」

峰岸聡太郎は丙種合格で戦場に赴くことはありえない。それなのに他人に戦場に向かえと説得すれば反感を買うのが当然だ。しかし、峰岸が自分の障害をいいわけにせず、昼夜を分かたず軍需工場で働いていたのは周知の事実だった。彼に文句を言う者など誰もいなかった。

「親の面倒なら俺が責任を持つ」

峰岸はそう断言した。

その言葉がウソではないことを矢賀町の人たちは十分理解していた。徴兵され、人手が不足した家には、学徒動員の学生や勤労奉仕の主婦たちを集めて来て、農作業の手伝いをさせていた。

「聡太郎さんにはそれくらいの力が実際にありました。私もそうした光景を見ていたので、私がいなくなっても、聡太郎さんがいれば安心だと思えるようになりました」

「それで志願を決意されたのですか」真行寺が尋ねた。

大橋が首を横に振った。

「戦場での死は恐ろしかったし、やはり年老いた両親も気がかりでした」

決断がつかないでいる大橋に、峰岸は見合いを勧めた。夫が戦死して、皆実町の借家で一人暮らしをしている未亡人がいたのだ。働きもので、献身的なハルという名前の女性だと聞かされ、二人は引き合わされた。

「好きも嫌いもなく、今の若い人には理解してもらえないと思いますが、私たちは会った翌日に結婚していました」

結婚生活はたった三ヶ月間だった。ハルは峰岸が紹介してくれたように働きもので、両親の面倒もよくみてくれた。

不安の一つは解消され、大橋は軍隊に志願した。訓練らしい訓練も受けずに南方戦線に送られることになった。

「どこに送られるかはわかりませんでしたが、派遣される数日前は休暇が与えられ、ハルは前夫に戦死されているので、絶対に生きて帰ってこいと泣きながら訴えてきました。それにハルのお腹の中には新たな生命が息づいていたのです」

大橋が出征した後、両親は矢賀町の家から皆実町に移転し、両親の面倒はハルがみてくれていた。

「戦争が終わったら、皆実町の家にまっすぐ帰ってきてくれというのが、ハルと交わした最後の言葉でした」

宇品港を出た輸送船は、門司港で各港から集結した輸送船と船団を組んでフィリピンを目指した。ほとんどの輸送船が南シナ海で、アメリカ軍の潜水艦の魚雷攻撃を受けて沈没し、輸送船に乗っていた兵士はほとんど死んだ。

「私を乗せた船はマニラ港に辿り着いたのですが、あまりにも戦死者が多く、私の乗った船も撃沈されたと思われ、戦死の報がハルのところに届いていたそうです」

それからというもの峰岸聡太郎は、ハルと大橋の両親の生活を気遣い、頻繁に皆実町を訪れていた。

一九四五年八月六日、原爆投下。峰岸聡太郎は府中町の軍需工場から皆実町に向かった。

「八月がハルの臨月でした」

これまでに体験したこともない強烈な閃光と爆風だった。異変を察知した峰岸はハルの元に真っ先に向かった。

「私が宇品港を離れる前日、兵隊の間では南方に派遣されるだろうとすでに囁かれていました。それを聡太郎さんに告げ、ハルとお腹の子供、両親をくれぐれも頼むとお願いして、輸送船に乗りました。聡太郎さんはその約束を守るために、自分の妻を放っておいてでも皆実町に向かってくれたのです」

市内のあちこちに火の手が上がり、皆実町の家も炎を噴き上げていた。

峰岸聡太郎はハルが暮らす家に辿り着いたが、家は音を立て業火に覆われていた。裏庭に回ると、ハルが倒れていた。

「聡太郎さんはハルを抱きかかえて起こそうとしたようですが、ハルは前屈みになり石膏のように固まったままで動かせなかったそうです」

しかし、ハルは生きていた。

ハルは呪文のように繰り返していた。

「助けて、助けて」

峰岸はハルのお腹を心配した。ハルは腹部を守るように前屈みに倒れ込み、額を地面に着け、両腕は腹部を守るように添えてあった。

ハルは背中も足も、両腕も、後頭部も重度の火傷を負っていた。背中の一部は炭化していた。その背中にはガラスが突き刺さり、肺や心臓にも達していそうな深さだった。

ハルを抱きかかえるには身体を起こすしかない。身体を起こそうとハルの腕と地面とのわずかな隙間から、峰岸は手を差し入れた。

手に柔らかいモノが触れた。それが何なのか。峰岸にもすぐにはわからなかった。峰岸の触れた手が刺激になったのか、そのモノが泣き声を上げた。

ハルが掠れるような声で「助けて」と叫んだのは、自分ではなく、生まれたばかりの子供を「助けて」と残された力で叫んでいたのだ。

「原爆の熱線か、あるいは爆風を受けた衝撃だったのか、ハルはその場で出産してしまったのです」

襲ってくる熱風と爆風から、子供を守るために覆いかぶさるよう前屈みに倒れ込んだのだ。

爆風に飛ばされてきた鋭いガラス片は、背中から突き刺さり、腹部にまで貫通しているものもあった。

話をしている大橋の喉が苦しそうに波を打っていた。

ベッドに身体を起こしている平は、涙を流し、唇を強くかみしめたせいなのか、血の混じった涎を垂らしながら聞いていた。

「ハルさんがあの日、庭で産んでくれたのが、私なのか……」

そばにいる美彩が平の涙と涎を拭こうとしたが、その手を払いのけた。

「私はハルさんが産んだ子なんだな」

平は心の底から絞り出すような声で、もう一度聞いた。

大橋は苦しいのか声を出すこともできない。無言で頷いた。

火の手がすぐそこまで迫っていた。

峰岸には一瞬の躊躇も許されなかった。生まれたばかりの子供を抱きかかえ、炎から遠ざけた。

苦しんでいるハルをそのままにして、そこから立ち去るわけにはいかなかった。

「俺が自分の子供として育てる。心配するな」

峰岸はハルの耳元で、大声で叫んだ。ハルがかすかに頷いた。躊躇いも迷いもなかった。

峰岸はハルの鼻と口を塞いだ。

呼吸は止まった。ハルを業火の中に投げ入れた。

上着を脱ぎ、子供をそれに包んだ。皆実町の家を離れる時、峰岸は一瞬後ろを振り返った。ハルが命がけで子供を守った場所に、御影石の敷石があった。

「生まれた子供を抱きかかえ、炎をかいくぐりながら矢賀町の自宅に戻ったそうです」

そして八月十五日、終戦。

「比治山にある頼山陽文徳殿で市役所の戸籍課が業務を再開すると聞き、聡太郎さんはその日に敷石の上で生まれた子供に、平和から一文字を取って平と名付けたのです」

　焼け落ちた家はやがて片づけられる。その前に敷石を庭から掘り出して、峰岸は閣連寺の住職に理由を言って、三人の墓として祀ってもらうことにしたのだ。

　生まれたばかりの平が矢賀町にあった峰岸の家で過ごしたのは一週間もなかった。妻の佳代子が妊娠していたわけではない。突然、新生児を抱え込めば、いずれ矢賀町の噂に上る。それを心配した峰岸夫婦は別居を決意した。

「広島大学に入学したばかりの佳代子さんの弟が仁保町にいたのですが、その方も学徒動員で勤労奉仕をしていた時に亡くなっています。その家に平さんを連れて引っ越したのです」

　峰岸聡太郎は睡眠時間を削り、命がけで働いた。平を一人前にするまでは絶対に死ねない。戦死した志願兵の家族への援助もあった。佳代子は裁縫の内職をして得た金で、貴重だった牛乳を買い平に飲ませた。牛乳が手に入らない時は、米のとぎ汁を飲ませて空腹を満たしてやっていた。

　矢賀町の家で峰岸は鍋釜の修理の仕事を始めたのだ。戦争が終わって二年目、仁保町で子供が生まれ、和と名付けられた。

　和も生まれ、広島にいたのでは一家全員が栄養失調で死ぬしかなかった。

「聡太郎さんは、苦しい生活状態だった。その上、多くの少年を戦場に送ってしまったことで、慙愧《ざんき》に堪えなかったのか、あるいは広島にいては平の出生の秘密は守れないと思ったのか、終戦から三年が経過した頃、東京に出て行って事業を始めることになるのです」

一方、大橋はマニラでBC級戦犯の裁判にかけられそうになったが、日本軍の性的暴行から現地の若い女性を救ったことで、その女性や家族が大橋の無実を証明してくれた。そのおかげで裁判にかけられることもなく終戦から三年目、帰国できたのだ。

復員して広島に戻ってきたものの、貧困に喘ぐ生活がつづいた。

「私はマニラに向かう船の中で、戦友からハーモニカの吹き方を教えてもらいました。現地の少女を凌辱しようとする上官を許せなくて、足腰が立たないほどぶちのめしてしまった。その報復に鎖骨を折られて、今でも左肩が下がっています。復員後は、人通りの多い広島市内に出てはそのハーモニカを吹いて、道行く人から〈寄付〉をあおぐような生活をしていました」

矢賀町の調査に来た時、峰岸聡太郎によって命を救われたと感謝していた福山美喜雄と会った。美喜雄の父親、和俊はやはりフィリピンに送られていた。復員後、メチルアルコール入りの密造酒を飲んで失明し、最後は自殺してしまった。和俊の遺書に「純一」という名前が記されていた。遺書の中に出てくる「純一」とは、広島市内の雑踏の中で、なりふりかまわず生きようとしていた復員したばかりの大橋純一のことだった。

大橋は、広島から神戸、そして大阪へと流れ、最後は東京だった。

新宿駅の南口でハーモニカを吹きながら、道行く人に寄付をあおぐような生活をするしか生きる術はなかった。

そんな時に峰岸聡太郎と再会したのだ。

「聡太郎さんは親子の名乗りをしろと言ってくれたのですが、当時の私は生きていくだけで精一杯でした。それに平君ももうすぐ小学校に上がる年になっていました。いずれ親子の名乗りを上げる時が来るから、それまでは聡太郎さんの子供として育ててほしいと、お願いしました」

その後、大橋は峰岸工業の社員となり、川口工場で働きながら、再婚もせずに、平の成長を陰で見守りながら、今日まで生きてきたのだ。

ベッドの上から、平が手を差し出した。

孝治が大橋の車椅子を押し、ベッドに寄せた。

「ありがとうございます。死ぬ前に真実を知ることができた」

平が大橋の手を握りしめた。

18　蘇生

峰岸孝治が水面下で活発に動き回っているのは、大介にも、そして鈴木作造専務取締役にも徐々に伝わっていたのだろう。「真昼のＬＥＤ」と呼ばれるくらいだから、すべての役員が孝治の存在など気にも留めていなかった。しかし、それがかえって好都合だった。

広島への調査で休んだのはたったの二日間だけだが、社内には出社拒否に陥ったという情報が流れていた。その間に、大介、鈴木は、尾関と連絡を取り合いながら、マスコミに情報をリークした。

「峰岸平代表取締役社長はすでに余命宣告を受け、弟の和副社長にも健康上問題がある」

こうした情報がマスコミに流れ記事にされた。

峰岸大介と鈴木専務取締役は、すぐにでも臨時役員会を開き、峰岸平、和の二人の辞職を求め、新たな役員を選出し、新体制で峰岸工業が直面する危機打開に向けて、一日も早く始動すべきだと提言した。

二人は社内の鈴木派の役員と、アグレッシブ・ファンドの尾関を加えた新役員構成を、臨時役員会議で提案したいとしていた。代表取締役社長候補には峰岸大介の名前が挙がっていた。

　この動きを現役員も看過することはできずに、臨時役員会議を開催することになった。役員会議は十月末に開催される予定だ。同時に、峰岸一族への批判が再燃した。特に峰岸和、長女の里奈への攻撃は日増しに強くなっていった。

　さらに大橋への不正給与も再び批判の俎上に上がった。

　これに対して峰岸和は、平から委任状を取り付け、新執行部選出に影響力を増していたが、他の役員が鈴木派に取り込まれる可能性は十分に考えられる。

　孝治はいくら代表取締役社長の次男とはいえ、一介の課長職に就いている社員にすぎない。峰岸一族はスキャンダル報道、バッシング記事で、大介、鈴木派の思惑通りに進んでいきそうな趨勢だった。

　孝治から八王子にあるレストランＮｏｓｓＡで会いたいと連絡が入った。八王子は都心よりも夏は一、二度暑く、冬は逆に一、二度寒くなる。九月末だったが、銀杏並木は少し黄色がかってきていた。

　真行寺がレストランに着いた頃には、孝治も野村もすでにカイピリーニャを飲んでいた。

　三人が揃うと、孝治が今後の計画を説明した。

「代表取締役社長、副社長、そして里奈、市川専務は支持に回ると、言ってくれた」

孝治は新執行部の新リストを作成していた。

それによると新たな代表取締役社長は峰岸孝治、副社長には里奈の夫、大貫健二が候補に挙がっていた。

「里奈さんのご主人は納得してくれたのか」真行寺が聞いた。

「峰岸工業の実情を説明し、立て直しを手伝ってほしいと頼んだ。里奈も最初は峰岸工業の内紛に夫を巻き込みたくないと消極的だったが、俺も命がけで取り組むから協力してほしいと、なんとか健二さんと里奈を説得したんだ」

里奈本人も役員として残留するようになっていた。

孝治の案では、現代表取締役社長の峰岸平、副社長の峰岸和、峰岸大介専務取締役、鈴木作造専務取締役、そして市川匠専務取締役も役員を退くようになっていた。鈴木派と思われる三人の役員も役員名簿から外され、新たに八人の役員を候補に立てていた。峰岸平は名誉会長に、和は相談役に就任し、他の役員は更迭的な色彩の強い退任だった。

入れ替えるための役員候補は、峰岸和、市川、そして孝治が有望と思われる社員から選出していた。

「これが受け入れられる可能性はどうなの」野村が尋ねた。

「わからない。半々と言いたいところだが、現状では大介、鈴木専務派の方が有利と思われる」

鈴木が中心になり、このままでは峰岸工業は破滅への道をひた走るだけだと、他の役員の取り込みに奔走しているらしい。

孝治は残ったカイピリーニャを飲みほし、バーテンダーのビゴージに二杯目を注文した。

「それで二人に相談なんだが、どう思うか意見を聞かせてくれ」

孝治は二杯目を半分ほど飲み、話し始めた。

「閣連寺で思ったんだ。真実ほど強いものはないって」

鈴木専務らが、峰岸一族の批判材料にしているものは、二点だった。峰岸和は、峰岸聡太郎が愛人に産ませた子供の可能性があり、そうした係類までが峰岸工業の経営に参画している点、そして、そうした係類が中心となり大橋純一の例に見られるような不正給与問題が起きている。

これらの問題点は長年の同族経営がもたらした負の遺産で、この際、こうした負の遺産を清算して新たな出発をすべきだというのが、彼らの主張だった。

「これらの二点については、生木がくすぶるようにいつまでも社内に煙が充満している状態なんだ」

「それで孝治はどうしようと思っているのよ」野村が孝治の計画を聞き出そうとした。

「すべてを白日の下にさらそうと思っている」

「エッ」真行寺はカイピリーニャのグラスをカウンターに置いた。「本気なのか」

「ああ、家族にも大橋さんにも了解は取り付けてある」

「すごい博打に打って出るのね、孝治も。国道二〇号線をぶっちぎりで走行していた昔の孝治に戻ったみたい」

冷やかすように野村が言った。

「それで勝算はあるのかよ……」

あまりにも大胆な計画に、真行寺は断崖に片足を一歩踏み出すような不安を覚えた。

「会社経営は、スピード違反で捕まり、一発免停程度ですむ話と違うぞ」

「そんなことは、俺にだってわかるよ、総長。でも、考えに考えた結果、今の俺にはこれしか思いつかないのさ」

広島の調査でわかった事実をすべて明かすことが、社会的な信頼を取り戻し、動揺している社員の支持、共感を得ることにつながると、孝治は考えたようだ。

「アグレッシブ・ファンドの尾関が蠢いているのを知り、俺に食ってかかってきた中堅社員がいるんだ」

孝治はその社員も役員のリストに入れていた。

その中堅社員は、孝治には株を勝手に手放すなと、怖い顔をして迫ってきた。

「たかが家電メーカーだが、家電製造で平和に貢献するという創業者の理念に共鳴して入社し、骨をうずめる決意の社員もいるんだから」

「真昼のＬＥＤ」課長の孝治が真っ先に株を売却してしまうのではないかと、心配になってトイレで二人きりになった時、話しかけてきたのだ。

「そうした社員が複数いると、本人にも確かめたし、市川からも聞いている」

しかし、峰岸平、和の案として提出される新執行部人事が支持されるかどうかは最後までわからない。

「事実関係を記者会見で明らかにするつもりだが、総長にも同席してほしいんだ」

記者会見には、孝治、峰岸和、そして真行寺の三人が出席することになった。

記者会見は峰岸工業の大会議室で行うことにした。出席するのは記者だけかと思っていたが、異母兄弟説が格好のワイドショー企画だったのか、後方には各テレビ局のカメラが据え置かれていた。

孝治はブリーフィングペーパーを用意した。祖父母のカルテの血液型を記した部分のコピーや、峰岸平と、峰岸和の血液型も資料に書き加えた。

詳細な事実は口頭で発表することにして、峰岸平と和は、異母兄弟ではなく、まったくの他人であると記述した。

峰岸平の出生届は、広島市役所の比治山臨時支所で八月六日に峰岸聡太郎によって提出、登記されたとだけ記した。

大橋純一は、峰岸聡太郎が東京で事業を展開した当初から、片腕として貢献してきた社員で、長年の労に報いるために峰岸工業が決定した功労金であり、不正給与などではないと明記した。

資料はもう一点あり、新役員の候補名簿だった。

記者会見は午後一時から始められた。なりゆきを心配して記者席後方に野村の姿も見られた。

口火を切ったのは峰岸和副社長だった。

「皆さん、お忙しいところを峰岸工業の記者会見にお集まりいただき、誠にありがとうございます。峰岸大介専務、鈴木専務からもすでに何度か皆さまの方にご報告があったり、いくつかの提案がなされたりしていました。私たちも、その提案を真摯に受け止め、この間、事実関係の調査を進め、今後のあり方について検討を重ねてまいりました。その結果を今日お集りいただき、峰岸工業の現代表取締役社長と、副社長の案として発表できる段階に至ったので、発表させていただきたいと思います。なお、この間、調査にあたってきたのは、現代表取締役社長の次男の孝治で、弊社の課長職に就いています。では峰岸孝治課長からご報告させていただきます」

　カメラが一斉に孝治に向けられ、ストロボが一斉に光った。写真撮影がひと段落したところで、孝治が報告を始めた。

「極めて困難な仕事でしたが、法的な裏付けも必要だと考え、すべての調査にはここに同席している真行寺弁護士に同行してもらいました。今から発表する事実は、法的にも根拠を持った事実であることを最初に申し上げておきたいと思います」

　創業者は愛人の子供を重要なポストに就任させているという批判について、孝治は最初に言及した。

「まず資料をごらんになってください」

　記者たちがブリーフィングペーパーをめくる音があちこちから聞こえてくる。

「私の父親つまり峰岸平、現代表取締役社長の血液型はBです。私の隣に座る叔父の峰岸和副社長はA型です。祖母にあたる佳代子の血液型はカルテが残されていてO型であることが判明しています。峰岸大介専務、私の実兄であり、現取締役社長の長男でもありますが、彼とそして鈴木作造専務らの調査では、祖父の血液型はB型ということでした」

　B型とO型の夫婦からは、B型とO型の子供しか生まれない。

「そうしたことから和は異母兄弟ではないかと、峰岸大介、鈴木の二人の専務は考えたようです。しかし、祖父はB型ではなく、本当はA型だとしたら、話はすべて逆さまになり、平の方が異母兄弟ということになります。これは私のルーツにも関わることなので、徹底的に調査してみました。その結果は、私の祖父母のカルテを見てもらえれば一目瞭然です。社員の定期健診を担当している田原総合クリニックには、亡くなった祖父母のカルテが残されていて、祖父はA型であることは明白な事実です。峰岸大介、鈴木両専務がどのような根拠で、祖父の血液型をB型だと判断したのかわかりませんが、真実はこのカルテに記載されている通りです」

孝治は峰岸、鈴木専務が唱える異母兄弟説に、何故疑問を感じたのか、そのきっかけとなった事件を説明した。

二〇〇〇年に亡くなった祖父の直接の死因は心不全だったが、末期の胃がんだった。孝治が見舞いに行っている最中に急に下血が始まり輸血が必要になった。その場で孝治から採血が行われ、孝治の血液が峰岸聡太郎に輸血された。

「私の血液型はA型で、祖父もA型なのに、どうして峰岸大介、鈴木両専務は、祖父の血液型をB型と主張するのか、まったく理解できないでいました。ただはっきりしているのは、祖父をB型にすれば、副社長の峰岸和、その長女の里奈は、異母兄弟とその子供であると、峰岸一族から排斥できるという事実です。実際、そのような排斥をお二人はしてきました」

田原総合クリニックのカルテに記載されている項目を見れば、孝治が事実を述べていることは、マスコミには十分理解できる。

「そうなると、今度は現代表取締役社長の峰岸平が、実は聡太郎と佳代子との子供ではなく、愛人に産ませた子ではないのかという疑問が生じてきます。つまり私の祖母はいったい誰なんだという興味が、個人的にも湧いてきました。私の子供の頃の祖父は、威厳に満ちていて、とても近寄りがたい雰囲気を醸し出していましたが、ジイサンも結構やるもんだと内心は思いました」

孝治の冗談に記者からも笑いが漏れてくる。孝治の話術もなかなかのものだと、真行寺は内心思った。

「それで、二人の専務が峰岸平と和の毛髪からDNA検査を依頼しました。私も負けられないと思い、無理を言って、二人から毛髪をもらい、DNA検査をしてもらいました。結果は予想外でした」

ブリーフィング資料にはその検査結果も含まれている。

「二人は九九・九九パーセントの確率で兄弟ではない」

峰岸平と和は異母兄弟どころではなく、まったく赤の他人であることが判明したのだ。

「これには正直私も驚きました。血液型だけからなら、異母兄弟の可能性も考えられますが、副社長の和とはまったくの他人ということになれば、オヤジ、いや現代表取締役社長は誰の子供なんだということになります。オヤジに真相を話すように言いましたが、オヤジ自身、峰岸聡太郎、佳代子の長男だと、疑うこともなく生きてきたので、何を愚かなことを聞くのだと、死期が迫っているとは思えないほどの立腹ぶりでした。実際に戸籍には、峰岸聡太郎、佳代子の長男として生まれている事実が記されています。この事実に関しては、調査に同行してもらった真行寺弁護士から報告していただくことにします」

記者たちはあまりにもミステリアスな展開に、資料に目を落としたり、孝治を見たりで、真行寺がどんな説明をするのか、延長戦からPK戦にもつれ込んだサッカー中継でも観戦しているような面持ちだ。

真行寺がマイクを握ると、会場から囁く声が聞こえてくる。

「あいつ、紅蠍の元総長と違うか」

「暴走弁護士だよ、いろんなところに首、突っ込んでいるなあ」

驚きと呆れ果てているような声が真行寺にも届いた。

「弁護士の真行寺です。場合によっては法的措置も含めて相談にのってほしいと峰岸孝治氏から依頼を受けました。事実を把握するためには、終戦前後の混乱した時代に遡って調査をする必要がありましたが、血液型の謎も、そして不正給与の問題も、真相をつかむことができました」

　峰岸工業の創業者、峰岸聡太郎は足に障害を持ち、丙種合格で徴兵されることはなかった。しかし、愛国主義者だったのか、戦前は軍需工場で武器弾薬を製造する仕事に就き、その指導に当たっていた。それは軍部からも一目置かれるほどの活躍ぶりだった。

「二十歳未満の青年にも、志願して日本のために尽くせと説得し、その説得を受けて戦場に赴いた若者も少なくなかったようです」

　峰岸聡太郎が戦前、矢賀町でどのような暮らしぶりで、国家のためにどのように献身的な活躍をしてきたかを真行寺は説明した。

「先に言っておきますと、不正給与の受給者といわれたOさんですが、彼も終戦間際に志願し、フィリピン戦線に送られた方です」

　O氏は結婚した直後に出征し、妻は妊娠していた。

　原爆が投下された日、峰岸聡太郎は燃え盛る炎の中、妊婦を救おうとO氏の家に駆けつけた。

「妻は庭で被爆し、原爆の熱で背中の一部は炭化し、背中には爆風で飛ばされてきたガラス片が突き刺さり、腹部にまで貫通していたそうです。妻は前屈みに倒れ込み、その下には生まれたばかりの子供がいました」

原爆の衝撃で、自宅の庭で子供を出産してしまったのだ。微かな声で「助けて」という母親の声に、峰岸聡太郎は子供を抱きかかえて、自宅に戻った。

「現在は、医師の書いた出生証明書がなければ、新生児の受付はしてもらえません。しかし、当時はそうした書類がなくても、新生児の登録は可能でした」

八月十五日、峰岸聡太郎は、O氏の子供を自分たちの子供として育てていこうと決意し、広島市役所に届けたのだ。

「出征して間もなく、O氏戦死の誤った知らせが妻の元に届いていました。峰岸聡太郎は、戦場に多くの若者を送ってしまったことを後に後悔していたようです。O氏の子供は自分が育てるべきと考えて、そうした手続きをしたものと思われます」

孝治、真行寺の説明に、ワイドショーネタとは違うと思ったのか、記者たちは真剣にペンを走らせたり、ノート型のパソコンのキーボードを叩いたりしていた。

「その後のことは、峰岸課長にお任せします」

孝治がつづけた。

「真行寺弁護士の説明でおわかりいただけたと思いますが、私の父、峰岸平は、創業者の本当の子供ではありません。O氏と八月六日に被爆死した妻との間に生まれた子供です」

峰岸聡太郎はO氏は戦死したものとばかり思っていたが、事業を起こすために東京に出てきて数年後、新宿駅南口で、傷痍軍人としてハーモニカ演奏をしているO氏と、二人は再会を果たす。

「その後、O氏、つまり私の本当の祖父であり、代表取締役社長の本当の父親になりますが、O氏は峰岸工業草創期から、創業者の片腕となって峰岸工業の発展に尽力されてきました。峰岸工業がその功績に応えるために、企業年金の一環としてお支払いしているもので、不正給与でもなんでもありません」

孝治は異母兄弟説、O氏への不正給与疑惑について事実を明らかにしていった。

「次に新執行部人事案についてご説明したいと思います」

ブリーフィング資料には、峰岸平代表取締役社長、峰岸和副社長らが推薦する人事として、新役員のメンバーがリストアップされていた。

「役員会で可決されるのか、否決されるのかはわかりません。私が代表取締役社長として、選ばれるのかどうかはまったくわかりません。峰岸工業の現在の危機を救えるのかどうかもわかりません。次回の役員会は、まさに兄弟対決ということになります。その結果は十月末の臨時役員会ではっきりしますので、その時には再度記者会見を開かせていただきます」

記者会見の発表はそれで終わり、記者からの質問を受けることになった。

現代表取締役社長の具体的な病状を聞かれ、孝治は肝臓がん末期で、抗がん剤治療を受けずに緩和ケアを受けていること、本人は経済人として十分な人生をまっとうしたと納得していると、現在の心境について語った。

O氏との親子の名乗りについても、代表取締役社長は真実を知り、創業者の偉大さに改めて畏怖の念を抱くのと同時に、感謝の気持ちでいっぱいだと、家族にもらしていると孝治は説明した。

実兄の峰岸大介、鈴木専務、そしてアグレッシブ・ファンドの尾関氏グループも、人事案を作成し、役員会議で闘うことになる。その感想を聞かれた。

「どちらが峰岸工業の未来を切り開いていけるのか、役員のそれぞれの判断にかかっているので、私としては、相手の人事案について何かを言う立場にはない」

と、孝治は冷静な答えを返していた。

「何故、峰岸大介専務、鈴木専務の側から、異母兄弟説が流れたのか、その点についてはどのようにお考えですか」

ある記者が質問してきた。

真相はわかっている。しかし、市川専務は十分に責務を果たしてくれた。

「兄貴がジイサンの血液型を誤って記憶していたのと違いますか。それくらいしか思いつきません。詳しいことは兄貴に聞いてください」

孝治は笑いながら答えた。

記者会見の様子は、テレビ、新聞、雑誌で大きく取り上げられた。峰岸工業の経営権をめぐる一族の争い、不正給与問題は完全になりを潜め、峰岸工業創業者の理念と、O氏とその後の友情が大きくクローズアップされていた。

皮肉なことにスキャンダルにまみれ、株価は落ちる一方だったが、記者会見後はまさにV字回復で、元の株価に戻っていた。

十月末に役員会が開催された。

「結果は最後の最後までわからない」

孝治はそう心配していたが、拍子抜けするほどあっけない結果に終わった。

アグレッシブ・ファンドに警察の捜査が入ったのだ。Y電機株に関連するインサイダー取引が疑われ、会社と尾関の自宅が家宅捜索を受けたのだ。容疑が固まりしだい、尾関逮捕の情報まで流れた。Y電機のスキャンダルが流れる前に、尾関はY電機銘柄を売り抜けていた。Y電機の内部情報を流していたのは、鈴木作造ではないかと、鈴木にも捜査の手が伸びていた。

結局、代表取締役社長案が圧倒的に支持された。峰岸大介自身も鈴木作造らにいいように操られていたことを覚り、代表取締役社長案を支持する側に回った。

会議室の前で、孝治は結果が出るのを待っていた。会議室から最初に出てきたのは鈴木専務取締役だった。

「『真昼のＬＥＤ』とはよく言ったものだと思っていたが、すっかりだまされてしまった。君がこれほどのことをするとは思ってもみなかった。おめでとう」

鈴木は孝治の顔を見るなり言った。

「『真昼のＬＥＤ』でも、薄暗い場所なら役に立つものですよ」孝治が言い返した。

社長、副社長、そして鈴木と市川、四人の役員報酬はほぼ同額だった。何に不満を抱いたのか、平にも和にも理解できなかった。鈴木は崩壊家庭で育った。父親は事業に失敗して失踪し、母親は男をつくって出奔した。鈴木は苦労しながら大学を卒業した。そうした生い立ちを知るにつけ、平も和も、鈴木の活躍を期待し、その能力を評価するとともに、人間性を信じ切っていた。

「父からは有能な役員だと聞いていました。何故、このようなことを……」

「どんなに頑張ったところで、しょせん二番手、三番手だと、悲しいかな貧乏育ちの人間は、時にはトップを走ってみたいと思うようになるものですよ」

こう言い残して鈴木は去っていった。

鈴木も捜査の対象になり、アグレッシブ・ファンドのインサイダー取引への関与が疑われていた。怪文書の出所は、鈴木と尾関だったことも判明した。

役員会で新人事案が認められ、後は臨時株主総会で承認を得るだけとなった。真行寺たちはその報告をするために、船橋にある大橋が住む介護付きマンションを訪ねた。

「おかげさまで、内紛を治めることができましたが、問題は山積しています。創業者の思いを未来につなげるような会社にしたいと思います」

大橋純一は、孝治にとっては血のつながる本当の祖父だ。真行寺や野村にはわからないが、様々な思いが孝治の心の中で渦巻いているのだろうと思った。大橋の記憶が戻らなければ、真実は永久にわからなかった。大橋の協力が得られなければ、記者会見を開いても、峰岸平、和の人事案が通ったかは定かではない。

大橋がカーテンを開け広げた部屋で、遠くを見ながら言った。

「皆さんと会うまでは、日本の平均寿命を押し上げるために生きてみたって、そんな人生にどんな意味があるのだろうかと、この風景を見ながら毎日考えていました。でも、今は長生きしてホントによかったと思っています。長生きにも意味があったと思えるようになりました。人間は、なすべきことをなすまでは、死ねないのかもしれませんね。人間はなすべきことを果たすために、生まれてくるのかもしれません。今はいつ死んでも何の悔いもない。これも皆、あなたたちのおかげだ」

「お礼は私の方こそ言わなければなりません。ハルさんのお話をおうかがいして、自分の向かうべき道がわかりました。あの日、ハルさんが父を守ってくれなければ、私は今ここにいません。私のなすべきことを精一杯果たすように努力してみます」

孝治の本音なのだろう。

「これからが大変ですね。でも孝治君ならやり遂げるはずです。陰ながら応援しています」

真行寺は、窓の外に広がる東京湾を見つめながら、肩の荷がすべて下りたような安堵感に包まれていた。

エピローグ　奇跡

臨時株主総会が開かれ、新人事が認められ、峰岸孝治が代表取締役社長に就任した。それを見届けると、峰岸平は静かに息を引き取った。社葬で送ったが、孝治には悲しいという気持ちより、安堵感の方が大きかっただろう。葬儀では、大橋の車椅子を孝治はずっと押していた。車椅子で、最後の別れをするために大橋が棺に近寄った。

「君はよくやった。ハルも喜んでいると思う。向こうでつもる話でもしていてくれ。私もすぐにいくから」

そう語りかけていた。

峰岸孝治は峰岸工業の代表取締役社長としての一歩を踏み出していた。

孝治は兄の大介に、記者会見前にすべての事実を突きつけていた。大介も鈴木作造がアグレッシブ・ファンドの尾関と密接に連絡を取り合っているのは承知していた。しかし、その場に大介が呼ばれたことはなく、二人が実際にどのような話をしていたかまでは、鈴木からは知らされていなかった。

峰岸聡太郎の血液型についても、鈴木からB型だと知らされただけで、カルテなどの客観的なデータは何一つとして確認していなかった。鈴木と長沢が会っている写真は愛乃斗羅武琉興信所が密かに撮影していた。

それらの写真を見せて、市川との関係を説明した。

「鈴木専務も長沢から聞き出した話をそのまま信じたのだろうと思う」

長沢がウソの血液型を伝えた理由を聞き、大介は絶句した。

「どうせ俺はデキの悪い倅なんだよ。ジイサン、オヤジと比較され、ずっと嫌な思いをしてきたんだ……」

孝治にも大介の気持ちが理解できないわけではない。

「後を継げ」「親の顔に泥を塗るな」

こうした言葉を孝治もうんざりするほど聞いて育ってきた。大介はそれに従順に従い、孝治は紅蠍に加わり、反発してきた。今回の騒動は、大介なりの峰岸家への反乱だったのかもしれない。それを鈴木作造やアグレッシブ・ファンドの尾関に利用された。

「それで大介さんはどうしているんだ」真行寺が尋ねた。

「社会的な体裁もあるので役員は降りてもらったが、大貫金属工業に出向してもらい、健二さんのオヤジのところで、一から経営を学んでもらうことにした」

峰岸工業の内紛はほぼ完全に鎮静化した。

すでに街にはジングルベルが鳴り響き、クリスマス商戦に入っていた。

「お互いにクリスマスっていう年齢でもないけど、大橋さんに年末の挨拶をかねて行きたいのだが、一緒に行ってくれないか」

孝治が誘ってきた。

「野村代表も誘ってみる」

クリスマスイブに、三人は船橋のマンションを訪れ、受付に挨拶した。

十月の記者会見で大橋の実名は明かされていない。しかし、受付は報道された新聞記事やテレビのニュースで、O氏とは大橋純一だとわかっているのだろう。

「大変でしたね。頑張ってください」

孝治の労をねぎらうように言った。孝治は「ありがとうございます」と礼を言い、「大橋さんはお部屋ですよね」と聞いた。

「お部屋にいますが、様子が変なんです」

受付によると、広島から戻ったばかりの頃は、入所した頃のように記憶が鮮明になり、マニラでの出来事や、日本に戻ってからの話を、職員から聞かれると淡々とした口調で話をしていたようだ。

「二、三日前から、以前の状態に戻ってしまったのか、記憶が途切れるというよりも、すべてが不鮮明になってしまっているようなんです。まあ、会ってみてください。記憶が少しは戻ってくるかもしれませんから……」

三人は大橋の部屋を訪ねた。インターホンを押すと、「どうぞ」という声が聞こえてきた。ドアには鍵がかけられていなかった。

「ごぶさたしています。孝治です」

大橋はソファに座り、カーテンを開け広げて、窓の向こうに広がる海を見つめていた。背中を三人に向けたままで、振り向こうともしない。孝治は新宿高野で買ったフルーツの詰め合わせを持って、大橋の前に行った。

「大橋さん、お元気でしたか」

大橋は孝治の顔を見ると、驚いた様子で言った。

「えーと、どちらさまでしたかな？」

言葉ははっきりしているが、孝治だと気がつかないようだ。

「私です。峰岸平の次男の孝治です」

孝治も大橋の突然の変わりように驚きを隠せない。

真行寺も大橋の前に歩み出て言った。「広島の調査の時は、本当にお世話になりました」

「最近は物忘れが激しくて、お二人のことが思い出せないんだ。気を悪くしないでくださいよ」大橋は二人を気遣った。

野村は孝治からフルーツを受け取り、キッチンでオレンジとマンゴの皮をむき、皿に盛ってセンターテーブルの上に置いた。

「新宿高野で買ってきたフルーツです。召し上がってください」

「高野のフルーツですか、中村屋のカレーを食べて、その後、高野のフルーツをデザートで食べるなんていうのは、私らの夢でしたよ」

大橋が嬉しそうに言った。

「以前もそうおっしゃっていましたね」野村が答えた。

大橋はフォークでマンゴをさして口に運んだ。

「これはマンゴですね。フィリピンにいた頃はよく食べましたよ。ちょうどいい食べごろですね、このマンゴは。熟れていないものを食べると、腹をこわすんですよ。フィリピンでは食糧が不足して、若いマンゴを食べてよく下痢をしましたよ」

大橋は戦前のフィリピンでの体験を話した。戦前の記憶は、すべてが失われたわけではなかった。

「おかげさまで峰岸工業の社長に就任し、皆に支えてもらいながらなんとかやっています」

孝治が現実に話を引き戻そうとするが、大橋には何のことなのか理解できないようだ。

「峰岸工業ですか……。どこかで聞いたような会社の名前ですが……」

結局、大橋といくら話しても、高野のフルーツ以外に、共通の話題になるものはなかった。認知症が急激に進行してしまったようだ。

「フルーツは冷蔵庫に入れておきますから、また食べてくださいね」

野村がこう言うと、「ありがとう」と答えて、暮れてゆく冬の海に目を向けた。大きな仕事を成し遂げた後のような欲も得もない、清々しい濁りのない顔をしていた。外をじっと見つめたままの大橋に別れを告げて、部屋を出た。

「峰岸家の真実を解明できたのは、まさに奇跡だな」

孝治がエレベーターに乗るのと同時に言った。

「それにしても大橋さん、柔和な顔をしていたね。どうしたらあんなやさしい表情になるのかしら」

野村も大橋の変わりようには驚きを隠さなかったが、大橋が浮かべていた表情には感動すら覚えている様子だ。

「きっとなすべきことを果たした人間だけが、晩年にはああした穏やかな顔になるのと違うかな……」真行寺が言った。

孝治は帰りに受付に立ち寄った。

「どうでしたか？」

「私たちのことも思い出せない様子でした」

こう答えて、孝治は名刺を一枚取り出した。その名刺に自宅と携帯電話の番号を記して受付に渡した。

「また来ますが、万が一、祖父に何かありましたら、何時でもかまいませんので、連絡をいただけますか」

「わかりました。緊急連絡先として登録しておきます」

孝治の運転する車で都内に向かった。

「お前、小説家になるという夢はどうするんだ」

「騒動の前は、会社を辞めて小説家を目指すとは言ったが、具体的に書いてみたいと思うテーマなんかなかったんだ。でも今は違う。書いている余裕はないが、いずれはオヤジや二人の祖父、ハルさん、峰岸家三代の歴史を書いてみようと思っている」

「孝治なら素晴らしい小説が書けると思うわ」野村が言った。

「そうだな」真行寺が相槌を打った。

「暴走行為に明け暮れていた頃は、事故って死んでも悔いはないと真剣に思っていた。それが俺の運命ならそれでもいいって。でもそんな運命を背負って生まれてくる人間なんていない。人間は果たすべき何かを持って皆生まれてくる。ハルさんの話を聞いて、生きているっていうことは、生かされているっていうことなんだって、今は思っているよ」

紅蠍時代には、目的地もわからずにやみくもに暴走行為を繰り返していたが、三人はそれぞれの進むべき道を見つけ、なすべきことを果たそうと必死に生きている。

「俺も死ぬ直前は、大橋のジイサンみたいな顔になっていたいものだ」孝治がひとりごとを囁いた。

真行寺もそうありたいと心の中で呟いていた。

本作品は当文庫のための書き下ろしです。

本作品はフィクションであり、実在の個人・団体などとは一切関係がありません。

文芸社文庫

空白の絆
暴走弁護士

二〇一七年八月十五日　初版第一刷発行

著　者　麻野涼
発行者　瓜谷綱延
発行所　株式会社　文芸社
〒一六〇－〇〇二二
東京都新宿区新宿一－一〇－一
電話　〇三－五三六九－三〇六〇（代表）
〇三－五三六九－二二九九（販売）

印刷所　図書印刷株式会社
装幀者　三村淳

ISBN978-4-286-18978-9

［文芸社文庫　既刊本］

トンデモ日本史の真相　史跡お宝編
原田　実

日本史上の奇説・珍説・異端とされる説を徹底検証！　文庫化にあたり、お江をめぐる奇説を含む2項目を追加。墨俣一夜城／ペトログラフ、他

トンデモ日本史の真相　人物伝承編
原田　実

日本史上でまことしやかに語られてきた奇説・珍説・伝承等を徹底検証！　文庫化にあたり、「福澤諭吉は侵略主義者だった？」を追加（解説・芦辺拓）。

戦国の世を生きた七人の女
由良弥生

「お家」のために犠牲となり、人質や政治上の駆け引きの道具にされた乱世の妻妾。悲しみに耐え、懸命に生き抜いた「江姫」らの姿を描く。

江戸暗殺史
森川哲郎

徳川家康の毒殺多用説から、坂本竜馬暗殺事件の謎まで、権力争いによる謀略、暗殺事件の数々。闇へと葬り去られた歴史の真相に迫る。

幕府検死官　玄庵　血闘
加野厚志

慈姑頭に仕込杖、無外流抜刀術の遣い手は、人を救う蘭医にして人斬り。南町奉行所付の「検死官」が、連続女殺しの下手人を追い、お江戸を走る！